Ovelha negra

OBRAS DA AUTORA PUBLICADAS PELA EDITORA RECORD

Casamento de conveniência
Ovelha negra

GEORGETTE HEYER

Ovelha negra

Tradução de
ANA LUIZA BORGES

EDITORA RECORD
RIO DE JANEIRO • SÃO PAULO
2010

CIP-BRASIL. CATALOGAÇÃO-NA-FONTE
SINDICATO NACIONAL DOS EDITORES DE LIVROS, RJ

Heyer, Georgette, 1902-1974
H531o Ovelha negra / Georgette Heyer; tradução Ana Luiza Borges. – Rio de Janeiro: Record, 2010.

Tradução de: Black sheep
ISBN 978-85-01-07734-9

1. Romance inglês. I. Borges, Ana Luiza Dantas II. Título.

10-0405 CDD: 823
CDU: 821.111-3

Título original em inglês:
BLACK SHEEP

Imagem de capa: © Serge Kozak/Corbis/Corbis (DC)/Latinstock

Texto revisado segundo o novo Acordo Ortográfico da Língua Portuguesa.

Impresso no Brasil

ISBN 978-85-01-07734-9

Seja um leitor preferencial Record.
Cadastre-se e receba informações sobre nossos lançamentos e nossas promoções.

Atendimento e venda direta ao leitor:
mdireto@record.com.br ou (21) 2585-2002

Capítulo 1

UM POUCO ANTES DAS 20 HORAS, no fim de um dia úmido de outono, uma caleche chegou a Bath, pela estrada de Londres, e logo parou diante de uma casa em Sydney Place. Era um veículo alugado, mas conduzido por quatro cavalos, e nada na aparência da dama que a ocupava sugeria que uma caleche particular, com seus próprios boleeiros, estivesse além de seus recursos. Ela estava acompanhada por uma criada de meia-idade e usava um redingote verde-oliva de seda canelada que lhe caía tão bem que qualquer mulher que a olhasse logo reconheceria ter sido obviamente confeccionado por uma modista. Combinava a simplicidade de um traje concebido para viajar com uma elegância só rivalizada pelo chapéu que emoldurava de maneira atraente o rosto da Srta. Abigail Wendover. Nem pluma curva nem ramos de flores adornavam a peça: era feita de *gros de Naples*, atada com uma fita de cetim; a aba era moderada e a coroa, baixa, mas estava tão na moda quanto o redingote.

O rosto embaixo do chapéu não era nem o de uma menina em seu desabrochar nem o de uma beldade unânime, mas continha um encanto indefinido centrado nos olhos e no sorriso tímido que se ocultava neles. Eram olhos cinza, que transmitiam muita inteligência; mas seus outros traços não apresentavam nada de extraordinário, a boca grande demais para ser considerada bela, o nariz muito distante do clássico, e o queixo excessivamente resoluto. O cabelo não era nem de um tom escuro moderno nem de um louro angelical, mas castanho-claro. Não estava cortado curto, segundo a moda dominante; ela o usava trançado ao redor da cabeça, ou em um coque, com cachos soltos ao redor das orelhas. Ocasionalmente, e desafiando a reprovação veemente de sua sobrinha, atava uma touca de renda sobre o cabelo. Fanny dizia que isso a fazia parecer uma velha solteirona, e gritava indignada quando ela respondia, com sua bela e melodiosa voz: "Bem, eu sou uma velha solteirona!"

Parecia que sua chegada tinha sido ansiosamente aguardada, pois nem bem a caleche parou, a porta da casa, que era a sua residência, foi escancarada e um lacaio apareceu correndo para baixar os degraus do carro. Foi seguido de um mordomo idoso, que ofereceu a mão para ajudar a patroa a descer, recebendo-a com um sorriso radiante.

— Boa noite, Srta. Abby! Bem, *é* realmente uma boa noite que a traz de volta ao lar! Estou muito feliz em vê-la, senhora!

— Oh, e *eu* também estou tão feliz, Mitton! — disse ela. — Acho que nunca passei tantas semanas fora! Minha irmã está bem?

— Bem vigorosa, senhora... só um pouquinho de reumatismo. Ficou um tantinho deprimida quando a senhora partiu, e meteu na cabeça que tinha contraído tuberculose...

— Oh, não! — Abby demonstrou uma consternação cômica.

— Não, senhora — concordou Mitton. — Não passou de uma epidemia de resfriado, que a deixou com um pouco de tosse. Como o novo médico conseguiu convencê-la. — Seu tom era de respeito, mas um brilho em seu olhar provocou um risinho involuntário nela. O brilho se acentuou, mas tudo o que ele disse foi: — Ela vai ficar muito feliz em vê-la, Srta. Abby. Passou as últimas horas bastante irrequieta, receando que sua chegada fosse adiada mais uma vez.

— Então devo subir para vê-la imediatamente. — Abby entrou na casa, deixando Mitton estender, elegantemente, as boas-vindas à criada que a acompanhava.

Como a competição entre o mordomo, que envelhecera servindo à família, e a ex-ama das três filhas mais novas não tinha trégua, a Sra. Grimston tomou isso em mau sentido, detectando um quê de condescendência, e simplesmente exortou-o a não se incomodar com ela, e sim cuidar da caixa de joias da Srta. Abby.

Nesse meio-tempo, Abby, que subira correndo a escada, encontrou a irmã esperando-a no primeiro andar. A Srta. Wendover abraçou-a ternamente, derramando lágrimas de alegria, e implorou, em um discurso entrecortado, que se retirasse imediatamente à cama depois de uma viagem tão cansativa; que entrasse logo na sala; que não se preocupasse em dizer uma única palavra até estar completamente descansada; e que lhe dissesse imediatamente tudo sobre a querida Jane, a querida Mary e o lindo novo bebê da querida Jane.

Dezesseis anos separavam as irmãs, pois uma era o membro mais velho e a outra, o mais jovem de uma família numerosa, na qual três dos filhos morreram ainda bebês e outro, o primeiro menino nascido, faleceu quando seu próprio filho único mal deixara os cueiros. Entre Selina, na faixa sombria dos 40, e Abigail, com meros 28 anos, havia apenas James, Mary e Jane. Foi com Jane, casada com um homem de considerável propriedade em Huntingdonshire, que Abigail ficara na maior parte das últimas seis semanas, tendo sido chamada para dar apoio à irmã nos infortúnios que lhe haviam acontecido. O sarampo atacara as crianças no exato momento em que a ama, ao cair da escada dos fundos, quebrara a perna, e em que ela própria estava continuamente na expectativa de presentear Sir Francis com um quarto *petit paquet*. Em uma carta carregada de ênfases, Lady Chesham tinha implorado à sua querida Abby para vê-la imediatamente e levar Grimston junto, já que nada a faria abandonar seus filhos queridos aos cuidados de uma ama estranha.

Portanto Abigail tinha partido para Huntingdonshire, onde permanecera por cinco semanas, sob condições penosas, com as três crianças rendendo-se ao sarampo antes de sua chegada, a irmã levada à cama dois dias depois e o cunhado, que nunca primara pela cordialidade, aparentemente aflito com a convicção de que esse infeliz encadeamento de circunstâncias tinha sido planejado com o propósito expresso de fazê-lo sofrer o máximo de provações injustamente.

— Você deve estar morta de cansaço! — disse Selina, conduzindo-a à sala de estar. — E ainda foi obrigada a ir a Londres, com toda aquela agitação! Não acredito que Mary tenha lhe pedido isso!

— Não pediu, eu me ofereci, como recompensa por *não* ter brigado com Sir Francis. Nunca conheci um homem mais emburrado e desagradável! Sinceramente, tenho pena de Jane, e perdoo-lhe todo o mau humor. Não imagina como fiquei feliz ao ver a expressão bem-humorada de George quando cheguei à Brook Street, e ao ser tão bem recebida por ele e por Mary! Diverti-me muito, fiz muitas compras. Espere só para ver a touca que comprei para você. Vai ficar encantadora com ela! Também comprei uma peça linda de musselina para Fanny, além de uma quantidade de bugigangas para mim mesma, e... Mas onde está Fanny?

— Ela vai ficar tão chateada por não estar aqui para recebê-la!

— Bobagem! Por que ficaria? Hoje é quinta-feira, não é? Então imagino que esteja dançando o cotilhão, não?

— Achei que não havia nenhum problema — replicou Selina, um pouco na defensiva. — Lady Weaverham convidou-a para jantar e depois ir ao Upper Rooms, em sua companhia, e consenti, não tendo então esperado que você fosse estar de volta hoje.

— Ora, é claro! Teria sido muito grosseiro da parte de Fanny recusar!

— Exatamente! — concordou Selina, animada. — Com Lady Weaverham... uma mulher tão amável, eu sabia que você ia concordar.

Além do mais, ela tem duas filhas, o que torna particularmente gentil de sua parte tê-la convidado! Pois ninguém pode negar que a nossa querida Fanny é a moça mais bonita de Bath!

— Oh, sem dúvida! Quanto a Lady Weaverham, ninguém é mais amável. Ou mais aloprada! Gostaria de... Não, não tem importância. Fico feliz que ela a *tenha levado* ao baile, pois preciso lhe falar sobre Fanny.

— Sim, querida, é claro! Mas está cansada, e deve estar morrendo de vontade de ir para a cama! Uma tigela de caldo...

— Não, não, só um pouco de mingau! — Abby riu da irmã. — Sua boba, parei em Chippenham para jantar, e não estou nem um pouco cansada. Vamos tomar um chá assim que eu tirar o chapéu, e ter uma conversa tranquila. — Depois acrescentou, maldosa: — Parece a própria culpa em pessoa, como se estivesse apavorada de levar uma bronca! Mas como eu me atreveria a repreender minha irmã mais velha? Não sou tão insolente!

Deixou Selina batendo a campainha para pedir uma bandeja de chá e subiu ao seu quarto, onde encontrou a Sra. Grimston desfazendo sua bagagem. Com uma expressão de reprovação no rosto, que inspirava temor e respeito, esta recebeu a Srta. Wendover com a informação de que, desde o começo, pressentira como seria se a Srta. Fanny fosse deixada só com a Srta. Selina e Betty Conner (que tinha mais cabelo na cabeça do que juízo, e que além do mais era uma estouvada) para cuidarem dela.

— Badalação por toda parte! — comentou, sombria. — Concertos, bailes, teatros, piqueniques e sei lá mais o quê!

Abby tinha suas próprias razões para suspeitar de que a sobrinha havia desfrutado de muito mais liberdade do que lhe era permitido antes, mas como não tinha intenção de discutir a questão com a Sra. Grimston, simplesmente respondeu:

— Como pode dizer isso? — Isso efetivamente reduziu a velha ama a um silêncio ofendido.

As irmãs Wendover tinham praticamente se encarregado da educação de sua sobrinha órfã desde que a jovem tinha 2 anos, quando sua mãe morrera ao dar à luz um menino natimorto, e o pai a confiara aos cuidados da avó. A morte dele, três anos depois, não afetou em nada o acordo; e quando Fanny completou 12 anos, seu avô sofreu um acidente fatal no campo de caça e sua viúva decidiu se retirar para Bath, ao invés de continuar a suportar, em sua casa de viúva,* um clima que nunca foi benéfico à sua constituição frágil. Seu filho sobrevivente, James, que era o tutor de Fanny, ficou feliz em passá-la a seus cuidados. Ele mesmo já era o chefe de uma família promissora, mas sua esposa, uma mulher de personalidade forte, não tinha a menor vontade de assumir a sobrinha dele. Quando a Sra. Wendover morreu, três anos depois, Fanny prometia se tornar uma garota de beleza incomum, e a Sra. James Wendover sentiu ainda menos vontade de tê-la em sua casa, onde não somente ofuscaria suas primas, como talvez lhes ensinasse a ser tão frívola quanto ela própria. Portanto James, administrador e arrendatário da propriedade que pertencia a Fanny, informou, cortesmente, às suas irmãs que podiam, por enquanto, continuar a agir como tutoras da querida criança. Seria uma pena (como a sua Cornelia tinha ressaltado) interromper sua educação em uma das escolas seletas de Bath. James, mantendo-se fiel ao costume de sua família, estava determinado a providenciar um casamento vantajoso para Fanny; mas achava que havia tempo bastante até ser dever de Cornelia introduzi-la na sociedade, sem prever que quando a menina estivesse com idade para isso, Cornelia estaria mais do que decidida a deixá-la com as tias. Sua esposa confessou que não era capaz de gostar de Fanny, em quem detectava uma triste semelhança com sua pobre mãe. Esperava-se que ela não se tornasse uma dessas mulheres modernas que criavam

---

**Dower house*: na Inglaterra, residência secundária de uma grande propriedade que, após a morte do dono, é ocupada pela sua viúva, o herdeiro passando a se instalar na casa principal. (*N. do E.*)

confusão; mas, de sua parte, Cornelia considerava que sua vivacidade a levava a ser excessivamente promissora. Mas o que se podia esperar de uma garota criada por duas solteironas caducas?

A mais nova das solteironas caducas desceu novamente para a sala de estar, onde a irmã já estava sentada à mesa de chá. A Srta. Wendover, depois de relancear os olhos para o seu vestido com mangas franzidas e gola de musselina engomada, recebeu-a com uma exclamação de aprovação.

— Nunca a vi tão elegante! Londres, evidentemente, não?

— Sim. Mary foi tão amável, a ponto de me levar à sua própria Thérèse, o que achei de uma extrema generosidade.

— Thérèse! Acho que foi tremendamente caro, pois Cornelia me disse uma vez, tão despeitada!, que esperava que George não fosse arruinado pela extravagância de Mary, e que *ela* não podia arcar com vestidos feitos por Thérèse.

— Podia, mas não arcaria — disse Abby, tomando lentamente seu chá. — Como James deve ser feliz por ter uma mulher tão insignificante quanto ele próprio!

— Oh, Abby, como pode? Não esqueça que ele é seu irmão!

— Não esqueço, e nunca paro de lamentar isso! — retrucou Abby. — E, por favor, não discorra um catálogo de suas virtudes, pois elas não o tornam nem um pouco mais adorável, na verdade o tornam ainda menos querido! Além do mais, é um intrometido incorrigível, e não consigo ser generosa com ele.

Selina protestou até perguntar, de maneira abrupta:

— James também escreveu para você?

— Escrever! Na verdade, foi a Londres para me fazer uma de suas preleções pomposas! Minha querida, o que *andou* fazendo? Quem é esse garoto deplorável que tem cortejado Fanny?

— Não é nada disso! — Selina ruborizou-se. — Foi um caso de amor à primeira vista... e um rapaz de muitos bons modos! Apenas pense nele saindo depressa da sala de águas medicinais do balneário, sem guarda-chuva, para buscar uma liteira para mim, ficando ensopado, pois sabe como Bath fica quando cai uma chuva repentina, nunca há liteiras ou carruagens de aluguel, e tive certeza de que ele se resfriaria, o que afetaria seus pulmões, mas ele não pegou nenhuma moléstia, tão atencioso! E então não trocou uma palavra sequer com Fanny, porque ela não estava comigo, e apesar de *eu* lembrar de tê-lo visto no Upper Rooms, dois... não, *três* dias antes, *ele* não falou, e Fanny *estava* comigo dessa vez, de modo que se está pensando que ele conseguiu uma liteira para mim porque queria conhecê-la, está muito enganada, Abby! Se essa fosse a intenção, ele teria desejado que o Sr. King o apresentasse a nós, no Upper Rooms. *E* — concluiu ela, com um ar de quem oferece o argumento definitivo — ele não é um *garoto*! Acho que tem a sua idade, provavelmente é até mais velho!

Abby não conseguiu reprimir o riso diante desse discurso tão confuso. Balançou a cabeça e suspirou.

— Ah, Selina, sua boba!

— Concluo que pretende me repreender — Selina sentou-se muito ereta na cadeira —, mas por que faria isso não tenho a menor ideia, pois Fanny tinha vários admiradores antes de você partir, e quando *eu* disse que ela era jovem demais para ir a bailes, *você* falou que eu era *gótica*, e que ela aproveitaria muito mais sua ida a Londres se tivesse, antes, frequentado um pouco a sociedade, o que é *perfeitamente* lógico, porque não há nada tão... tão angustiante quanto ser expulso da sala de aula, independentemente de quantas lições de dança e de como se comportar! Particularmente se se for um pouquinho tímido. Não que eu queira dizer que Fanny seja tímida, na verdade, às vezes me pergunto se ela não é *excessivamente*... embora nunca seja inconveniente! E se James andou fofocando com você, baseando-se naquela mulher detestável que é Cornelia, e não se esperaria nada diferente dela, se tornar amiga íntima de uma criatura difamadora como a Sra. Ruscombe, bem, pode ter certeza de que foi ela que o instigou, porque o Sr. Calverleigh nunca recebe aquela sua filha cara de sebo com nada além de uma cortesia comum, apesar de ter sido apresentado de maneira regular, e de receber todo o estímulo para se enamorar da menina!

— Sim, é bem provável — concordou Abby.

— Pois é isso! — disse Selina em triunfo.

Não houve uma resposta imediata, mas passados alguns instantes, Abigail retrucou:

— Se isso fosse tudo... mas não é, Selina! George não é um difamador, e falou de Calverleigh com o maior desprezo, porque achou que devia me alertar para o fato de o rapaz não ser confiável. Além de ser jogador, parece ser o que chamam de caçador de dotes. De fato, comenta-se que Fanny não é a primeira herdeira que ele cortejou. Houve uma moça tola que estava pronta para fugir com ele, no ano passado mesmo! Felizmente, o plano foi descoberto e o caso foi abafado.

— Não acredito! — declarou Selina, tremendo de indignação. — Não, e me admira que George repita tal... esse tipo de fofoca de criados! *Não é confiável,* ora, realmente! Eu o considero um verdadeiro cavalheiro, *deveras* respeitável, não só eu como todos em Bath!

— Ah, Selina, que mentira! Sabe muito bem que Lady Trevisian não o tem em alta estima. Na verdade, ela disse a Mary que a avisou, logo antes de partir de Bath, que seria melhor afastar Calverleigh discretamente. Foi assim que George ficou sabendo do caso.

Ruborizada, Selina replicou:

— Eu me admiro de ela não ter mais nada a fazer do que ficar espalhando fofoca por toda a Londres! Fazendo uma tempestade em copo d'água, como logo descobri, não que eu não tenha dito a Fanny que era errado, e lhe garanto que disse isso a ela, e tudo porque ela a viu andando com ele nos Sydney Gardens, por acaso, refiro-me a tê-lo encontrado, e Betty com ela, é claro, pelo menos, estava *naquela hora*, portanto repreendi Fanny severamente, e lhe disse como seria terrível se as pessoas a achassem *leviana*. Sim, e disse que fiquei surpresa com o Sr. Calverleigh, o que acho que ela lhe contou, pois ele veio me ver no dia seguinte de manhã para pedir desculpas e explicar que tinha sido a primeira vez que viera a Bath, o que justificava ele não saber que era impróprio para uma moça de família andar pelos jardins, para não falar no labirinto, sem uma acompanhante, nem mesmo sua criada, pois Fanny tinha mandado Betty para casa, o que foi muito feio da parte dela, muito irrefletido, mas ela ainda é tão criança que tenho certeza de que não fazia ideia... e *ele*, juro, entendeu isso como devia!

— Mesmo? — disse ironicamente a Srta. Wendover mais nova.

— Bem, não deve achar que pretendo fazer uma tempestade em um copo d'água! Mas a questão, Selina, é que por mais encantador que o Sr. Calverleigh seja, ele não convém a Fanny. Se George, que é de longe a pessoa mais generosa que existe e que nunca insultaria uma pessoa meramente por não simpatizar com ela, o considera um *Don Juan*, o que imagino que signifique libertino...

— Abby! Oh, *não*! — exclamou Selina, ultrajada.

— Bem, deve haver algo muito indesejável nele para levar James até Londres no maior alvoroço!

— Sim, porque ele quer que a coitadinha da Fanny faça um casamento maravilhoso! Espero respeitar meu irmão como devo, mas tenho de admitir que acho que ele só tem minhocas na cabeça quando se trata *desse* assunto!

— Tem mais do que isso — replicou Abby, bem devagar, uma carranca franzindo sua testa. — Ele me pareceu acabrunhado! Na verdade, não conseguiu proferir o nome sem estremecer! Eu teria rido, se ele não tivesse me irritado tanto. Quando lhe perguntei *por que* toda essa antipatia por Calverleigh, assumiu uma expressão afetada e respondeu que não era assunto para os meus ouvidos!

Eu deveria me contentar com aquiescer ao seu julgamento, e se eu não cortasse o mal pela raiz, não restaria outra alternativa a não ser tirar Fanny dos nossos cuidados.

— *O quê?* — disse Selina, ofegante.

— Não se desespere, querida! — Abby sorriu. — George pode *falar* em levar Fanny para a casa dele, ou melhor, dela, mas acho que vai esbarrar com uma oposição ferrenha de Cornelia! Se ele conseguir sobrepujá-la, estou certa de que será pela primeira vez em sua vida!

— Seria a coisa mais cruel! Seria a infelicidade dela! — A voz de Selina era palpitante.

— Oh, ela fugiria! — replicou Abby, animada. — Fanny lhe disse isso, o que lhe deu a chance de deplorar a formação dela. No entanto, antes de chegarmos às vias de fato...

— Você não devia! Ah, querida, ah, querida, quantas vezes nossa querida mãe pediu para que não fosse tão... tão *impetuosa*?

— Não, é claro que não, mas não foi causado nenhum mal, porque Mary estava lá, e desafio qualquer um a contestar seu bom senso plácido! Ela disse, de sua maneira serena e descontraída, *você* sabe como, Selina, que estava se fazendo uma tempestade por causa de um flerte que nunca assumiria proporções mais sérias se James não insistisse em transformá-lo em uma grande tragédia, pondo na cabeça de Fanny que ela é uma Julieta moderna. James foi tomado de surpresa por isso, e eu também! — Abby interrompeu-se ao perceber que a irmã não compartilhava de seus sentimentos. — Não concorda?

Com os olhos suaves cheios de lágrimas sentimentais, Selina replicou, a voz trêmula:

— Como pode ser tão insensível? Quando você mesma disse, não sei quantas vezes, que a nossa menina não deveria nunca ser sacrificada como *você* foi! Quando me lembro de seu sofrimento, quando penso em sua... em sua vida arruinada...

— Selina, ficou maluca? — interrompeu Abigail, olhando espantada para ela. — Que sofrimento?

— Pode tentar me enganar, mas nunca vou esquecer sua angústia quando papai proibiu o pobre Sr. Thornaby de voltar a se aproximar de você! *Eu* nunca vou esquecer! — declarou Selina.

— Meu bom Deus! — A expressão apreensiva nos olhos de Abby foi desfeita por uma alegria irreprimível. — Boba, querida, *tentar* esquecer! Esqueci, juro! Na verdade, nem mais me lembro de como ele era, embora me lembre de que fiquei tristíssima na época. Aos 17 anos, fica-se triste, só para descobrir que se tinha enganado.

Essa triste falta de sensibilidade assustou Selina por um instante, mas ela se recompôs, dizendo, com um ar de compreensão infinita:

— Sempre foi tão valente, minha querida! Mas, se esqueceu o Sr. Thornaby por que recusou o pedido do Sr. Broxbourne? Tão promissor, um homem excelente, com uma mente superior, e *todas* as qualidades que o tornam um excelente partido!

— Exceto uma. Era um chato de galocha! — Os olhos de Abby recomeçaram a se agitar. — Imagina-me acalentando uma dor de amor durante todos esses anos? Minha querida, peço-lhe perdão, realmente, mas é completamente inútil me tornar a heroína de um romance trágico. Sempre a desapontarei.

— E agora vai me contar que também está determinada a arranjar um esplêndido partido para a pobrezinha da Fanny! Acho que a conheço bem o bastante para saber disso!

— Espero que sim. Reconheço que papai talvez estivesse certo quando despachou Thornaby, mas continuo a achar que a sua determinação, e a do meu avô antes dele, e a de James depois, em arranjar casamentos vantajosos para cada um de seus filhos não passava de uma obsessão! E pode ter certeza de que não permitirei que Fanny seja sacrificada como você e Jane foram! Mary foi tão obediente que se apaixonou por George, mas pense só em Jane, claramente *forçada* a se casar com aquela criatura odiosa que não tinha nada além de fortuna e um título!

Selina, que se consolara durante toda a sua vida com a crença inculcada de que o pai sabia bem o que estava fazendo, retrucou sem convicção:

— Não, não! Como pode dizer essas coisas, Abby? Até parece... não mas o que... talvez, às vezes, ele tenha sido *frívolo*... Mas tenho certeza de que fez o que acreditava estar certo!

— Mas por papai — replicou Abby, inexorável —, você teria se casado com aquele reverendo... não lembro o nome dele, mas acho que teriam sido muito felizes, com um monte de filhos, e... Oh, minha querida, me perdoe! Não queria fazê-la chorar!

Selina realmente se desmanchara em lágrimas.

— Não, não! — Ela enxugou os olhos. — É apenas uma recordação, e até mesmo a querida mamãe, que participava de todos os meus sentimentos, não conseguiu me ocultar sua apreensão de que ele ficaria calvo antes de completar quarenta anos! É *você* a digna de pena!

— Nem um pouco! Não lamento a perda de Thornaby, e *não* fui sacrificada como Jane foi! Não, e não vou deixar James tampouco propor um casamento desastroso para Fanny, pode ter certeza disso! Mas, por outro lado, querida, não vou... se puder evitar... deixar que se perca com o primeiro caçador de dotes que se insinue com ela!

— Mas estou convencida de que ele não é nada disso! — objetou Selina. — Ele possui propriedades *consideráveis* em Berkshire, e é de uma família muito *distinta*. Creio que sua linhagem remonta a *centenas* de anos!

— Bem, nada sei sobre os ancestrais de Calverleigh, mas pelo que consegui descobrir, a família atual se distingue pela libertinagem, e nada mais! A reputação *desse* homem é péssima e, segundo

James, seu pai estava longe de ser respeitável. Quanto ao tio, *ele*, depois de ter sido expulso de Eton, se lançou, ao que parece, em todas as loucuras extravagantes, até ser mandado para a Índia com ordens expressas de nunca mais mostrar a cara para sua família! Quanto às propriedades, George disse que estão completamente endividadas. E se acha que todas essas circunstâncias tornam Stacy Calverleigh um pretendente qualificável...

— Ah, não, não, não! — gritou Selina, tomada pela aflição. — *Não posso* acreditar que o pobre Sr. Calverleigh... e sempre me pareceu *extremamente* injusto os filhos terem de arcar com os pecados dos pais, muito mais quando se trata de um *tio* realmente corrompido! Maneiras tão cativantes, e aparenta ser exatamente o que é esperado, além de demonstrar uma grande sensibilidade, e... ah, não acredito nisso!

— Bem, foi o que George disse, e tem de admitir que ele não é nada pudico, como James é. — Fez uma pausa, a testa franzida, pensativa. — E é de se supor, não é, que um libertino *seja* cativante?

— Abby! — Selina arquejou. — Tenho de lhe *pedir* que modere sua língua! Se alguém a escutasse...

— Ninguém pode me escutar, exceto você — destacou Abby. — E tudo o que eu disse foi...

— Não sei nada sobre esse *tipo* de pessoa! — interrompeu Selina, depressa.

— Não, nem eu — disse Abby, com um quê de arrependimento. — Exceto o que li, é claro, e aquele homem divertido que foi a um baile oferecido pelos Ashenden... ah, anos atrás! Papai disse que não permitiria que uma filha sua dançasse nem uma única vez com um *sujeito como esse*, só que eu já tinha dançado, e foi muito agradável! Eu não sabia que ele era um libertino, mas sei que era um cortejador irresistível, e não *porque* Rowland me disse! Daquela maneira pomposa, que o fazia ficar igual ao papai... *você* sabe!

Estava evidente: o que quer que a Srta. Wendover soubesse, estava decidida a esquecer. Recorrendo à ajuda de toda a autoridade que a idade lhe conferia, comentou em tom de reprovação:

— Devo lembrar-lhe, Abigail, que o querido Rowland está morto?

— Não, e também não precisa me lembrar de que ele era o nosso irmão mais velho. Nem me chamar por esse nome detestável! Posso perdoar a papai muitas coisas, mas isso nunca! *Abigail!* Feirantes e criadas!

— Tem quem o ache um nome encantador! — Selina lançou um olhar de soslaio para a irmã. — *Um* deles é Canon Pinfold, que também *a* acha encantadora! Ele disse que é um nome hebreu e que significa *alegria do pai.*

Passado um momento de susto, sua irmã degenerada caiu na gargalhada. Foram vários minutos até ela conseguir nada mais do que se lamuriar.

— Papai nã-não devia saber disso! Ele que-queria outro filho homem! — E quando conseguiu parar de rir, a expressão de censura doída de Selina quase a fez cair na risada de novo. Conteve-se e disse, ainda ligeiramente trêmula: — Não se preocupe comigo! Sabe o que sou! E o que tudo isso tem a ver com Fanny? Selina, percebo que nutre uma afeição inabalável pelo Sr. Calverleigh, porém mesmo que ele fosse o melhor partido no mercado, eu continuaria sendo contra! Meu Deus, quer que sua sobrinha mergulhe no casamento com o primeiro homem que conhece que não é nem de meia-idade nem um garoto com quem convive desde que era pequena? Aos 17 anos!

— Eu lhe disse que era jovem demais para falar em uma relação duradoura — respondeu Selina, de novo na defensiva. — Sim, e lhe disse que seu tio nunca aprovaria, e que devia tirar isso da cabeça!

Isso realmente suprimiu qualquer vontade de rir de Abby.

— Não fez isso! — exclamou ela. — Ah, Selina, gostaria que não tivesse dito isso!

— Gostaria? — ecoou Selina, sua voz e expressão traindo-lhe a perplexidade. — Mas acabou de me dizer...

— Sim, sim, mas não *vê* que... — Abby interrompeu a frase abruptamente, ao perceber a insensatez de esperar que Selina visse o que era tão óbvio para a sua própria inteligência. Prosseguiu com a voz mais gentil: — Receio que isso a deixe irritada, que atice a independência de espírito que você deplorou tantas vezes. Sim, sei que acha que ela devia se submeter docilmente aos decretos de seu tutor, mas não se esqueça de que ela não foi criada como nós, para considerar o mais leve pronunciamento de um parente, ou uma tia, como algo que seria um sacrilégio questionar, e inconcebível de desobedecer!

Indignada, Selina retorquiu:

— Bem, *tenho* de falar, Abby! Pois você fala de uma maneira, quando nunca demonstrou o menor respeito pelo julgamento do papai! Quando me lembro de quantas vezes discutiu com ele, deixando mamãe e eu agoniadas de apreensão... *Puxa!* Não, querida — acrescentou ela imediatamente —, não é que eu esteja dizendo que chegou realmente a desobedecer-lhe, pois, que eu saiba, nunca desobedeceu!

— Não — concordou Abby, em uma voz sem entonação. — O que não é nada lisonjeiro, é?

O tom de lamento surpreendeu a Srta. Wendover, mas em poucos segundos se deu conta de que isso era devido à fadiga, agravada pela ansiedade. Cabia-lhe distrair a mente da pobre Abby, e, com essa intenção amável, disse-lhe, primeiro, com um sorriso indulgente, que ela era uma gata travessa. Em seguida, deslanchou uma descrição do que havia acontecido recentemente em Bath. Seu discurso desconexo abarcou tópicos como o que seu novo médico disse sobre as saunas russas; como a Sra. Grayshott estava esperando ansiosamente o retorno de seu filho da Índia, se o pobre rapaz sobrevivesse à viagem, já que estivera tão doente naquele país horrível; como estava grata à pobre Laura Butterbank, que não poupara esforços para animá-la e apoiá-la durante a ausência de Abby, vindo todos os dias ficar com ela, sempre tão conversadora e companheira, além de ser induzida a executar alguma pequena incumbência na cidade. Mas nesse ponto, se interrompeu, e acusou sua irmã de não estar escutando nem uma única palavra do que dizia.

Abby tinha, de fato, deixado a torrente delicada de futilidades fluir, mas, diante dessa censura, se recompôs.

— Sim, estou! A Sra. Grayshott... a Srta. Butterbank! Fico feliz que lhe tenha feito companhia enquanto estive fora... já que Fanny parece não ter feito!

— Deus do céu, Abby, como entende errado! Ninguém poderia ter sido mais atencioso, uma criança adorável! Mas com quase seu tempo todo ocupado com as aulas de música, de italiano, além de tantas amigas suas viverem aqui e estarem sempre convidando-a para um passeio no campo ou um piquenique, *o que é perfeitamente* comum, tenho certeza de que não é de admirar que... isto é, quando Laura me dava o prazer de sua companhia todos os dias, não havia razão para Fanny ficar em casa, e eu teria sido muito egoísta se lhe pedisse isso! Sim, e não teria sido nada natural ela não querer estar com as garotas de sua idade!

— É verdade. Ou mesmo com o fascinante Calverleigh!

— Ora, Abby...!

— Bem, é normal — disse Abby, com franqueza. — Qualquer moça iria preferir a companhia de um rapaz sedutor à da tia! Não vai dar certo, Selina.

— Tenho certeza de que quando conhecê-lo, não que eu em algum momento a tenha encorajado... ah, Deus, como isso é comovente! *Você* terá de lhe dizer, pois sei que eu nunca conseguiria!

— Querida, não é tão terrível assim, a ponto de deixá-la nessa aflição. Certamente é uma infelicidade, e desejaria de todo coração que ela pudesse ser poupada de uma decepção tão dolorosa, mas ela vai se recuperar. Quanto a proibi-la de vê-lo ou contar-lhe o que dizem dele, não sou tão tola a esse ponto! Ela se lançaria logo em defesa do rapaz! Mas e se *ele* se retirasse? Não por ser obrigado, mas porque descobre que ela não é tão rica quanto ele supunha? Talvez ela se sinta um pouco infeliz, mas não por muito tempo. Não é o tipo de garota que fica de luto por causa de um flerte! — Acrescentou, pensativa: — E sob essas circunstâncias, ela poderia se imaginar uma amante condenada pelo destino? Realmente acho que isso deve ser evitado a todo custo, pois embora eu nunca tenha sido uma amante condenada, posso imaginar como seria romântico. Selina, não conheci a mãe de Fanny muito bem, mas você sim. Ela era alegre como nossa sobrinha? Talvez excessivamente audaciosa para os padrões Wendover de decoro?

— Celia? Deus meu, não! Era muito bonita, adorável quando menina, mas teve um fim triste, o que espero e rezo para não acontecer com Fanny, porque se parece muito com ela *fisicamente,* e mamãe costumava dizer que beldades *louras* raramente duram muito. Mas Fanny não tem nada do temperamento de nossa irmã! Ela é tão cheia de vida, enquanto a pobre Celia era uma moça quieta e tímida, e *extremamente* sugestionável! Por que me perguntou sobre ela?

— Uma coisa que James disse. Eu não estava prestando muita atenção, mas foi algo a respeito da grande semelhança de Fanny com a mãe. Então ele se interrompeu e quando lhe perguntei o que queria dizer exatamente, foi evasivo, afirmando que Fanny era tão frívola quanto a mãe. Mas não acho que falou sério, nem Mary. Ela se lembra mais do que eu, é claro, e disse que vocês mais velhas sempre acharam que tinha acontecido *alguma coisa*... alguma indiscrição, talvez...

— Nunca achei nada disso! — interveio Selina com firmeza. — E se tivesse achado, teria considerado impróprio me meter nisso! Se mamãe quisesse que eu tomasse conhecimento de alguma coisa sobre isso, teria me contado!

— Então *houve* alguma coisa — disse Abby. — Um esqueleto em nosso respeitável armário! Gostaria de saber o que foi. Mas acho que se revelaria apenas o esqueleto de um rato.

Capítulo 2

POUCO DEPOIS DAS 23 horas, uma leve batida à porta do quarto de Abby foi seguida da entrada da Srta. Fanny Wendover, que antes perscrutou cautelosamente o cômodo. Ao ver a tia sentada à penteadeira, emitiu um gritinho de alegria e correu aos braços que lhe foram estendidos, exclamando:

— Não está deitada dormindo! Eu disse a Grimston que não estaria! Ah, como estou feliz em vê-la! Como senti sua falta, querida, minha querida Abby!

Abby não teria se surpreendido se tivesse sido recebida com reserva, mesmo com as maneiras precavidas e um pouco desafiadoras de alguém que esperasse ser repreendido e pronto para se defender; mas não houve nenhum vestígio de precaução no acolhimento carinhoso, e nada além de afeição nos belos olhos que Fanny, ao se abaixar e segurar suas mãos, ergueu tão inocentemente para ela.

— É horrível sem você! — Fanny apertou as mãos da tia. — Nem imagina como!

Abby curvou-se para beijá-la no rosto, e respondeu, brincando:

— Minha pobre querida! Tia Selina foi tão severa e pouco generosa! Eu receava que isso acontecesse.

— *Por isso* senti tantas saudades suas! — replicou Fanny, com uma certa hilaridade. — Sou sinceramente afeiçoada a tia Selina, mas... mas ela não é lá muito brincalhona, é? E nem um pouco despachada!

— *Acho* que não — respondeu Abby, cautelosa. — Embora não saiba o que você quer dizer com "despachada", não soa como algo que Selina seja, e eu acrescentaria que não parece tampouco uma linguagem apropriada para uma garota de boa educação!

Isso fez os olhos de Fanny piscarem.

— Sim... uma gíria! Significa... vivaz, alegre! Como você!

— Mesmo? Entendo que sua intenção tenha sido me fazer um elogio, mas se você se atrever a associar tal epíteto comigo de novo, Fanny, eu... eu... bem, não sei o que farei, mas pode ter certeza de que será algo terrível! Despachada! Deus do céu!

— Não faço mais — prometeu Fanny. — Mas agora, vamos falar sério, querida! Tenho tanta coisa a contar. Uma coisa de... de muita importância.

Abby sentiu que o impulso do medo lhe pregaria uma peça, mas o conteve, replicando com uma voz que esperou não soar falsa:

— Não?! Tem? Então ficarei completamente séria. O que é?

Fanny olhou-a de maneira inquiridora.

— Tia Selina... ou tio James, talvez... lhe falaram sobre... sobre o Sr. Calverleigh?

— Sr... ? Oh! O londrino elegante que você acertou com um dardo lançado por seus olhos? Certamente falaram, e os achei muito divertidos! Quer dizer — corrigiu-se, assumindo um tom comicamente severo —, têm toda razão em achá-la jovem demais para estimular um flerte! Muito audacioso de sua parte, querida... na verdade, impróprio!

— Não foi assim. Desde a primeira vez que nos vimos... — Fanny fez uma pausa, e deu um longo suspiro. — Nós nos amamos! — falou de uma só vez.

Abby não esperava uma confissão tão franca, e não lhe ocorreu nada a dizer além de que aquilo estava parecendo um conto de fadas, o que não era em absoluto o que devia ter dito, como se deu conta no instante seguinte.

Erguendo os olhos brilhantes para ela, Fanny replicou simplesmente:

— Sim, é exatamente assim! Ah, sabia que você ia entender, minha querida! Apesar de ainda não conhecê-lo! E quando conhecê-lo... ah, vai adorá-lo! Só não quero que o pegue para você!

Abby concedeu a essa tirada um sorriso, mas recomendou à sua enlevada sobrinha que não bancasse a tola.

— Oh, só estava brincando! — garantiu-lhe Fanny. — O fato é que ele não é um garoto tolo como Jack Weaverham, ou Charlie Ruscombe, ou... ou Peter Trevisian, mas um homem experiente, e *muito* mais velho do que eu, o que torna tudo particularmente gratificante... não, não foi isso o que eu quis dizer! *Tão maravilhoso* que, apesar de ele estar na capital, como dizem, há muitos anos, nunca tinha conhecido ninguém com quem desejasse manter uma relação *duradoura*, até vir para Bath e *me* conhecer! — Dominada por essa reflexão, pôs o rosto no colo de Abby e disse com a voz abafada: — E ele deve ter conhecido garotas muito mais bonitas do que eu, não acha?

A Srta. Wendover, ciente de que sua tendência era dar vazão ao primeiro pensamento que lhe ocorria, reprimiu o impulso de responder "Mas poucas com tal fortuna!". Em vez disso, replicou:

— Bem, como não conheço as beldades mais recentes, não posso dizer. Mas ter feito de um dândi londrino a sua primeira vítima certamente é um triunfo. É claro que sei que não devia ter-lhe dito isso, sua tia Cornelia chamaria de *fomentar a sua vaidade!* Por isso peço que não me exponha à censura dela tornando-se presunçosa, querida!

Fanny olhou para ela.

— Ah, você *não* entende! Abby, é uma relação duradoura! Tem de acreditar! Meu tio disse que ele é namorador? Ele tem *essa* reputação! Ele mesmo me contou. Mas não me importo nem um pouco, porque embora tenha-se sentido apaixonado muitas vezes, nunca quis se casar com ninguém até me conhecer! E se o meu tio disse que ele é um libertino inconsequente, podia ter poupado a língua, pois Stacy também me contou o mesmo. Ele disse... ah, Abby, ele disse que não era digno de tocar na minha mão, e que ninguém poderia culpar meu tio se se recusasse a consentir no nosso casamento!

Mais uma vez, escondeu o rosto no colo de Abby, levantando-o para dizer:

— Por isso, entende...

Abby achou que entendia, mas simplesmente respondeu, afagando a cabeça dourada sobre seus joelhos:

— Mas o que aconteceu que a deixou neste estado de aflição? Qualquer um teria suposto que seu tio já tivesse recusado seu consentimento e ameaçado vocês dois com penalidades terríveis!

— Oh! — Fanny ofegou, olhando ansiosa para a tia. — Está dizendo que acha que ele não recusará?

— Ah, não! Tenho certeza de que vai recusar! E embora eu não tenha boa opinião de seu julgamento, dou-lhe crédito por não ser tão idiota a ponto de aceitar a primeira proposta por sua mão que lhe fazem. Que bom tutor seria ele se permitisse que você se prendesse a seu primeiro flerte! Sim, sei que isso vai deixá-la com raiva, querida, e pronta para brigar comigo, mas imploro que não brigue! Talvez seu tio sonhe com uma relação esplêndida para você, mas você sabe que eu não compartilho deste pensamento! Tudo o que quero é uma relação feliz.

— Eu sei, ah, sei! — declarou Fanny. — E por isso vai me apoiar! Melhor das minhas tias, diga que sim!

— Ora, sim, se me convencer de que o seu primeiro amor também será o último.

— Mas já disse! — Fanny sentou-se sobre os calcanhares e olhou fixamente para Abby, cada vez mais indignada. — Nunca amarei ninguém como amo Stacy! Meu Deus, como pode... logo *você!*, falar assim comigo? Eu sei, minha tia me contou, que meu avô rechaçou o homem que *você* amava! E nunca mais amou outro, e... e sua vida foi arruinada!

— Bem, foi o que pensei na época — admitiu Abby. Um sorriso se insinuou nos cantos de sua boca. — Mas tenho de reconhecer, no entanto, que sempre que o meu primeiro cortejador é lembrado, só posso agradecer a seu avô por tê-lo rechaçado! Sabe, Fanny, a triste verdade é que o primeiro amor raramente guarda a menor semelhança com o último e mais duradouro! *Ele* é o homem com quem nos casamos e com quem vivemos felizes para sempre!

— Mas você não se casou! — murmurou Fanny com rebeldia.

— É verdade, mas não porque não o esqueci! Eu me apaixonei e deixei de me apaixonar dezenas de vezes, acho. Quanto à sua tia Mary, sempre foi considerada a beldade da família, e teve inúmeros admiradores! O primeiro deles não poderia ser mais diferente de seu tio George.

— Achei que o meu avô tivesse arranjado esse casamento — interveio Fanny.

— Oh, não! Ele certamente o aprovou, mas George foi apenas um dos três pretendentes qualificados! Não era nem o mais belo nem o mais elegante, e não apresentava a menor semelhança com os primeiros amores de sua tia. E eles têm um casamento muito feliz, posso lhe afirmar.

— Sim, mas não sou como minha tia. Acho que ela seria feliz com qualquer outro homem amável, porque tem uma disposição feliz, além de ser muito, mas muito resignada! — Fanny deu uma piscadela para Abby. — O que *não* sou! Minha tia é como uma... uma almofada deliciosamente macia, que pode tomar a forma que se quiser, mas eu *sei* o que quero, além de estar decidida.

— Mais parecida com um grande travesseiro, de fato — concordou Abby, com uma afabilidade que estava longe de sentir.

Fanny riu.

— Sim, se você assim prefere... *pior* das minhas tias! De qualquer maneira, pretendo me casar com Stacy Calverleigh, independentemente do que meu tio disser ou fizer!

Ciente de que poucas coisas eram mais fortificadoras para adolescentes orgulhosos do que a oposição, Abby replicou instantaneamente:

— Ah, certamente! Mas o seu pai, sabe?, era um excelente condutor de carruagens e dizia que se devia atravessar um solo pesado da maneira mais leve possível. Sou da opinião de que você e o Sr. Calverleigh não devem declarar suas intenções ao seu tio até poderem apresentar provas da durabilidade do seu afeto.

— Ele não se importaria, tem de saber que ele não se importaria! E se está dizendo que devo esperar até ser maior de idade, ah, não, não pode ser tão insensível! Quatro anos inteiros! Quando conhecer Stacy, vai entender!

— Ficarei encantada em conhecê-lo, e espero que seja em breve.

— Ah, eu também! — disse Fanny, animada. — Não imagina como sinto falta dele! Sabe, foi obrigado a ir a Londres, mas me disse que seria apenas por alguns dias, de modo que retornará a Bath no fim da semana. Ou, pelo menos, na semana que vem, pode ter certeza!

Essas palavras foram pronunciadas com uma expressão radiante, seguidas de um relato inebriado do primeiro encontro com o Sr. Calverleigh e uma descrição dos diversos encantos do rapaz. Abby escutou com atenção e comentou convenientemente, mas aproveitou a primeira oportunidade que surgiu para desviar Fanny para outro assunto. Dirigiu a atenção da sobrinha para a pilha de tecidos que comprara em Londres, perguntando se lhe agradavam. Deu resultado; e, extasiando-se com um gaze, se perguntando se preferiria um crepe azul celeste debruado com uma fita ou uma musselina, discutindo com Abby os respectivos méritos das mangas circassianas ou Cottage, para um vestido para a manhã, Fanny esqueceu-se temporariamente do Sr. Calverleigh e foi para a cama sonhar (Abby esperava) com moda.

Na manhã seguinte, parecia que tinha sido assim, pois foi ao quarto de Abby antes que esta tivesse se levantado da cama, ansiosa por mostrar o último número do *Ladies' Home Journal*, adulando-a para convencê-la a irem, antes do desjejum, à costureira em South Parade. Não conseguiu, pois Abby lembrou-lhe que sua tia Selina, que nunca se levantava cedo, ficaria ressentida se fosse excluída da expedição. Acrescentou que quando se tratava de bom gosto e moda, Selina era incomparável.

Fanny fez cara feia mas assentiu, reconhecendo a verdade dessas palavras. Podia estigmatizar muitas das ideias de Selina como antiquadas, mas ninguém nunca contestara seu olho para o que era elegante e apropriado. Quando jovem, tinha sido a menos bonita, porém a mais elegante das Wendover; na meia-idade, dotada de uma competência natural, gozava a reputação de ser a mulher mais bem-vestida de Bath. Apesar de Fanny não pedir, como Abby fazia, seus conselhos, era perspicaz o bastante para respeitar o julgamento da tia; de modo que quando mostrou a Selina o esboço de um vestido excessivamente adornado, seu desejo secreto de ser vista naquela vestimenta foi cortado no ato pela crítica devastadora de Selina:

— Ah, querida! — Selina torceu o nariz com desgosto. — Todos esses babados, franzidos, fitas...! Tão... tão *rebuscado*!

Portanto não mais olharam aquele croqui, e as três mulheres partiram na nova caleche para South Parade, onde se localizava o elegante showroom de madame Lisette.

Madame Lisette, cujo nome era Eliza Mudford, desfrutava do Patrocínio Real, mas apesar de ser protegida da princesa Elizabeth, em cujo serviço havia iniciado a sua carreira, e raramente deixar de receber encomendas dos visitantes mais nobres e elegantes de Bath, as senhoritas Wendover ocupavam um lugar privilegiado entre suas clientes favoritas: eram ricas, residentes em Bath, e realçavam os frutos de seu talento. De modo algum todas as suas clientes eram honradas com sua atenção pessoal, mas assim que sua vendedora-chefe divisava a caleche estacionando à sua porta, fazia uma aprendiz subir correndo ao escritório de madame com a notícia de que as senhoritas Wendover — *todas* as senhoritas Wendover! — estavam chegando à loja. Portanto, depois que as Srtas. Wendover tinham perguntado gentilmente como estava a Srta. Snisby, e seu lacaio havia passado aos cuidados de um subalterno o embrulho com as sedas, crepes e musselinas compradas em Londres pela Srta. Abigail, a Srta. Mudford entrou em cena, usando, de maneira conveniente mas refinada, um robe de uma seda magnífica, mas de um matiz sóbrio, combinando, com a descontração de uma expert, a deferência devida a damas distintas com o privilégio da familiaridade concedido a uma velha criada digna de confiança. Não demonstrou menos habilidade ao convencer a Srta. Wendover mais nova de que o estilo de vestido apropriado para uma matrona jovem pelo qual a donzela ansiava não a faria parecer audaciosa, pelo contrário, positivamente desmazelada. Foi tal sua habilidade que Fanny saiu do salão uma hora depois perfeitamente convencida de que, longe de ser tratada como uma colegial, seu gosto tinha sido aprovado, e que as criações resultantes a deixariam no topo da moda.

A sessão tendo-se encerrado de maneira satisfatória, as damas se dirigiram ao balneário, aonde Selina ia com frequência (a menos que o tempo estivesse inclemente, ou uma diversão mais agradável surgisse) beber, em pequenos e sofridos goles, um copo das famosas águas. Ali se encontraram com vários amigos e conhecidos. Entre os mais proeminentes estavam o general Exford, um dos admiradores de mais idade de Abby, e a Sra. Grayshott, com sua filha Lavinia, a melhor amiga de Fanny. As duas moças logo se uniram, e enquanto Abby resistia graciosamente aos galanteios do general, Selina, que às vezes parecia ter mais interesse pelos assuntos de estranhos do que os de sua própria família, encetava com a Sra. Grayshott uma conversa apaixonada, sendo o objeto de sua simpática investigação descobrir se a amiga tinha recebido alguma notícia do filho, de quem a última informação dizia estar em Calcutá, mas vivendo a expectativa de embarcar a qualquer momento na longa viagem de volta à Inglaterra. A apreensão transmitida pela face atormentada da Sra. Grayshott se intensificou quando sacudiu a cabeça e respondeu, com um sorriso resoluto:

— Ainda nada. Mas meu irmão me assegurou que tomou todas as providências concebíveis para o conforto de Oliver, e estou convencida de que não vai demorar para que esteja de novo comigo. Meu irmão tem sido tão bom! Se fosse possível, tenho certeza, enviaria seu médico pessoal ao encontro de Oliver! Ele se culpa por essa doença terrível, sabe? Mas isso é absurdo. Oliver quis muito ir para a Índia, e como, eu lhe perguntei, *ele* poderia prever que a constituição do pobre garoto fosse tão incompatível com o clima? *Eu* não poderia, pois ele sempre gozou de excelente saúde.

— Ah! — disse Selina com pesar. — Se pelo menos não tivesse sido arruinada por esse triste infortúnio!

Seu tom não transmitia nenhuma esperança no futuro; e quando prosseguiu contando a história sombria do sofrimento vivido em outro caso igual — que não fora vivenciado por ninguém que ela própria conhecesse, mas por um rapaz que era primo de uma conhecida sua, ou se não primo, um grande *amigo*, e não que isso tivesse importância —, a Sra. Grayshott só poderia ficar agradecida à Srta. Butterbank por chegar e interromper a narrativa desanimadora antes que alcançasse ao clímax do leito de morte. Conseguiu escapar sem perda de tempo. Percebendo que a Srta. Wendover acabara de se livrar de seu admirador, foi até ela, antecipando um cavalheiro em um casaco azul e calça Angola, que se aproximava, determinado. Ciente disso, pediu, rindo, o perdão de Abigail, acrescentando:

— Espero que não se importe, Abby!

— Não me importo, é muito mais agradável conversar com a senhora do que com o Sr. Dunston! Como vai? Não muito bem, receio, mas não tenho dúvidas de que vai me assegurar de que está animada. Está passando por um período de grande apreensão.

— Sim, mas sei que se tivesse acontecido alguma coisa, alguma coisa ruim, eu teria sido informada, portanto não vou me deixar abater, ou me mudar para Londres, até meu irmão me mandar notícias. Quando *isso* acontecer, vou deixar Lavinia em suas mãos, e partir. Fiquei muito grata à Srta. Wendover por ter se oferecido para cuidar dela! Mas será você que fará isso, se importa?

— Querida, como pode pedir isso? Fico, naturalmente, muito perturbada só com a ideia de ter tal carga pesada lançada sobre mim! Só a polidez me faz dizer que vai ser um prazer cuidar de Lavinia.

A Sra. Grayshott sorriu e apertou as mãos de Abby.

— Sabia que podia contar com você. Não creio que ela vá lhe dar trabalho. O que realmente acho... Abby, posso lhe falar francamente?

— É claro! Se bem que eu ache que sei o que está pensando. Fanny?

A Sra. Grayshott balançou a cabeça, assentindo.

— Então, já sabe? Fico feliz que tenha chegado. Tenho andado um pouco apreensiva. Sua irmã é uma criatura muito querida e generosa, mas...

Hesitou, e Abby disse calmamente:

— Verdade. Uma grande boboca querida e generosa! Ela parece ter-se enfeitiçado por esse Calverleigh.

— Bem, ele... ele é muito envolvente — confessou a Sra. Grayshott, com relutância. — Só que tem uma coisa nele de que não gosto! É difícil explicar porque não tenho motivos para antipatizar com ele. A não ser... — Mais uma vez hesitou, mas, ao ser estimulada a prosseguir, disse: — Abby, nenhum homem pode ser culpado por se apaixonar por Fanny, mas não acho que um homem de princípios, tão mais velho do que ela, ia querer, muito menos *instigar*, que ela fizesse o que facilmente desencadearia comentários. As atenções dele são extraordinárias demais para se ajustarem às minhas ideias antiquadas. Isso me torna alvo de gozação em Bath, acho, mas você sabe, minha querida, que quando um homem elegante e sociável faz de uma criança da idade de Fanny o alvo de suas atenções, não é de admirar que ela fique deslumbrada e perca a cabeça, ou que seja facilmente levada a acreditar que as normas de conduta com que foi criada sejam antiquadas, na verdade, provincianas!

Abby concordou com a cabeça.

— Como a impropriedade de passear pelos Sydney Gardens com ele? Conte-me tudo, senhora! Houve outros... bem, outros encontros clandestinos?

— Receio que sim. Bem, nada de sério, ou que seja do conhecimento de todos, ou... ou que você não encerrasse rapidamente! Talvez não lhe contasse se isso tivesse sido tudo, se não fosse necessário, e não aprecio a posição de ser sua informante, mas tenho motivos para crer que realmente isso não foi tudo, e gosto demais de Fanny para *não* lhe contar que baseada em algumas coisas que Lavinia, com toda a inocência, deixou escapar, acho que esse caso infeliz talvez seja mais sério do que supomos no começo. Até que ponto Lavinia é a confidente de Fanny, não sei, e, tenho de admitir, que não investigo, pois receio que se ela pensar que eu estava tentando descobrir um segredo que lhe foi confiado, se torne evasiva, até mesmo minta e, certamente, no futuro, controlaria a língua ao falar comigo. Talvez lhe pareça tolo, mas o fato é que ela tem sido uma companheira próxima, tão franca e verdadeira em sua afeição... — A voz da Sara. Grayshott falhou. Sacudiu a cabeça e depois prosseguiu, com esforço: — Não posso lhe explicar isso!

— Não há a menor necessidade — assegurou Abby. — Compreendo-a perfeitamente. Não tenha receio de mim. Prometo que não deixarei Fanny sequer suspeitar que Lavinia traiu sua confiança. Vou ser franca com a senhora. Tenho todos os motivos para supor que Calverleigh é um caçador de dotes, e ficou bastante claro para mim que Fanny crê estar sentindo uma paixão duradoura por ele. Não sei se Calverleigh espera conseguir o consentimento do meu irmão para o casamento, mas duvido muito. De modo que o que este homem pretende? Ele espera angariar meu apoio? Está se permitindo um simples flerte? Ou tem a intenção de fugir com Fanny? — A Sra. Grayshott arregalou os olhos, e ela percebeu o olhar da outra e sua risada. — Minha querida! Eu estava só brincando!

— Sim, eu sei, mas... Abby, às vezes me pergunto se nossos pais não estavam certos ao nos proibirem de ler romances! Tudo isso é culpa das bibliotecas, que emprestam livros!

— Por colocar ideias românticas na cabeça das moças? — Abby sorriu ligeiramente. — Não acho que seja assim. Eu mesma criei muitas e nunca tive permissão para ler nada além de obras úteis. Posso estar enganada, mas penso que por mais que uma moça admire, ou inveje, a heroína de um romance que se encontra nas situações mais *extraordinárias*, e por mais que se imagine nessas situações, sabe que não passam de uma brincadeira infantil de faz de conta, e que, de fato, ela não se comportaria como sua heroína. Como os filhos de minha irmã quando me pegam na moita de arbustos, e me dizem que são assaltantes e que pretendem me tomar como refém!

Seu sorriso se refletiu nos olhos da Sra. Grayshott, que soltou um suspiro e replicou:

— Pode ser... não sei! Mas e quando uma moça se apaixona por... ah, por um homem que chamam de homem da capital... experiente na arte da sedução...?

— Tampouco eu sei — disse Abby —, mas me ocorre que o seu homem da capital, supondo-se que esteja em busca de fortuna, não escolheria uma moça a que ainda faltam quatro anos para atingir a maioridade! Na verdade, oito, porque Fanny só terá a posse de sua herança quando completar 25 anos. Não sou bem informada sobre essas questões, mas não seria um tempo longo demais para... viver na expectativa?

— Ele sabe disso? — perguntou a Sra. Grayshott. — Fanny sabe disso?

Os olhos de Abby ergueram-se rapidamente e sua expressão se imobilizou. Passado um momento, ela falou:

— Não. Quer dizer, a questão nunca foi levantada. Não sei, mas acho que ela não sabe. Vejo que cabe a mim informar Calverleigh, se for necessário. Nesse meio-tempo...

— Nesse meio-tempo — a Sra. Grayshott abriu um sorriso significativo —, o Sr. Dunston está vindo na nossa direção, determinado a tirá-la de mim à força, de modo que tenho de me despedir! Não me ache impertinente se digo que gostaria de vê-la bem estabelecida, Abby!

Afastou-se enquanto falava, deixando o caminho livre para o cavalheiro de casaco azul e calça Angola, que se aproximou dizendo simplesmente:

— Voltou, finalmente! Bath estava um deserto sem a senhorita.

Abby replicou com uma risada e, depois de perguntar com cortesia como estava a mãe dele e conversar brevemente sobre questões triviais, mentiu que viu a irmã chamando-a e o deixou.

A Srta. Wendover, que observara com satisfação a presença do Sr. Dunston, deu um suspiro. Assim como a Sra. Grayshott, ela queria muito ver Abby bem estabelecida, e ninguém seria um marido melhor do que Peter Dunston. Era um homem muito respeitado, dono de uma propriedade considerável a algumas milhas de Bath; suas maneiras eram descontraídas e agradáveis, e a Srta. Wendover tinha ouvido da própria mãe viúva do Sr. Dunston, que morava com ele, que a amabilidade do filho só rivalizava com a elegância de sua mente e a superioridade de sua inteligência. Tal era a excelência de seu caráter que nunca fizera a mãe sofrer qualquer apreensão. Seria de se supor que Abby, correndo o risco iminente de se tornar uma solteirona, acolheria com prazer o interesse de um pretendente tão seleto, ao invés de declarar que nunca tinha conseguido sentir a menor afeição por homens de virtudes uniformes.

Ela certamente não sentia nada por Peter Dunston, mas a Srta. Wendover estava enganada ao suspeitar, o que a deprimia, que sua irmã querida, mas obstinada, resistia ao casamento. Abby estava plenamente consciente das desvantagens da sua situação e mais de uma vez considerara a possibilidade de aceitar uma proposta do Sr. Dunston. Ele seria um marido delicado, embora nada excitante; ele desfrutava do conforto e da importância de uma casa grande e uma fortuna segura; casando-se com ele, permaneceria próxima de Selina. Por outro lado, nenhum romance resultaria dessa união, e Abby que, quando jovem e inexperiente, recusara a proposta lisonjeira de lorde Broxbourne, ainda acreditava que existia, em algum lugar, o homem por quem ela iria sentir mais do que uma simpatia fraterna. No passado acreditara, também, que estava fadada a, mais cedo ou mais tarde, se deparar com ele. Isso nunca tinha acontecido e começava a parecer improvável que viesse a acontecer; mas sem se permitir lamúrias mórbidas, não estava inclinada a aceitar um substituto que só conseguiria, aos seus olhos, ser o segundo em qualidade.

No momento, entretanto, sua mente não se atinha a essa questão, estando completamente ocupada com o problema mais importante de encontrar a maneira menos dolorosa de afastar Fanny do indesejável Sr. Calverleigh. A Sra. Grayshott não era nenhuma mexeriqueira e, sendo extremamente reservada, Abby sabia que somente um estrito senso de dever a teria obrigado a passar por cima de sua repugnância por falatórios. O que ela soube, ou por sua própria observação ou pelas inocentes revelações da filha, considerou francamente grave demais para ser oculto da tia de Fanny. Ao mesmo tempo, pensou Abigail, considerando-a imparcialmente, a serenidade de suas maneiras educadas escondiam uma disposição superexcitante, que a levava a aumentar possíveis perigos. As circunstâncias trágicas de sua vida, associadas à sua constituição doentia, não lhe estimulavam o otimismo. Casada com um oficial combatente e mãe de três filhos promissores, tinha suportado anos de separação, sempre ansiando uma reunião feliz, até seus sonhos serem destruídos pela notícia da morte do capitão Grayshott, durante o cerco de Burgos. Esse golpe foi seguido, menos de um ano depois, pela demorada doença e morte do filho caçula, e o colapso de sua própria saúde, de modo que não causava surpresa ela estar mais preparada para prever um desastre do que um final feliz.

Não que traísse seu abatimento. Se fosse levada a falar de suas provações, o que era raro, e a somente poucos amigos de confiança, dizia ser muito mais afortunada do que muitas viúvas de soldados, porque tinha sido apoiada o tempo todo pelo irmão, de quem não conseguia falar da afeição e generosidade sem se emocionar. Ele era um mercador da Índia Oriental — mas como os moralistas mais antiquados de Bath reconheciam, uma pessoa extremamente distinta — e solteirão, que diziam nadar em dinheiro. Não somente a tinha adulado até convencê-la e intimidá-la a aceitar uma pensão que permitiu que se estabelecesse com uma elegância modesta nos Edgar Buildings, como tinha reivindicado o direito de manter seu sobrinho sobrevivente em Rugby e sua única sobrinha, no seleto seminário da Srta. Trimble, em Bath. A suposição geral era de que Oliver Grayshott estava destinado a ser seu herdeiro, e embora houvesse quem reprovasse o Sr. Balking por ter enviado o único filho homem que restara de sua pobre irmã à Índia, era a opinião quase unânime que ela estaria errada se tivesse se recusado a se separar dele.

Ela não tinha feito isso e agora, como várias pessoas tinham previsto desde o começo, o rapaz estava voltando para a mãe, se não à porta da morte, na melhor das hipóteses em um estado de total prostração.

Abby, abençoada por uma mente animada, tinha uma visão mais otimista do caso de Oliver, mas compreendia a apreensão que a Sra. Grayshott devia estar sentindo, e estava inclinada a achar que a perturbação consequente de seus nervos poderia naturalmente levá-la a exagerar na intensidade da paixonite de Fanny.

Os três dias seguintes nada contribuíram para promover um pensamento tão otimista. Não havia dúvida de que Fanny, deslumbrada com as atenções de um janota de Londres, tinha mergulhado de cabeça em seu primeiro caso amoroso e estava pronta para qualquer insensatez ultrajante. Sem nenhuma prática na arte da dissimulação, suas tentativas espasmódicas de parecer despreocupada traíram sua juventude e, em circunstâncias diferentes, talvez tivessem divertido Abby. Mas não demorou para que a tia descobrisse muito mais motivo para se afligir do que achar graça. Ela mesma era impulsiva, quase sempre impaciente com as convenções e, quando mais jovem, rebelde, mas tinha sido educada de maneira muito mais severa do que Fanny, e foi um choque desagradável quando descobriu que a sobrinha todos os dias vigiava a chegada do carteiro, e ao primeiro vislumbre de seu casaco escarlate e o chapéu com insígnia, escapava da sala para interceptar as cartas que chegavam à casa. Nunca, nem em seus momentos mais rebeldes, Abby teria sonhado em manter uma correspondência clandestina! Tal conduta, se fosse levada a público, renderia a Fanny muito mais do que uma repreensão. Era um insulto em todos os sentidos, e se não tivesse certeza, pelo olhar baixo de Fanny, de que nenhuma carta do Sr. Calverleigh tinha chegado, teria abandonado qualquer cautela e repreendido severamente a menina. De início, inclinada a dar ao Sr. Calverleigh o crédito de decoro, uma breve reflexão a fez se dar conta de que se o casamento fosse realmente o seu objetivo, não cometeria um ato tão insensato quanto escrever cartas a Fanny que provavelmente cairiam nas mãos de suas tias. Sua meta devia ser apaziguar os tutores de Fanny; e, ao lidar com Selina, tinha demonstrado estar ciente disso. Abby achava que ele tinha se saído bem demais. Selina mostrava-se excessivamente chocada com as revelações que ela tinha feito, e esperara, embora de maneira indefinida, que talvez, afinal, se descobrisse serem falsas; tinha-se comovido, o que Abby considerava um excesso de sensibilidade, com o espetáculo da sobrinha correndo para olhar ansiosamente pela janela toda vez que um veículo estacionava à porta da casa.

— Pobre menina, coitadinha! — lamentava-se. — É tão tocante! Não sei como consegue permanecer insensível! Nunca a teria imaginado tão... tão *insensível,* Abby!

— Não sou insensível — replicou Abby, irritada. — Estou profundamente tocada... por um forte desejo de dar a Fanny a maior surra de sua vida! E a daria, se não temesse que isso fosse encorajá-la em sua crença de ser uma heroína perseguida!

Com a nobre determinação de se abster de realizar seu desejo, foi fortalecida pela recepção de Fanny do único conselho que se permitiu dar à donzela morrendo de amor: que não expusesse seus sentimentos. Queixo para cima, os olhos brilhantes, a face corada, Fanny replicou:

— Não tenho vergonha de amar Stacy! Por que eu esconderia isso?

Muitas respostas pungentes ocorreram a Abby, mas graças a seu autocontrole, nenhuma delas foi proferida. A intuição tinha feito Fanny suspeitar que sua tia predileta estava do lado dos inimigos de Stacy Calverleigh; e pôs-se ligeiramente na defensiva, ainda não hostil, mas pronta para demonstrar irritação. Nada de útil resultaria em dar-lhe um tapa, pensou Abby, portanto ficou calada.

Capítulo 3

O Sr. Calverleigh não reapareceu em Bath naquela semana, nem escreveu a Fanny. Abby começou a acalentar a esperança de que havia, de fato, sido feita uma tempestade em copo d'água, e que ele simplesmente se divertira com um flerte; e teria suportado com comedimento o comportamento lânguido de Fanny se não fosse a revelação da cordial Lady Weaverham, que recebera uma carta dele escusando-se, com muita propriedade, por não jantar em sua companhia na quarta-feira, mas que certamente estaria em Bath no fim da semana seguinte, quando visitaria Lower Camden Place para se desculpar pessoalmente.

Essa notícia acabou com o otimismo de Abby. Seu ânimo afundou ainda mais quando Selina anunciou, com um fiapo de voz, que contraíra uma dor de garganta acompanhada de febre, forte dor de cabeça e cólica. Não pregara os olhos a noite toda, e só esperava que tais sintomas aflitivos não fossem o presságio de uma enfermidade, se não imediatamente fatal, que a deixasse se arrastando, pelo resto da vida, entre a cama e o sofá. Abby não partilhou essas apreensões sombrias, mas tampouco perdeu tempo e mandou chamar o mais recente médico a gozar da simpatia de Selina. Pediu-lhe para não encorajar a doente a se achar à beira do túmulo. Ele prometeu tranquilizar Selina e quase perdeu sua paciente mais lucrativa ao dizer-lhe, em tom enfático, que nada mais grave a acometera além de, como foi muito inábil em chamar, um *leve resfriado*. Antes de ter tempo de vaticinar um rápido restabelecimento, se deu conta do erro cometido e, com uma destreza que (mesmo contra a vontade) Abby foi obrigada a reconhecer, recuperou sua posição dizendo que, embora geralmente considerasse essa doença trivial, quando acometia pessoas com a constituição tão frágil quanto a da Srta. Wendover, era necessário o máximo de cuidado para evitar consequências graves. Recomendou que permanecesse de cama, prometeu lhe enviar, em uma hora, uma poção salina, aprovou remédios como o extrato de malte para uma possível tosse, soro de leite de cabra, para se proteger da consumpção, cápsulas de láudano para o caso de insônia, e uma dieta de caldo de cordeiro, gelatina de tapioca e água com cevada, tudo sugerido por ela mesma. E assim ele deixou o quarto da doente praticamente certo de que restaurara a fé, um pouco abalada, de Selina em sua capacidade. Ele disse a Abby, a título de desculpas, que esses remédios ou a dieta deprimente não causariam nenhum mal, e ela teve de se contentar com isso, resignando-se ao inevitável, extraindo o consolo que fosse do fato de que, pelo menos por alguns dias, não haveria perigo de que, enquanto desse atenção à irmã, o Sr. Calverleigh fortalecesse seu domínio sobre a afetividade da jovem Fanny.

A Srta. Wendover mais velha demonstrava todos os sinais de estar gostando da doença demorada, pois embora a febre logo tenha baixado, manteve uma tosse discreta e, depois de um acesso de cardialgia, lançou tantas indiretas sombrias a quem estava à sua volta sobre nervos cardíacos que Fanny se alarmou e perguntou a Abby se o coração da pobre tia Selina tinha sido realmente afetado.

— Não, querida, de jeito nenhum! — respondeu Abby, animada.

— Mas... Abby, às vezes me pergunto se... Abby, minha tia *gosta* de ficar doente?

— Sim, certamente gosta. Por que não? Tem muito pouco com que se distrair, afinal! Além de se tornar o centro das atenções, e seria uma malvadeza queixar-se dela por causa disso! A triste verdade, meu amor, é que mulheres solteiras da idade dela são praticamente compelidas a assumirem doenças perigosas, se quiserem ser objetos de interesse. E não somente as solteironas! Deve ter observado como várias matronas, cujos filhos estão todos casados e que gozam de uma posição confortável e segura, não lhes restando realmente muito o que fazer, desenvolvem os distúrbios mais *interessantes*!

Com os olhos mais parecendo dois pires, Fanny perguntou:

— Está dizendo que a minha tia vai ficar deitada em um sofá pelo resto da vida?

— Não, não! Mais cedo ou mais tarde vai acontecer alguma coisa que dará novo rumo a seus pensamentos, e você ficará surpresa com a rapidez de sua recuperação!

Em suma, aconteceu mais cedo do que se esperava. Um belo dia, logo depois do meio-dia, Abby entrou em seu quarto e a encontrou sentada ereta no sofá, para o qual, apoiada em sua criada, tinha cambaleado uma hora antes, lendo com atenção a carta que acabara de ser entregue pelo correio.

— Oh, querida, *o que* acha? — perguntou, em um tom surpreendentemente diferente do que usara para receber a irmã mais cedo, naquele mesmo dia. — Os Leavening estão vindo passar o inverno em Bath! Meu Deus, já devem ter chegado! A Sra. Leavening escreveu que pretendem ficar na York House enquanto procuram acomodações, e cabe a nós aconselhá-los, pois nunca estiveram aqui antes, como você sabe! Penso se as acomodações que os Thursley alugaram no Westgate Building não seriam convenientes... mas ficam na parte *mais baixa* da cidade, e é claro que embora seja uma rua larga... ou alguma coisa por aqui, ou na Pulteney Street, ou Laura Place, talvez seja muito cara para eles... não que a Sra. Leavening tenha dito o preço que tem em mente, mas não creio que a fortuna do Sr. Leavening seja mais do que *apropriada*, concorda?

— Minha querida, como não faço a menor ideia de quem sejam os Leavening, não posso responder! — Os olhos de Abby se iluminaram com a vontade de rir.

A Srta. Wendover ficou chocada.

— Abby! Como *pode* ter esquecido? De Bedfordshire... o nosso *próprio* condado! Quase nossos vizinhos! *Ele* tinha uma verruga na bochecha esquerda, uma pena! Mas em todos os outros aspectos nada tinha de excepcional! Ou estou pensando no Sr. Tarvin? Sim, acho que era ele que tinha a verruga, o que tornava isso encantador, pois existe um quê nas verrugas, não existe? Querida, gostaria que fosse à York House hoje à tarde! Foi tão descortês não recebê-los imediatamente, e não quero por nada deste mundo que a Sra. Leavening suspeite que nos esquecemos dela! Vai dizer-lhe como fiquei feliz em saber de sua chegada e explicar por que não posso visitá-la. Mas que hoje estou me sentindo muito mais forte, e acho que amanhã já poderei descer. E se for à Milsom Street, Abby, podia passar na Godwin's, para saber se já receberam aquele livro que a Sra. Grayshott disse que eu ia gostar. Chama-se *O cavaleiro de não sei o quê...* não, é claro, que eu seja uma *defensora* da leitura de romances. Talvez a Sra. Leavening pudesse vir e ficar um pouco comigo, amanhã. Quanta coisa terá para nos contar sobre nossos velhos amigos, o que James e Cornelia *nunca* fazem! Confesso que me animo só em pensar! Temos de oferecer uma de nossas festas, querida! Vou fazer a lista das pessoas que serão convidadas enquanto você está na cidade. — Acrescentou, gentil: — Está uma linda tarde! Vai lhe fazer bem dar uma volta, querida. Tem estado confinada comigo por tempo demais.

Abby ficou feliz demais em promover esses planos animados para levantar qualquer objeção à programação da sua tarde, que ela pretendera passar de maneira completamente diferente. Fanny tinha sido persuadida a fazer uma expedição a Claverton Down com um grupo de amigas, de modo que Abby partiu sozinha para realizar suas duas incumbências. Nenhuma das duas teve sucesso: a biblioteca Godwin's ainda não tinha um exemplar do último romance da Sra. Porter e, embora o Sr. e Sra. Leavening fossem esperados naquele dia na York House, ainda não tinham chegado, e dificilmente isso aconteceria antes da hora do jantar. Abby declinou o convite cortês para aguardar em um dos salões do hotel, e ia deixar apenas um recado para eles, mas achou que Selina diria que ela deveria ter escrito uma mensagem. Foi para a sala do lado do vestíbulo, e sentou-se a uma de suas duas escrivaninhas para cumprir a tarefa. Não havia ninguém na sala, mas, quando estava para lacrar a breve carta com o sinete que encontrou em uma das gavetas da mesa, ouviu sons que indicavam a chegada de alguém, e interrompeu o que fazia, pensando que poderia ser os Leavening. Mas somente uma pessoa entrou no hotel, um homem, como percebeu, olhando de relance pela porta aberta. Firmou o sinete e estava escrevendo o endereço no bilhete quando viu, pelo canto do olho, que ele entrara na sala. Ela não lhe deu atenção, mas se sobressaltou , no momento seguinte, ao escutar alguém no saguão mandar o engraxate do hotel levar a valise do Sr. Calverleigh para cima, para o apartamento nº 12.

Pega de surpresa, passaram-se instantes até ela ser capaz de decidir se deveria apresentar-se ela mesma ou se aguardaria uma apresentação formal. O decoro com que foi criada incitava-a a adotar a última alternativa. Mas então lembrou que não era mais uma jovem, e sim uma tia e tutora, com idade suficiente para abordar um cavalheiro estranho sem correr o risco de ser considerada audaciosa demais. Tinha-se perguntado como conseguiria, sem o conhecimento de Fanny, falar em particular com o Sr. Calverleigh, e ali estava, por um verdadeiro golpe da providência, a oportunidade. Recuar diante do que certamente seria um encontro extremamente desagradável seria um ato, pensou, de fraqueza. Preparando-se com determinação, levantou-se da escrivaninha e virou-se, falando em um tom calmo e agradável:

— Sr. Calverleigh?

Ele tinha pego um jornal na mesa no centro da sala e o estava folheando, mas o baixou e olhou de maneira inquiridora para ela. A expressão em seus olhos, que eram fundos e de um cinza claro, tornados mais impressionantes por sua compleição morena, era de uma leve surpresa.

— Sim? — replicou ele.

Se Calverleigh estava surpreso, Abby estava perplexa. Não tinha formado uma imagem muito precisa dele, mas nada do que disseram a levariam a esperar ser confrontada com um homem alto, de membros relaxados, consideravelmente mais velho do que ela própria, com feições desarmoniosas em um rosto com rugas profundas, uma pele deploravelmente pálida e sem o menor vestígio de elegância. Usava um casaco folgado nos ombros largos, como estava na moda, com calça de couro e botas de cano alto; a gravata estava atada de maneira negligente; nenhuma corrente de relógio pendia em sua cintura; e a gola da camisa não era apenas extremamente moderada, como nem mesmo estava bem engomada.

Ela ficou tão atônita que, durante um minuto inteiro, não conseguiu fazer outra coisa a não ser ficar olhando espantada para ele, sua cabeça dando mil voltas. Ele tinha-lhe sido descrito como um dândi jovem e bonito da capital, e não tinha nada a ver com essa imagem. Também tinha sido descrito, por seu cunhado, como nada confiável, e nisso estava muito mais disposta a acreditar: havia um quê de libertino nele, e aquelas rugas profundas na face magra podiam (supunha ela) trair devassidão. Mas o que havia nele para cativar Fanny — e Selina também! —, não conseguiu nem mesmo imaginar. Então, ao continuar a observá-lo, percebeu uma certa expressão divertida no rosto dele, e que um sorriso tremulava no canto de sua boca, e ela se deu conta, claramente, do motivo pelo qual Fanny tinha-se deixado fascinar por ele. Porém, mesmo quando respondeu com um sorriso involuntário, ocorreu-lhe que Selina, mesmo em seus momentos mais frívolos, não se referia a um homem da sua idade como *um rapaz de belas maneiras*, e ela exclamou, com a impetuosidade tão frequentemente deplorada pelos membros mais velhos de sua família:

— Oh, perdão! Eu me enganei... quer dizer... isto é... O senhor *é* o Sr. Calverleigh?

— Bem, nunca tive motivos para acreditar não sê-lo!

— O senhor *é*? Mas *certamente*... — Recompondo-se, Abby se interrompeu, e falou com toda a compostura que conseguiu: — Devo dizer-lhe, senhor, que sou a Srta. Wendover!

Ela observou, com satisfação, que essa revelação exerceu um forte efeito sobre ele. Aquele sorriso perturbador desapareceu, e suas sobrancelhas negras, de súbito, se juntaram.

— Senhorita *quem*? — perguntou ele.

— Srta. Wendover — repetiu ela, acrescentando, para esclarecê-lo melhor: — Srta. *Abigail* Wendover!

— Meu bom Deus! — Por um momento, ele pareceu levar um susto, e então, enquanto seus olhos iluminados pela curiosidade a examinavam, desconcertou-a dizendo: — Gosto do nome! Cai-lhe muito bem.

Indignada, Abby, esquecendo-se da questão principal, caiu na cilada e retorquiu:

— Obrigada! Estou extremamente grata! É um nome fora de moda, que costuma significar criada! Talvez *o senhor* goste dele, mas eu não! — Ela acrescentou, depressa: — Nem me apresentei, senhor, com o propósito de discutir o meu nome!

— É claro que não! — disse ele, de tal modo querendo acalmá-la, que Abby teve vontade de esbofeteá-lo. — Diga-me o que deseja discutir! Responderei da melhor maneira que puder, embora, assim de imediato, eu não compreenda por que a senhorita teria algo a discutir comigo. Perdoe-me! Não sou muito bom socialmente... mas já nos vimos antes?

— Não. — Os lábios curvos de Abby formaram um sorriso desdenhoso. — Não nos vimos, senhor... como bem sabe! Mas não pode negar que se relaciona com outro membro da minha família!

— Ah, não! Não vou negar! — assegurou-lhe ele. — Não quer se sentar?

— Eu, senhor — Abby ignoro o convite —, sou tia de Fanny!

— Ah, é mesmo? Não parece ter idade para ser tia de ninguém.

Tais palavras audaciosas foram proferidas da maneira mais casual, como se fosse um lugar-comum e não uma impertinência. Ele não parecia fazer ideia de que havia dito algo impróprio, nem pelo seu ar de indiferença, ela poderia supor que tivesse tido a intenção de lhe fazer um elogio. Começou a achar que era um homem muito estranho, com quem seria muito mais difícil lidar do que havia previsto. Obviamente estava se esquivando de dar respostas diretas, e quanto mais cedo fizesse ele perceber que tal tática não funcionaria, melhor. Portanto retrucou, fria:

— Deve saber muito bem que sou tia de Fanny.

— Sim, já me disse.

— Soube assim que me apresentei ao senhor! — Conteve-se, decidida a não perder o controle, e disse da maneira mais simpática que pôde: — Ora, Sr. Calverleigh! Vamos ser francos! Imagino que também saiba por que me apresentei. Certamente planejou insinuar-se com minha irmã, mas não podia supor que acharia *todas* as relações de Fanny tão amáveis!

Ele a olhava, atento, mas com uma expressão divertida, o que a deixou furiosa.

— Não, não poderia, poderia? Ainda assim, se a sua *irmã* gosta de mim...!

— Minha irmã, Sr. Calverleigh, não estava ciente, até eu informá-la, de que o senhor não era, como ela supunha, um homem de caráter, mas um homem de... de reputação detestável! — falou ela abruptamente

— Bem, que coisa nada generosa de se fazer! — ele a reprovou. — E ela não gosta mais de mim?

Abby, então, descobriu que era possível estar, ao mesmo tempo, furiosa e ter a maior dificuldade de reprimir um desejo quase irresistível de cair na gargalhada. Depois de um esforço árduo, conseguiu pronunciar:

— Isto... isto é inútil, senhor! Posso lhe assegurar que não deve fomentar nenhuma esperança de conseguir o consentimento do tutor de Fanny para a sua proposta! E também quero lhe dizer que ela só terá a posse de sua herança quando completar 25! O que, entendo, é algo de que o senhor não estava a par!

— Não — admitiu ele —, não estava!

— Até essa data — prosseguiu Abby —, sua fortuna estará sob o controle exclusivo de seu tutor, e devo dizer-lhe que de maneira nenhuma ele passará tal controle às mãos de seu marido antes de Fanny completar 25 anos, se se casar sem o consentimento dele. Acho até mesmo duvidoso que vá permitir que ela continue a receber parte da renda resultante de sua fortuna. Não é um bom negócio, senhor, concorda?

— Parece ser um péssimo negócio. Quem, a propósito, *é* o tutor de Fanny?

— O tio, é claro! Certamente ela lhe contou isso, não? — replicou Abby com impaciência.

— Mas não! — O tom dele era ainda mais apologético. — Ela realmente não teve oportunidade para isso!

— Não teve... Sr. Calverleigh, está querendo que eu acredite que o senhor... se lançou nessa tentativa de recuperar sua fortuna sem primeiro descobrir quais eram os termos exatos do testamento do pai dela? Isso está se tornando intolerável!

— Quem *foi* o pai de Fanny? — interrompeu ele, olhando para Abby com o cenho franzido. — Falou de sua herança... Não está querendo me dizer que ela é filha de *Rowland* Wendover, está?

— Sim... se isso fosse necessário... o que duvido muito! — Abby olhou-o com hostilidade. — Ela é órfã, e protegida de meu irmão, James.

— Pobre menina! — Examinou-a. — Então, você é irmã de Rowland Wendover! Sabe, é difícil de acreditar.

— Realmente! No entanto é verdade... se bem que no que interessa à questão...

— Ah, não interessa! — Ele sorriu, desarmando Abby. — Agora que penso nisso... ele tinha várias irmãs, não tinha? Acho que deve ser a mais nova. Ele era mais velho do que eu, e a senhorita não passa de uma criança. A propósito, quando ele morreu?

Essa pergunta, feita em tom de um interesse casual, pareceu a ela tão despropositada que lhe ocorreu a possibilidade de ele estar bêbado. Não demonstrava nenhum dos sinais reconhecíveis de embriaguez, mas sabia que sua experiência era limitada. Se não estava embriagado, a única explicação para o seu comportamento fantástico era o de ser ligeiramente perturbado mentalmente. A menos que estivesse tentando, de alguma maneira obscura, confundi-la. Mas a expressão divertida no rosto dele a fez sentir incomodada e pensar que ele tinha um objetivo em mente: provavelmente um objetivo inescrupuloso. Observando-o atentamente, ela disse:

— Meu irmão morreu 12 anos atrás. Sou sua irmã caçula, mas está enganado em achar que não passo de uma *criança*. Acho que gostaria que eu fosse.

— Não, não gostaria. Por que gostaria? — perguntou ele, surpreso.

— Porque acharia mais fácil me engambelar!

— Mas não quero engambelá-la!

— Ainda bem! Pois não conseguiria! Tenho mais de 28 anos, Sr. Calverleigh!

— Bem, isso é uma criança para mim. Quantos mais?

Ela agora estava extremamente irritada, mas pela segunda vez se viu obrigada a reprimir o riso. Disse de maneira vacilante:

— Falar com o senhor é como... falar com uma enguia!

— Não! É mesmo? Nunca tentei falar com uma enguia. Não é uma perda de tempo?

Ela se desconcertou.

— Não tanta perda de tempo quanto falar com o senhor!

— Certamente não vai me dizer que enguias a acham mais interessante do que eu. — Ele parecia, incrédulo.

Isso foi demais para Abby. Ela riu e ficou furiosa por isso.

— Assim é melhor — disse ele, aprovando.

Ela se recuperou.

— Deixe-me fazer-lhe uma pergunta, senhor! Se *eu* realmente lhe pareço uma criança, como considera uma menina de 17 anos?

— Ah, como um membro da infantaria.

Essa resposta indiferente a fez ofegar. Seus olhos faiscaram.

— Por favor, quantos anos acha que minha sobrinha tem?

— Nunca vi sua sobrinha, não faço a menor ideia!

— Nunca viu... Mas... Meu Deus, então não pode ser o Sr. Calverleigh! Mas quando perguntei, o senhor respondeu que era!

— É claro que sim! Diga-me, tem um sobrinho meu andando aqui por Bath?

— *Sobrinho*? Um... Sr. Stacy Calverleigh!

— Sim, exatamente. Sou seu tio Miles.

— *Oh!* — exclamou ela, olhando para ele completamente atônita. — Não está dizendo que é aquele que... — Interrompeu-se, confusa, e então acrescentou apressadamente: — O que foi para a Índia!

Ele riu.

— Sim, sou a ovelha negra da família.

Ela enrubesceu.

— Eu não ia dizer isso!

— Não ia? Por que não? Não feriria meus sentimentos!

— Eu não seria tão descortês. E quando se trata de *ovelha negra*...!

— Quando se envolve com os Calverleigh, é inevitável. Viemos para a Inglaterra com o Conquistador, sabe. Acredito que nosso ancestral foi um dos aterradores piratas que ele trouxe junto. Havia inúmeros deles em sua comitiva.

Ela soltou uma risada deliciosa.

— Não diga! Havia? Não sabia... mas nunca ouvi falar de ninguém reivindicando um *pirata aterrador* como ancestral!

— Não, acho que não. Nunca conheci nenhum de nós, os *que vieram-com-a-Conquista,* que não quisesse se manter fiel, e se aferrar à ideia de que seu ancestral era um barão normando, quando provavelmente pertencia à ralé da Europa. Gostaria que se sentasse!

A essa altura, Abby sabia que lhe cabia se despedir educadamente do Sr. Miles Calverleigh. Sentou-se, concedendo à sua consciência uma justificativa na forma de esperança de que o Sr. Miles Calverleigh pudesse ajudá-la a frustrar as intenções do sobrinho. Escolheu uma das cadeiras de espaldar reto ao redor da mesa, e observou-o dispor as pernas e braços compridos em outra, que formava um ângulo reto com a sua. Sua atitude foi tão negligente quanto sua conversa, pois cruzou as pernas, pôs uma das mãos no bolso, e estendeu o outro braço sobre a mesa. Parecia dar pouca importância às convenções que governavam a conduta polida, e Abby, em quem as convenções estavam profundamente inculcadas, achou isso mais divertido do que insultante. Seus olhos expressivos cintilaram de maneira atraente quando ela perguntou:

— Posso lhe falar com franqueza, senhor? A respeito do seu sobrinho? Não quero ofendê-lo, mas acho que ele é mais a ovelha negra da sua família do que o senhor!

— Ah, eu não diria isso de jeito nenhum! Ele me parece mais um parvo, se está se insinuando para uma garota que só terá direito a sua herança daqui a oito anos!

— Tenho todos os motivos para achar — replicou Abby gelidamente — que minha sobrinha não é a primeira herdeira para quem ele, como o senhor mesmo disse, *se insinuou*!

— Bem, se o que ele está querendo é uma esposa rica, suponho que ela não seja o melhor partido.

Os dedos delas apertaram o cabo da sombrinha.

— Sr. Calverleigh, ainda não conheci seu sobrinho. Ele veio a Bath quando eu estava fora, visitando minhas irmãs, e, segundo me disseram, foi chamado a Londres para tratar de alguns negócios antes de eu retornar. Minha esperança é que ele tenha-se dado conta de que sua... sua corte é vã, e que não retorne, mas a *sua* presença em Bath destrói essa esperança, já que entendo que deva ter vindo na expectativa de vê-lo.

— Ah, não! — assegurou-lhe ele. — O que a faz pensar isso?

Ela hesitou.

— Presumi que... bem, *naturalmente* presumi que tivesse vindo à procura de seu sobrinho! Isto é... um parente tão próximo e, compreendo, o único membro de sua família ainda vivo...?

— E daí? Sabe, perder tempo com família e parentes próximos é uma bobagem! Não vejo meu sobrinho desde que ele era um pirralho, se é que o vi então, o que é muito improvável, pois nunca me aproximei de meu irmão podendo evitá-lo. Portanto, por que diabos eu deveria vê-lo agora?

Não lhe ocorreu nenhuma resposta, mas lhe pareceu tão implacável que se perguntou, lembrando-se de que ele tinha sido mandado para a Índia em desgraça, se esse comportamento não havia sido provocado por sentimentos de rancor. Entretanto, suas palavras seguintes, proferidas em um tom pensativo e desapaixonado, enfraqueceram sua suspeita:

— Sabe, há muito palavrório a respeito de afeto familiar. Quanta afeição tem por *sua* própria família?

Ela nunca tinha-se feito essa pergunta; e como amar e respeitar seus pais, e (pelo menos) amar seus irmãos e irmãs, era um dos dogmas aceitos, ela nunca tinha refletido sobre isso. Mas assim que estava para garantir àquela pessoa ultrajante que era dedicada a cada membro de sua família, as imagens nada queridas de seu pai, seus dois irmãos e mesmo de sua irmã Jane vieram à sua mente. Respondeu, com um leve pesar:

— Por minha mãe e minhas duas irmãs, muita.

— Ah, nunca tive irmãs, e minha mãe morreu quando eu era pequeno.

— É uma pena.

— Ah, não, eu não acho! Não gosto de obrigações! — O sorriso cândido voltou aos olhos dele quando estes repousaram no rosto de Abby. — Minha família me renegou há mais de vinte anos, como sabe!

— Sim, eu soube. Isto é... me disseram que fizeram isso. — Ela acrescentou, com um certo sorriso tímido: — Acho que foi uma coisa *terrível* o que fizeram, e... e talvez seja essa a razão de não querer se encontrar com seu sobrinho, não?

Isso o fez rir.

— Meu bom Deus, não! O que isso tem a ver com ele?

— Só achei que... pensei... já que foi seu pai...

— Não, não, isso é muito pretensioso! — protestou ele. — Não pode me transformar em objeto de compaixão! Eu não gostava do meu irmão Humphrey, nem do meu pai, mas não tenho por eles nenhum ressentimento por terem me mandado para a Índia. Na verdade, foi a melhor coisa que podiam ter feito, e me foi perfeitamente conveniente.

— A compaixão parece ter-se esgotado no senhor! — ela comentou, mordaz.

— Sim, certamente. Além do mais, gosto da senhorita, e vou deixar de gostar se sentir pena de mim.

Abby sentiu-se impelida a retrucar rapidamente:

— Bem, isso não me perturbaria!

— O que seria desejável! — disse ele, compreensivo. — Conte-me mais sobre essa sua sobrinha. Pelo que entendi, a mãe dela também morreu, não?

— A mãe morreu quando ela tinha 2 anos, senhor.

A expressão no rosto dele era inescrutável, e embora mantivesse os olhos nela, a impressão que teve foi de que não a estava olhando e sim para algo muito distante. Então, com um sorriso retorcido e repentino, voltou a se concentrar nela, e perguntou abruptamente:

— Rowland casou-se com ela, não? Celia Morval?

— Sim! Conheceu-a?

Em vez de responder, ele fez outra pergunta:

— E o meu sobrinho está querendo conquistar a filha dela?

— Receio que seja mais grave do que isso. Eu não o conheci, mas ele parece ser um rapaz de maneiras cativantes. Conseguiu... fazer com que ela se interessasse por ele... bem, para falar com franqueza, senhor, ela se imagina perdidamente apaixonada por ele. Talvez ache que não seja tão grave, já que é tão jovem, mas a questão é que se trata de uma menina orgulhosa, e seu caráter é... determinado. Ela tem estado aos meus cuidados, e da minha irmã mais velha, desde a infância. Talvez tenha sido muito mimada, e tido independência demais. Eu não pensava assim, entende? Eu mesma, nós todas fomos criadas em tal submissão que jurei que não permitiria que Fanny fosse oprimida como nós fomos. Até mesmo pensei, sabendo como desejei ter coragem para me rebelar, e como ressenti a tirania do meu pai, que se eu a encorajasse a ser independente, a me ver como uma amiga e não uma tia, ela não se tornaria uma *rebelde*, que se permitiria ser guiada por mim.

— E não foi assim? — indagou ele, solidário.

— Não nesse caso. Mas até seu sobrinho enfeitiçá-la, sim! É a menina mais perfeita do mundo, mas reconheço que pode ser voluntariosa e excessivamente impetuosa. — Fez uma pausa, depois prosseguiu, pesarosa: — Quando decide alguma coisa, é muito difícil fazê-la mudar de opinião. Ela... ela não é uma moça *sem convicção*! É uma das características de que, particularmente, gosto nela, mas que nesse caso é desastrosa!

— Enamorada, ela está? Acho que vai se recuperar. — Ele demonstrou um toque de aborrecimento na voz.

— Sem dúvida! O meu medo é que faça isso tarde demais! Sr. Calverleigh, mesmo que o seu sobrinho fosse o melhor partido do país eu me oporia à relação! Ela é jovem demais para pensar em casamento. Acho que não preciso ter escrúpulos para lhe dizer que ele *não* é um bom partido! Tem uma reputação deplorável, e afora qualquer outra coisa, acredito que seja um caçador de dotes!

— É muito provável — concordou ele.

Essa observação fria exigiu dela esforço para não perder o controle. Replicou com a voz impassível:

— *O senhor* talvez encare esse fato com tolerância, mas eu não!

— Não, acho que a senhorita não — disse ele, amável.

Ela ruborizou-se.

— E o que é mais importante, tampouco o meu irmão!

Isso pareceu reacender seu interesse. Um fulgor passou pelos olhos dele.

— Ele sabe disso?

— Sim, senhor, sabe e posso lhe assegurar que nada o desgostaria mais do que essa relação! Foi ele que me contou o que tinha acontecido aqui, em Bath, durante a minha ausência, tendo ele próprio tomado conhecimento através de alguém que, casualmente, é amiga íntima de sua mulher. Foi de Bedfordshire a Londres para me informar. Por favor, não pense que estou exagerando quando digo que em raras ocasiões o vi tão profundamente abalado, ou... ou o ouvi expressar-se com tal violência! Acredite, senhor, *nada* o faria consentir com a proposta de seu sobrinho!

— Acredito... implicitamente — replicou ele, a luz de diversão profana em seus olhos. — E tem mais, eu daria 500 libras para tê-lo visto! Deus, que engraçado!

— Não foi nada engraçado! E...

— Sim, foi, mas isso não importa. Por que está tão aflita? Se o virtuoso James proíbe as núpcias, e se o meu sobrinho é um caçador de dotes, com certeza vai romper com ela. — O homem percebeu a dúvida no rosto de Abby. — Não acha?

Ela hesitou.

— Não sei. Talvez ele espere dobrar James...

— Ele não fará isso!

— Não. A menos... Sr. Calverleigh, tenho motivos... um motivo para temer que seu sobrinho consiga persuadi-la a *fugir*! Uma vez atado o laço, meu irmão será obrigado a... — Interrompeu-se quando ele caiu na gargalhada. E então disse, com indignação: — Pode parecer engraçado para o senhor, mas juro que...

— E é! Que tema para uma farsa! A história se repete... como uma vingança!

Completamente perplexa, ela perguntou:

— O que quer dizer? O que quer dizer afinal?

— Menina inocente — o tom de voz dele era gentil e com um quê de zombaria —, ninguém nunca lhe disse que sou *eu* o homem que fugiu com a mãe de Fanny?

Capítulo 4

FOI PRECISO UM MINUTO para Abby se recompor e conseguir de falar, e quando o fez não foi de maneira inteiramente apropriada:

— Então eu tinha razão! E é *você*, aquilo!

Aparentemente se divertindo, ele replicou instantaneamente:

— Até eu saber o que é *aquilo*, reservo-me o direito de defesa.

— O esqueleto no armário! Só que eu disse a Selina que acabaria sendo nada mais do que o esqueleto de um rato!

— Então, mentiu! O esqueleto de uma ovelha negra, se quiser, mas *não* o de um rato... nem mesmo um rato negro!

A voz dela saiu tremida, pois estava se segurando para não rir.

— Não, claro que não! Que... que horrível! Mas como... quando... Por favor, me *conte*!

— Está me surpreendendo, Srta. Abigail Wendover! Sabe, eu *realmente* gosto deste nome. Quem sou eu para revelar um segredo que foi tão bem guardado?

— O esqueleto, é claro!

— Mas esqueletos não falam! — ressaltou ele.

Absorta nos próprios pensamentos, ela não prestou atenção nisso, e falou de súbito:

— Foi *por isso* que James ficou tão preocupado! Então, não é típico de James não ter me contado a verdade?

— Exatamente.

— Mas por que George ... Não, ele tampouco sabia! Porque Mary não sabe, embora tenha sempre suspeitado, assim como eu, de que havia algo em relação a Celia que era mantido em segredo. Será que Selina soube? Não tudo, é claro, pois se soubesse, nunca teria encorajado seu sobrinho, teria?

— Ah, não! *Ela* não teria, e provavelmente *Mary* tampouco, mas *George*, acho, é outra história. Esclareça-me: quem são essas pessoas?

Ela hesitou.

— Quem...? Ah, perdão! Continuei falando como uma idiota, falando comigo mesma! Selina é a minha irmã mais velha: Moramos juntas em Sydney Place. Mary é a minha irmã *seguinte*, quer dizer, seguinte em idade. E George Brede é o marido dela. Mas isso não importa! *Quando* fugiu com Celia?

— Quando ela ficou noiva de Rowland — respondeu ele, como se fosse de se esperar.

— Meu Deus! Está dizendo que a *raptou*? — Ela ofegou.

— Não, não me lembro de já ter raptado alguém. — Ele refletiu sobre a questão. — Na verdade, tenho certeza de que não. Uma noiva relutante seria um inferno, sabe?

— Bem, foi o que sempre achei! — exclamou ela, feliz por partilharem a mesma opinião. — Quer dizer, sempre que lia isso em algum romance barato. Evidentemente, se a heroína é uma herdeira, o caso é compreensível, mas... *Oh*! — Sua voz transmitiu consternação, e, dolorosamente mortificada, ela gaguejou: — P-perdão! Não sei o que me levou a dizer...

— Não, de jeito nenhum! — tranquilizou-a ele, delicadamente. — Uma observação muito natural!

— Está querendo me dizer que foi por isso que... que fugiu com Celia? — perguntou, incrédula.

— Não! Mas não pode esquecer que eu era muito jovem naquela época. Crianças raramente são oportunistas. *Tudo pelo amor*. Nós nos apaixonamos loucamente ou pelo menos achamos que tínhamos nos apaixonado. Sabe, é uma história extremamente doentia. Vamos falar de outra coisa!

— Acho que é uma história triste. Mas não entendo direito como Celia ficou noiva do meu irmão se estava apaixonada pelo senhor.

— Não entende? Devia! Conheceu Morval?

Ela negou sacudindo a cabeça.

— Talvez o tenha visto, mas não me lembro. Eu era muito pequena na época. Sei que era um dos amigos mais íntimos do meu pai.

— Então é capaz de fazer uma ideia precisa dele. Eram como unha e carne. O casamento foi feito entre eles. Celia ficou proibida de me dispensar mais do que um cumprimento comum com a cabeça, imagine, eu não era de maneira alguma um bom partido, e foi obrigada a aceitar a proposta de Rowland.

— Entendo sua submissão à primeira ordem, mas não à segunda! Eu também me submeteria em um caso semelhante. Não é fácil se casar contra a vontade dos pais. Mas ter afeição por um e aceitar se casar com outro só porque é a vontade de seu pai, é algo que não entendo! Se Celia estava disposta a fugir com o senhor, deve ter sido uma garota de vontade própria, e não a criatura resignada e obediente que sempre pensamos!

— Ah, não, ela não tinha nem um pingo de força! — replicou ele, tranquilamente. — Era romântica, se bem que certamente dócil. Uma daquelas mulheres bonitas, emocionalmente dependentes que invariavelmente cedem a uma vontade mais forte! Não percebi isso até chegarmos ao ponto crítico e ela se desmanchar em lágrimas. E foi uma coisa muito boa o que ela fez. Poderíamos ter levado o caso adiante, se ela tivesse se mantido firme, eu teria concordado. Não pensava assim na época, é claro, mas nunca estive tão perto de me arruinar. Como ela lidou com Rowland?

Ele tinha anulado todo o páthos romântico do caso, mas Abby não conseguia deixar de pensar se sua aparente indiferença não escondia uma mágoa. Abby respondeu à pergunta de maneira reticente:

— Não sei. Não tinha idade para saber. Ela era muito calada, mas nunca demonstrou ser infeliz. Agora vejo que não podia ter *amado* Rowland, mas sei que o respeitava muito. Isto é, confiava totalmente no julgamento dele, e estava sempre repetindo, "Rowland diz" como se fosse um argumento definitivo para qualquer discussão!

O tom ligeiramente ácido com que Abby emitiu essa conclusão o fez rir.

— Uma opinião não partilhada por Abigail Wendover!

— Não! — Os olhos dela estavam inflamados pelas reminiscências. — Não partilhada por mim! Rowland era... — Interrompeu-se, fechando a boca, resoluta.

— Rowland — disse Miles Calverleigh, intervindo prestimosamente para preencher a lacuna que se formara — era um grosseirão pomposo!

— Sim! — Abby perdeu a cabeça por um momento. — Era exatamente isso! O mais presunçoso, valente só quando bebia... — Interrompeu-se de novo, depois acrescentou, depressa: — Isso não importa!

— Não para mim... e parece que para Celia tampouco. Não, para ela não, é claro. Sabe, quanto mais penso nisso, mais acho que foram feitos um para o outro! Fico feliz em saber que ela não sucumbiu à melancolia.

O cenho de Abby estava franzido.

— Sim, mas... Rowland *sabia* da fuga?

— Oh, Deus, sim! — Ele encarou o olhar espantado dela com um sorriso de puro escárnio. — Ora, ora, senhora! Onde foi parar sua sagacidade? Celia era uma *herdeira*! Considere, além disso, o escândalo que a ruptura do noivado causaria. As pessoas devem ter *comentado*, e nada seria mais nefasto para um Wendover ou um Morval! O caso tinha de ser abafado, e é preciso reconhecer que foram habilidosos, os quatro!

— Os *quatro*?

— Sim. Seu pai, o pai de Celia, meu pai e Rowland — explicou ele.

— Respeitabilidade! — falou ela com amargura. — Ah, como detesto isso... esse deus idolatrado por meu pai! Seu pai adorava no mesmo altar?

— Não, o que ele adorava era o bom-tom. A minha conduta não esteve nem um pouco de acordo com a boa educação, de modo que ele ficou feliz com a oportunidade de se livrar de mim, e não posso culpá-lo. Eu era muito caro, entende?

— Pelo que soube, o seu irmão é ainda mais caro! — disse ela. — E me admira não terem se livrado *dele*!

Ele sorriu.

— Ah, mas Humphrey era o seu herdeiro! Além do mais, as dívidas *dele* eram de honra: irrepreensíveis, particularmente quando contraídas em clubes na última moda! Ele costumava frequentar os círculos mais influentes, também, o que eu... hum... não fazia!

— Sem dúvida ele não teria feito nenhuma objeção à carreira ruinosa de *seu* filho!

— Oh, isso não aconteceu! Estando ele próprio confinado, teria provavelmente feito a maior objeção. No entanto, morreu antes de Stacy atingir a maioridade, portanto nunca saberemos. A julgar por minha própria experiência, Stacy deve ter se endividado em Oxford, mas provavelmente sem se arruinar, a menos, é claro, que fosse um *expert* regular, o que, pelo que a senhorita me disse, ele não parece ser.

— Esteve em Oxford? — perguntou ela com curiosidade.

— Fui expulso de Oxford, expulso! — replicou ele, afável.

Ela se espantou, mas conseguiu dizer, depois de algum esforço:

— O que... quaisquer que possam ter sido seus desatinos de juventude, senhor, acredito que os tenha superado, e... e *não consigo* pensar que queira que seu sobrinho, o chefe de sua casa, que ele... que ele recupere sua fortuna seduzindo uma moça... oh, uma *criança*, em um casamento clandestino!

— Mas se o pobre está na miséria, o que mais pode fazer?

Ela respondeu entre os dentes:

— Até onde me diz respeito, pode fazer o que quiser, *exceto* casar com minha sobrinha! *Certamente... certamente* percebe como, como isso seria um erro!

— Devo dizer que me parece uma idiotice — concordou ele. — Ele faria melhor caso se interessasse por uma moça que já estivesse na posse de sua fortuna.

— Meu Deus, isso é *tudo* o que tem a dizer? — gritou ela.

— Bem, o que esperava que eu dissesse?

— Como? Esperava... esperava que *fizesse* alguma coisa!

— Fizesse o quê?

— Pusesse um fim nesse caso!

— Como?

— Fale com seu sobrinho... diga-lhe... ah, sei lá! Deve ser capaz de pensar em alguma coisa!

— Bem, não sou. Além do mais, por que deveria ser?

— Porque é seu dever! Porque ele é seu sobrinho!

— Vai ter de pensar em razões melhores do que essas. Não tenho a menor obrigação com Stacy, e mesmo que tivesse, não suponho que fosse meu dever fazer isso.

— Sr. Calverleigh, *não pode* querer que seu sobrinho se degrade a ponto de ficar aquém de qualquer crítica!

— Querer? Não experimento absolutamente nenhum sentimento em relação a essa questão. Na verdade, pouco me importo com o que ele faz. De modo que não espere que eu vá atrás dele para censurá-lo!

— Oh, o senhor é impossível! — gritou ela, enrubescendo.

— É bem provável, mas que eu me dane se vou pregar moralidade para agradá-la! Que papelão não faria! Gosto da maneira como seus olhos faíscam quando está com raiva.

Eles positivamente lampejaram ao ouvir isso. Abby lançou-lhe um único olhar fulminante antes de se virar abruptamente e sair da sala.

Os Leavening foram esquecidos; somente quando chegou a Laura Place foi que se lembrou de que o bilhete tinha sido deixado na escrivaninha. Só podia desejar que fosse encontrado e entregue à Sra. Leavening. A essa altura, sua raiva havia abrandado um pouco, e ela pôde rever o encontro com o Sr. Miles Calverleigh com o ânimo menos exaltado. Afrouxando o passo, prosseguiu seu caminho, entrando na Pulteney Street, tão profundamente absorta que nem reconheceu — aliás, nem mesmo viu — a saudação que lhe foi dirigida da calçada oposta por seu admirador clerical, Cannon Pinfold, uma aberração que fez o próprio reverendo examinar com rigor sua consciência, no esforço de descobrir de que maneira poderia tê-la ofendido. Não levou muito tempo para a Srta. Abigail Wendover, que não era do tipo de iludir a si própria, perceber que se sentia estranhamente atraída pelo abominável Sr. Miles Calverleigh. Sua língua imprudente o condenara a ser uma pessoa indigna de respeito, mas quando se lembrou das coisas que ele havia dito, um acesso de riso repreensível dominou-a. Entretanto uma breve reflexão foi suficiente para fazer suas bochechas corarem. Não era para rir, e ela devia ser, de alguma maneira estranha, depravada por ter sentido, por mais leve que tenha sido, inclinação a rir da enumeração tranquila de suas iniquidades. Sabia que ele tinha sido expulso de

Eton; tinha-lhe contado da maneira mais despreocupada possível que havia sido dispensado de Oxford; e agora parecia que tinha culminado suas más ações com a tentativa de se casar em segredo com uma colegial! De modo curioso, essa fuga a chocava menos do que o resto: não devia, ele próprio, ser muito mais velho, e a impressão é que estava loucamente apaixonado. Isso era errado, é claro, mas o pior foi a confissão de seus pecados sem nem um único traço de vergonha. Não os tinha mencionado de maneira presumida, mas como se fossem lugar-comum, e como se o divertissem — apesar da irreverência, pensou ela, mais uma vez sentiu-se forçada a reprimir um riso reminiscente. Quando se lembrou de sua recusa obstinada em intervir para salvar Fanny dos desígnios de seu sobrinho, entretanto, não sentiu a menor vontade de rir, achou aquela atitude imperdoável. Ele negou qualquer afeição por Stacy; e embora certamente não estivesse apaixonado pela recordação de Celia, era razoável supor que ainda sentia uma ternura por ela, o bastante para não ficar totalmente indiferente ao destino da filha dela.

Ao se recordar, exatamente, do final da entrevista com Miles Calverleigh, o desacato e a indignação tomaram o peito de Abby, e chegou a Sydney Place em um estado mental bastante inquieto: sem saber se abominava mais aquele homem por seu detestável cinismo, ou a si mesma por sucumbir a seu encanto depravado. agitada, proferiu em voz alta:

— Não passa de um imbecil! — Uma apóstrofe, dirigida a si mesma, que descompôs Mitton, que abriu a porta naquele momento inoportuno.

Informada por ele de que a Srta. Butterbank estava com Selina, ela retirou-se para o próprio quarto. Quando saiu, tinha, de certa maneira, recuperado sua equanimidade costumeira e decidido (com fundamento indefinido) que seria mais sensato não ceder ao primeiro impulso, que teria sido despejar a história do seu encontro acidental, pela manhã, nos ouvidos de Selina. Não tocou no assunto. Apenas assegurou a Selina que deixara um bilhete na York House para ser entregue à Sra. Leavening assim que chegasse.

Afinal, um dos criados fatalmente o encontraria e daria, sem dúvida, à Sra. Leavening.

Fanny, retornando da expedição a tempo de jantar, também parecia ter recobrado a equanimidade: circunstância que teria gratificado Abby se a garota não tivesse revelado, de maneira espontânea, que a Srta. Julia Weaverham, incluída no grupo a cavalo, tinha lhe contado da carta tão cortês que sua mãe recebera do Sr. Stacy Calverleigh e que anunciava seu retorno a Bath no fim da semana.

— E quando o conhecer, vai entender por que... não vai, tia Selina?

Desconcertada com o olhar brilhante e solícito lançado para ela, Selina se emaranhou em frases desconexas, das quais foi salva pela irmã, que afirmou calmamente que ficaria feliz em conhecer o Sr. Calverleigh, acrescentando que Selina não devia se esquecer de mandar-lhe um convite para o sarau que pretendia organizar. Isso, ao mesmo tempo que levou Fanny a dirigir-lhe um sorriso tímido e grato — o que a fez se sentir uma traidora —, surtiu o efeito desejado de atrair Selina para uma discussão exaustiva sobre as pessoas a serem convidadas para conhecerem os Leavening, e as providências que precisariam ser tomadas para entretê-los. Nada mais foi dito a respeito de Stacy Calverleigh, mas Abby foi para a cama, mais tarde, com uma depressão que não lhe era comum, e passou grande parte da noite matutando sobre um problema que aumentava e se tornava mais insolúvel a cada minuto.

Despertou não muito revigorada, mas, ao se sentar à penteadeira, ocorreu-lhe que havia uma pessoa capaz de lhe dar um conselho valioso. A Sra. Grayshott, mulher de juízo superior, não somente tinha a afeição de Fanny, como também era mãe de uma menina bonita, e supostamente saberia melhor do que uma tia solteirona como lidar com uma garota vivendo as aflições do primeiro amor. De qualquer maneira, não faria mal nenhum consultá-la, pois Abby achava que a Sra. Grayshott seria um repositório seguro de confidências, e sentia necessidade de tal alívio.

Portanto, disse a Fanny que a acompanharia naquela manhã, no lugar da Sra. Grimston, à Queen's Square, e que se ocuparia, enquanto ela lutava com a gramática italiana sob a égide da Srta. Timble, fazendo algumas compras necessárias. Depois disso, faria uma visita à Sra. Grayshott e ficaria com ela até Fanny e a Srta. Lavinia Grayshott serem liberadas da aula de italiano e poderem, de maneira perfeitamente apropriada, fazerem companhia uma à outra até Edgar Buildings.

Fanny recebeu a notícia com entusiasmo:

— Ah, que bom! Aí vou poder comprar um novo par de meias de seda na Milsom Street! Quis fazer isso na sua ausência, mas minha tia estava se sentindo mal para fazer compras, e nada me convenceria a ir de novo com a Sra. Grimston! Bem, sabe como ela é, Abby! Se não diz que aquilo que queremos exatamente não é conveniente, como se ainda fôssemos menininhas, nos constrange dizendo que é caro demais e que sabe onde podemos comprar a mesma coisa pela metade do preço!

Edgar Buildings, na George Street, localizava-se exatamente na parte elegante da cidade, que se estendia para o norte da parte mais alta da Milsom Street até as colinas exclusivas de Upper Camden Place. Sem encontrar acomodações aceitáveis para a sua irmã no distrito igualmente exclusivo que se situava do outro lado da ponte e incluía Laura Place, Great Pulteney Street e Sydney Place, o Sr. Leonard Balking teria escolhido, se tivesse consultado somente o seu próprio prazer, instalar a Sra. Grayshott com estilo, ali, mesmo alugando uma casa imponente; mas, além de sua profunda afeição por ela, tinha muito bom senso e percebeu que uma casa grande seria um fardo para ela, e a longa subida a Camden Place não era nada indicada para uma inválida. Portanto instalou-a no Edgar Buildings, de onde poderia visitar todas as melhores lojas e, sem exaustão, caminhar até o balneário ou ao Banho Privado, na Stall Street. Depois de condenar como contramão um grupo de apartamentos que nomeou como desconfortáveis, teve a sorte de descobrir um apartamento no primeiro andar que considerou tolerável e todos descreviam como bonito. Quase todas as acomodações em Bath eram apartamentos, e na melhor parte da cidade consistiam, geralmente, de quatro ou cinco cômodos; pessoas que queriam somente dois cômodos eram obrigadas a procurar em um bairro menos elegante ou a suportar todas as desvantagens de uma das várias pensões de Bath.

O apartamento da Sra. Grayshott era um dos mais espaçosos, com quartos para ela, sua filha, sua criada e algum visitante ocasional. Além disso, havia uma grande sala de estar e uma pequena sala de jantar. A Sra. Grayshott havia insistido com o irmão que ela e Lavinia poderiam ficar perfeitamente confortáveis em acomodações mais modestas, mas foi silenciada por ele, que retrucou simplesmente:

— Magoa-me profundamente quando fala assim, minha querida. Você e seus filhos são toda a família que tenho, e certamente me permitirá ser seu protetor, não?

Desse modo, a Sra. Grayshott, cujas circunstâncias eram aflitivas, se permitiu ser instalada em acomodações invejadas por muitos de seus conhecidos; e já que não fazia segredo do fato de dever sua evidente riqueza à generosidade do irmão, somente pessoas de má índole, como a Sra. Ruscombe, diziam que era estranho que uma viúva pobre pudesse viver com tanto conforto.

A Srta. Abigail Wendover, admitida no edifício pelo zelador responsável, foi informada de que a Sra. Grayshott estava em casa, e quando fez menção de subir a escada, o homem acrescentou:

— E o Sr. Oliver Grayshott também está lá, senhora! Chegou ontem! Quase desfaleci, e é de admirar que a Sra. Grayshott não tenha sofrido um espasmo! Mas, como dizem, a alegria nunca mata!

Essa notícia fez Abby se deter, sentindo que sua visita era inoportuna. Mas, quando estava para ir embora, ouviu seu nome, e ao olhar para cima, viu a Sra. Grayshott sorrindo e a chamando:

— Suba, Abby! Eu a vi da janela e imaginei que não fosse ficar depois de saber o que aconteceu! Oh, querida, uma surpresa tão maravilhosa! Ainda mal posso acreditar que o tenho comigo de novo!

— É maravilhoso! — respondeu Abby afetuosamente. — Estou tão feliz... tão feliz pela senhora! Mas não vai querer receber visitas aborrecidas pela manhã!

— Você nunca seria uma delas! Tive uma, na pessoa da Sra. Ancrum, mas espero que ela logo se despeça, porque quero muito que conheça Oliver. E também quero lhe contar um fato surpreendente... Mas isso vai ter de esperar até nos livrarmos da Sra. Ancrum!

Enquanto falava, estendeu a mão, mas quando Abby pôs o pé na escada, chegaram mais duas visitas: Lady Weaverham acompanhada da Srta. Sophia Weaverham.

A fuga era impossível; a Sra. Grayshott não teve outra coisa a fazer a não ser pedir às recém-chegadas que subissem. Lady Weaverham, uma mulher extremamente robusta, irradiando jovialidade enquanto subia e garantindo, ofegante, à anfitriã que não se demoraria mais de um minuto, mas que ao saber do retorno em segurança de seu filho, tinha achado que o mínimo que podia fazer era passar por ali para felicitá-la.

— E aqui está a Srta. Wendover, que veio com a mesma intenção, tenho certeza! — Ela fez uma pausa para recuperar o fôlego e estendeu a mão em uma luva de pelica cor de lavanda. — Querida, como vai? Não que eu precise perguntar, pois vejo que está viçosa, e se não comprou este chapéu encantador em Londres, pode me chamar de apalermada! O que Sir Joshua diz que sou mesmo. Não sou nenhuma criança, juro, e posso reconhecer algo elegante quando vejo! — Ela examinou a Sra. Grayshott com seus pequenos olhos chamejantes. — E está com uma aparência esplêndida, o que não é de se admirar! Eu estaria assim, se meu Jack me tivesse sido devolvido quando eu estava prestes a encomendar minhas roupas de luto! Agora me diga, como ele está?

— Não tão em forma quanto eu desejaria — replicou a Sra. Grayshott, ajudando-a a subir o resto dos degraus —, mas verá como vai se recuperar rápido! Achou que lhe apresentaria um esqueleto?

Se o Sr. Oliver Grayshott não era exatamente um esqueleto, certamente era um rapaz muito magro; e quando se levantou da cadeira para cumprimentá-las, Abby viu que era também muito alto. Suas feições eram aquilinas, tinha olhos aguçados, uma boca expressiva, e um certo humor por baixo da gravidade de sua expressão. Achou, ao apertar sua mão, que parecia mais velho do que seus 22 anos, mas talvez sua estada desastrosa na Índia fosse a responsável por sua face encovada e as pequeninas rugas no canto dos olhos. Suas maneiras eram seguras, mas apresentavam um pouco da timidez natural de um rapaz de educação estrita. Ele respondeu à quantidade de perguntas e exclamações de Lady Weaverham com a cortesia de um homem experiente, mas traiu sua juventude em um breve rubor ao recusar, gaguejando, seu pedido para que se deitasse no sofá

Achando que uma matrona loquaz era o suficiente para um inválido, Abby se incumbiu de encetar uma conversa com a Sra. Ancrum, quase suplantando uma visitante como Lady Weaverham, falando sobre trivialidades. Estava escutando, com um falso ar de interesse, um relato das complicações sofridas no parto do primeiro neto da Sra. Ancrum, confiadas a ela a meia-voz, quando a porta se abriu e o Sr. Calverleigh foi anunciado.

Sobressaltada, Abby olhou rapidamente por cima do ombro, pensando por um instante ter escutado errado. Mas não tinha. Em pé, no limiar da porta, estava o Sr. Miles Calverleigh, vestido com tanta negligência quanto ao chegar na York House no dia anterior, e completamente à vontade. Seus olhos relancearam em volta da sala e se detiveram por um momento no rosto de Abby, e ela achou que se estreitaram na suspeita de um sorriso, mas ele não deu outro sinal de reconhecê-la. A Sra. Grayshott e Oliver se levantaram, e o rapaz exclamou:

— Senhor! — O tom foi de satisfação.

A Sra. Grayshott avançou com as duas mãos estendidas em um gesto impulsivo de boas-vindas.

— Sr. Calverleigh, que gentileza! — exclamou ela. — Está me dando a oportunidade de reparar a omissão de ontem!

— Estou? — disse ele. — O que houve?

Ela sorriu.

— Deve saber muito bem que a forte emoção me impediu de encontrar as palavras para expressar minha gratidão!

— Por me desfazer desse jovem magricela na sua porta? Não esperava ser agradecido por isso!

Ela riu.

— Não? Bem, não vou deixá-lo constrangido dizendo-lhe como estou *profundamente* agradecida! Direi, então, somente às minhas amigas. Lady Weaverham, permita-me apresentar-lhe o Sr. Calverleigh, Sr. *Miles* Calverleigh! — Ela esperou, enquanto ele fazia uma mesura com uma elegância casual, e seus olhos encontraram os de Abby por um momento carregado de significado, antes de ela prosseguir. Encerrou a apresentação dizendo: — Preciso informá-las que o Sr. Calverleigh é o nosso anjo da guarda! Se não fosse sua imensa generosidade eu não teria meu *jovem magricela* devolvido ontem... talvez nunca!

— É verdade, mamãe — interveio o filho —, mas o está deixando embaraçado! Cuidado para ele não fugir!

— De jeito nenhum! — retrucou o Sr. Calverleigh. — Nunca conquistei mais gratidão com menos esforço! Prossiga, senhora! —

Enquanto falava, fez Oliver voltar a se sentar, encerrando eficazmente os elogios da Sra. Grayshott sentando-se ao lado do rapaz e lhe perguntando se se sentia pior por causa da viagem do dia anterior. Oliver mal teve tempo de responder que se sentia cheio de energia e Lady Weaverham já exigia sua atenção, dizendo como estava encantada em conhecê-lo e como tinha gostado de seu sobrinho.

— Um rapaz tão amável, e que elegância! Tenho certeza de que conquistou nós todos!

— Não, verdade? — replicou ele, com um sorriso tão afável quanto o dela. — *Todos*, senhora?

Ao que tudo indicava, cega ao brilho trocista nos olhos do Sr. Calverleigh quando encontraram os seus rapidamente, Abby ferveu de indignação. Somente a lembrança de ter combinado com Fanny de encontrá-la no Edgar Buildings impediu-a de seguir o exemplo da Sra. Ancrum, que se levantou para se despedir. Estava evidente, pelo que a Sra. Grayshott dissera, que ele devia ter acompanhado Oliver desde Calcutá e igualmente evidente que, desse modo, conquistara o coração agradecido da viúva. A Sra. Grayshott o tinha chamado de anjo da guarda, o que teria feito Abby rir, se não tivesse ficado tão irritada. Talvez ele tivesse sido naturalmente generoso com Oliver, mas estava longe de ser um anjo, e Abby teria sentido grande prazer em dizer à Sra. Grayshott como ela estava enganada. Porém por mais detestável que ele fosse — e nunca tanto quanto nesse momento, quando estava tão obviamente gostando de seu transtorno —, esse pensamento era apenas um sonho melancólico. Não haveria nenhuma divulgação da natureza indecorosa de seu passado sem correr perigo, pois uma vez conhecido, ou mesmo suspeitado, que ele era o que o Sr. George Brede chamou de sujeito não confiável não se podia saber quanto mais os mexeriqueiros poderiam descobrir. Além disso, seria algo vil de se fazer. Fofoqueiros eram odiosos, e não se podia esquecer que ele pagara por seus atos da juventude com vinte anos de exílio. Seria, pensou Abby, improvável ele ter mudado seu modo de vida.

A Sra. Grayshott retornou à sala depois de ter acompanhado a Sra. Ancrum até a escada, sentou-se ao lado de Abby e disse baixinho:

— Deveria ter-lhe contado. Percebi que foi pega de surpresa.

— Sim, mas não tem importância — tranquilizou-a Abby.

A Sra. Grayshott pareceu querer falar mais, porém sua atenção teve de se desviar para Lady Weaverham, e não tiveram outra oportunidade de conversarem em particular, pois, alguns minutos depois, a chegada da jovem da casa com a Srta. Fanny Wendover desviou a atenção de todos.

Entraram rindo de alguma piada não revelada e formavam um belo quadro: Lavinia, uma morena bonita, de olhos castanhos inocentes e um sorriso tímido, provendo Fanny de um excelente contraste. Muito loura, as belas feições emolduradas por um chapéu de palha Villager com fitas azuis como seus olhos, Fanny causou um impacto instantâneo em pelo menos um dos presentes: o jovem Sr. Grayshott, que se levantou olhando para ela, aparentemente enfeitiçado, até a mãe tirá-lo do transe, ele levar um pequeno susto, enrubescer terrivelmente e se adiantar para apertar a mão de Fanny.

Abby observou isso sem surpresa. Raramente Fanny não provocava admiração, e hoje ela estava particularmente graciosa. Por instinto, Abby relanceou os olhos para o Sr. Calverleigh, perguntando-se qual seria a reação dele diante da semelhança da garota com a mãe, que era forte o bastante para abalá-lo. Se abalou, ele não deu o menor sinal. Examinou Fanny criticamente e quando a Sra. Grayshott o apresentou a ela, o coração de Abby quase parou ao ouvi-lo dizer, enquanto pegava a mão de Fanny:

— Como vai? Então é a filha de Celia Morval! É um prazer conhecê-la, conheci sua mãe muito bem.

Capítulo 5

Por um momento terrível, Abby sentiu pavor do que ele poderia dizer em seguida. Então, no momento exato em que seus olhos, com um apelo desesperado, encontraram os dele, percebeu que ele estava apenas se divertindo à custa dela e maliciosamente gostando de sua inquietação. O medo foi sucedido pela raiva, mas não uma raiva absoluta: havia desculpas tanto quanto zombaria no sorriso dirigido a ela por sobre a cabeça de Fanny, e uma sugestão desconcertante de confraternidade, como se o Sr. Miles Calverleigh acreditasse ter descoberto na Srta. Abigail Wendover um espírito semelhante ao seu.

Fanny, erguendo o olhar da sua maneira espontânea, exclamou:

— Oh, conheceu minha mãe, senhor? Eu nunca... quer dizer, não consigo me lembrar dela! — Hesitou, depois perguntou timidamente: — É o tio do Sr. Stacy Calverleigh? Ele é um amigo meu!

Se havia alguma coisa, pensou Abby, capaz de convencer Miles Calverleigh de que Fanny era um cordeiro a ser protegido de lobos extraviados, seria a espontaneidade dessa observação. Esperou que ele o percebesse, mas não podia ter certeza. A expressão dele era a de um homem escutando com uma indulgência um tantinho aborrecida a uma tagarelice infantil.

— Então, poderá apresentá-lo a mim, não? — retrucou ele.

Ficou evidente, pelo olhar de surpresa de Fanny, que o Sr. Stacy Calverleigh não lhe tinha contado nada sobre esse tio réprobo: omissão pela qual, concluiu Abby, submetendo a questão a uma consideração desapaixonada, ele não poderia ser culpado. Fanny respondeu, reprimindo o riso:

— Está brincando comigo, não está? Falei alguma bobagem? É claro que deve conhecer Stacy melhor do que eu!

— Pelo contrário! Eu não o conheço, não o reconheceria se entrasse nesta sala neste exato instante! Quando parti da Inglaterra, ele ainda não devia nem saber andar.

— Ah, *entendo.* — Fanny relaxou a testa franzida.

— Bem, arrisco a dizer que não vai se decepcionar com ele! — disse Lady Weaverham. — Se bem que à primeira vista talvez o tome por um janota da Bond Street, como eu mesma achei, até descobrir que não era nada disso. Ele não é arrogante, e mais ainda, sua cabeça não virou, como seria de esperar considerando-se como tentaram conquistá-lo, aqui em Bath! — acrescentou ela, enquanto Fanny, ficando escarlate, se afastava do Sr. Calverleigh. — Não, não, minha querida, não me referia a você! Pelo contrário! Ele não dará nenhuma atenção às outras moças, o que não me surpreende nem um pouco! — Um risinho sacudiu seu peito gordo. Agravou o constrangimento de Fanny dizendo: — Quantas vezes Sir Joshua me disse que você era a melhor, minha querida; não que ele precisasse dizer isso, pois eu já sabia!

Nesse ponto, Oliver ganhou a aprovação de Abby, afastando Fanny um pouco do grupo, com o pretexto de mostrar alguma coisa na rua. Sentaram-se juntos e logo Lavinia e a Srta. Sophia Weaverham se juntaram a eles, e os quatro ficaram conversando alegremente até serem interrompidos por Lady Weaverham, que se levantou dizendo que ela e Sophia tinham de ir, ou Sir Joshua se perguntaria o que tinha acontecido com elas. Abby teria seguido seu exemplo se não tivesse recebido um sinal inconfundível de Fanny, adiando assim sua despedida. O motivo do sinal foi revelado assim que a Sra. Weaverham partiu, quando Lavinia perguntou animadamente à mãe se Fanny poderia ficar para jantar com elas.

— Diga que sim, mamãe! Quero lhe mostrar as coisas *lindas* que Oliver me trouxe da Índia, particularmente o xale... não, não o xale. Não falo dos xales de caxemira, embora sejam os mais lindos que já vi, mas da outra *coisa*...

— Sári — completou o irmão, sorrindo.

— Ah, sim! Sári! — Lavinia tentou guardar o nome. — E os desenhos que fez de todos aqueles lugares estranhos, e dos nativos, e tantas coisas! Mamãe?

— Ora, é claro, meu amor! — consentiu a Sra. Grayshott. — Se a Srta. Wendover permitir.

— A Srta. Wendover acha, como estou certo que a senhora também, que o doente já teve visitas suficientes por um dia — replicou Abby. — Uma outra vez, Fanny!

Fanny assentiu com a cabeça e se levantou.

— Sim, é claro. Acho que tem razão.

Isso gerou protestos imediatos e a insistência de Oliver e Lavinia, e a Sra. Grayshott aproveitou-se disso:

— Gostaria que permitisse! Ela está fazendo tanto bem a Oliver! Ele faz de tudo para não demonstrar, mas está muito deprimido, acho, por ter falhado em justificar a confiança do tio. Um absurdo, é claro, mas como entender o que se passa na cabeça de um rapaz? A querida Fanny o fez rir *três vezes* da maneira como ria antes! Permita que fique conosco! Sabe que respeitamos o horário do campo! Martha a levará para casa antes de escurecer, prometo.

— Minha querida, se realmente é o que quer... Mas se for para dar trabalho à sua Martha, não! Mandarei a carruagem buscá-la, e só espero que ela não a atrapalhe!

Despediu-se, então, da anfitriã. O Sr. Miles Calverleigh fez o mesmo, circunstância que ela considerou com sentimentos mistos. Acompanhou-a na descida da escada, e lhe ocorreu que seu objetivo fosse se desculpar por tê-la alarmado meia hora antes. Mas como, à essa altura, já tinha formado uma ideia de sua personalidade, não se surpreendeu muito quando suas primeiras palavras para ela, assim que atravessaram a porta da entrada do edifício, foram:

— Diga-me uma coisa: quem é Sir Joshua?

— Sir Joshua — respondeu ela, formalmente — é o marido de Lady Weaverham, senhor.

— Sim, menina bonita, e o pai de Sophy também! — replicou ele de maneira ultrajante. — Meu cérebro potente me capacitou assimilar esses fatos inúteis! Não banque a tola!

— Permita-me dizer, senhor, que se desejar ser aceito na sociedade de Bath, terá de corrigir suas maneiras! — retorquiu Abby.

— Não tenho nada a corrigir e nem o menor desejo de ser aceito pela sociedade de Bath, ou por qualquer outra. E se a sociedade de Bath é composta por Lady Weaverham e outros iguais a ela...

— É claro que não! — interrompeu Abby impulsiva. — Isto é... Ah, que homem detestável é o senhor!

— Bem, se é isso mesmo que quis dizer, deve ter uma mente muito fantasiosa! Posso ser detestável, na verdade sei que sou... mas o que isso tem a ver? — Enquanto Abby se continha, ele continuou: — Sim, está rindo! Tem um riso bonito, e gosto da maneira como seus olhos se movem.

Ciente de que essas palavras impróprias a tinham agradado ao invés de ofender, e se sentindo culpada por isso, falou da maneira mais indiferente que pôde:

— Estávamos falando dos Weaverham, acho eu. São muito gentis, pessoas dignas, e apesar de não serem... extremamente refinados, têm a estima das pessoas de uma maneira geral.

— Cheios da grana, não? — Ele demonstrou logo ter entendido o que Abby quis dizer, deixando bem claro seu menosprezo por ambiguidades polidas. — Onde conseguiram o título? Em Londres?

— Não sei. Sir Joshua certamente era negociante até se aposentar, não fazem segredo disso... mas... mas de uma maneira muito respeitável!

— Não precisa defendê-lo — disse ele gentilmente. — Eu mesmo estive envolvido com o comércio, embora acredite que não tenha agido de maneira *respeitável*.

— Ficaria pasma se descobrisse que já chegou a fazer alguma coisa *respeitável*! — retrucou Abby, enfática e irritada. Chocada com a própria falta de decoro, sentiu-se aliviada ao ver que tinham chegado a York House, e acrescentou rapidamente: — Aqui nos separamos, senhor, portanto me despeço agora!

— Não, não se despeça! Seria prematuro! Vou acompanhá-la até sua casa.

— Agradeço, mas não é necessário, posso lhe assegurar!

Ela tinha parado na entrada do hotel, e estendeu a mão, repetindo:

— Adeus, Sr. Calverleigh!

— Se pensa que vou andar atrás da senhora, como um lacaio, até Sydney Place, está muito enganada, senhorita Abigail Wendover! — Ele pegou a mão dela e a pôs em seu braço. — Agora é moda mulheres jovens passearem pela cidade desacompanhadas? Não era assim quando eu vivia na Inglaterra!

— Não sou jovem e não estou passeando! — Abby retirou a mão, mas foi andando ao lado de Calverleigh. — Os tempos mudaram desde que partiu da Inglaterra, senhor!

— Sim, e não para melhor! — concordou ele, em um tom de lamento. — Tenha paciência com minhas fraquezas, senhora! Sendo a senhora já avançada em idade, isso não será difícil!

Um risinho escapou dela.

— Não seja tão ridículo! — ela o advertiu. — Posso não ser avançada em idade, mas há muito tempo não sou tão moça a ponto de precisar de acompanhante. Não gosto de deixar Fanny sair sozinha, apesar de conhecer várias mães que não fazem objeção a isso, *aqui*. Não em Londres, é claro. — Fez uma pausa de alguns instantes, depois prosseguiu: — Posso lhe pedir para ter cuidado com o que diz a Fanny? Como decidiu informá-la de que conheceu a mãe dela *muito bem*, ela pode tentar falar com o senhor sobre Celia, e é suficientemente perspicaz para somar dois e dois. Sei que fez isso para me deixar apreensiva, mas, tendo conseguido, por favor, fique satisfeito!

Ele riu.

— Não, não! Só brinquei um pouco com a senhora. Estava me olhando com tal furor, que não resisti!

— Muito galante! — observou ela.

— Nem um pouco! Avisei que não tenho nenhuma virtude.

— Então, por que insiste em me acompanhar até em casa?

— Porque quero acompanhá-la, é claro. Que pergunta tola!

Os olhos dela se agitaram, e seus lábios começaram a tremer.

— Sabe, é a criatura mais exasperadora que já conheci.

— Ah, deixe disso, está exagerando! — protestou ele. — Não esqueça que conheci seu irmão Rowland! Nunca convivi com James, mas não me admiraria que ele fosse tão ruim quanto. Ou não acha os chatos pretensiosos exasperadores?

— Não acredito que esteja morto a qualquer sentimento digno — A voz de Abby soou vacilante. — Devo salientar que isso é... é uma coisa *abominável* de se dizer!

— Graças a Deus a senhorita se dá conta disso! — replicou ele. — Agora, vamos prosseguir muito mais à vontade.

— Não, não vamos. Não até que o senhor pare de querer me fazer crer que é completamente odioso! Por favor, trouxe Oliver Grayshott para casa porque *quis*?

— Sim, gosto do garoto. Não gosta?

— Sim, acho, mas...

— Não, não fugi com a ideia de justificar meu retorno à Inglaterra por causa dele! — advertiu-a. — Nada poderia estar mais longe da verdade! Tudo o que fiz foi me encarregar dele durante a viagem. Uma tarefa não muito árdua!

— E subsequentemente deu-se o trabalho de trazê-lo para Bath — disse Abby, pensativa.

— Ah, isso foi porque... — Interrompeu-se para então dizer, afável: — Porque o tio dele é um homem de vastos interesses, e nunca se sabe quando o favor de um homem desse tipo poderá ser útil.

— Com que rapidez se recuperou! — elogiou Abby, com admiração. — Estava a um passo de dizer que veio a Bath para ver seu sobrinho também!

— Ah, *já disse* que não sabia que ele esteve aqui! Achei que já tinha mencionado isso — falou ele, sem se perturbar. — Espero que pretenda retornar. Segundo Lady Weaverham, ele é um modelo de perfeição, e *gostaria* de conhecer um Calverleigh que se ajustasse a essa descrição.

— Não vai conhecê-lo na pessoa de seu sobrinho!

— Como sabe? Nunca pôs os olhos nele!

— Não, mas...

— Além do mais, Selina gosta de meu sobrinho — prosseguiu ele. — A senhorita mesma me disse isso, e tenho o maior respeito pelo julgamento dela.

— Verdade? — disse ela furiosa. — Quando nunca pôs os olhos *nela*...!

— Não que eu saiba — admitiu ele. — No entanto, entendi que é a sua irmã mais velha, e não posso afirmar não tê-la conhecido... antes de ser excluído dos círculos educados, é claro. Se não conheci, estou ansioso por conhecer.

Tinham chegado à esquina da Bridge Street, e Abby se deteve abruptamente.

— *Não!* — exclamou com vigor. — Não quero que a conheça! Ela não sabe nada do que o senhor me revelou... não sabe nem mesmo que o conheci ontem! E não tenho a menor intenção, nenhuma mesmo, de apresentá-lo a ela.

— Não tem? Mas o que vai parecer se não contar? Se a Sra. Grayshott não realizar essa tarefa, pode apostar que Lady Weaverham realizará.

— Não... ou na condição de que não conte instantaneamente sobre nossos encontros anteriores! — disse Abby, com um ressentimento flagrante. — E sem corar!

— Muito plausível — concordou ele.

Sem lhe ocorrer nenhuma resposta conveniente, continuaram a andar em silêncio.

— E prometo que não vou corar — acrescentou ele, de maneira tranquilizadora.

Ela ficou sem respirar, mas acabou conseguindo retorquir com uma gravidade razoável:

— Não deveria ter achado que saberia como!

— Não, acho que não saberia. — Ele considerou o assunto passível de consideração. — Na minha idade, é tarde demais para aprender, não acha?

— Sr. Calverleigh! — Abby virou a cabeça para olhar para ele. — Vamos falar sério! É verdade que eu ainda não conheci seu sobrinho, mas o senhor conheceu minha sobrinha! Não lhe falta inteligência. Não é mais um garoto, mas ... um homem experiente, e amou a mãe de Fanny! Não tenho dúvidas disso, ou que ao ver Fanny deve ter sentido uma certa... dor, trazendo tudo isso de volta!

— Sabe, o estranho é que não trouxe — interrompeu ele. — Ela é *tão* parecida assim com Celia?

Pasma, Abby ficou sem ar:

— A própria imagem!

— Não! É mesmo? Que peças a memória nos prega! Eu achava que Celia tinha olhos castanhos.

— Está dizendo que a *esqueceu*? — perguntou Abby, perplexa.

— Bem, tudo isso aconteceu há mais de vinte anos — respondeu ele a título de desculpas.

— E sem dúvida sua memória a confundiu com outra!

— Sim, é bem possível — admitiu ele.

A Srta. Abigail Wendover decidiu, enquanto lutava com suas emoções, que um dos piores traços da personalidade do Sr. Miles Calverleigh era a sua capacidade detestável de lhe provocar o riso nos momentos mais inoportunos. Sendo uma mulher resoluta, dominou-se.

— Mas se lembra de que a amou, e não creio que vá querer que a filha de Celia... se torne vítima de um caçador de dotes, mesmo que ele seja o seu sobrinho!

— Não. Não que eu tenha considerado a questão, mas não desejo a ninguém se tornar vítima de um caçador de dotes. Ou, agora que penso nisso, de qualquer outra pessoa predatória. Mas sou da opinião de que talvez esteja enganada a respeito do meu sobrinho tolo. Ele pode simplesmente ter se apaixonado por ela, sabe? Sem dúvida alguma, a moça é uma perfeição!

Ela ergueu o olhar depressa, incitada por esse elogio à sua protegida.

— Ela é muito bonita, não é?

— Ah, incontestavelmente! O que me leva a supor que talvez o coitado esteja apaixonado por ela!

Ela franziu o cenho por um momento, antes de dizer, decidida:

— Vai ser em vão, se estiver. Ele não é uma pessoa digna dela! Além disso, ela é jovem demais. Certamente sabe disso!

— Não, não sei. A mãe dela tinha mais ou menos 17 anos quando se casou com Rowland.

— O que *prova* que era jovem demais!

Ele abriu um sorriso largo, mas disse:

— Talvez esteja certa, mas não pode esperar que eu concorde. Afinal, tentei me casar com Celia!

— Sim, mas não passava de um menino, na época. Deve ser mais sensato hoje!

— Muito mais! Sensato o suficiente para não me meter no que não é da minha conta!

— Sr. Calverleigh, é da sua conta!

— Srta. Wendover, não é!

— Então, se não tem nenhum interesse em seu sobrinho, por que pretende se demorar em Bath? Por que espera que ele retorne?

— Eu não disse que não tinha nenhum interesse nele. Admito que achava que não tinha, mas isso foi antes de saber que estava cortejando sua sobrinha. Não pode negar que é uma situação muito interessante.

— Excessivamente divertida, também!

— Sim, é o que acho.

Ela replicou em desespero:

— Vejo que falar com o senhor é o mesmo que falar com uma porta!

— Como a senhora fala coisas estranhas! Acha que portas são menos dadas a respostas do que enguias?

Ela não pôde deixar de sorrir, mas falou com gravidade:

— Prometa-me uma única coisa, pelo menos, senhor. Mesmo que não queira intervir nesse caso infeliz, prometa-me que não o *promoverá*!

— Ah, prontamente. Sou um mero espectador.

Ela foi obrigada a se satisfazer com isso, entretanto, disse em um tom de certa forma ameaçador:

— Confio na sua palavra, senhor.

— Pode confiar com segurança. Não vou sentir nenhuma tentação em quebrá-la — assegurou ele, animado.

Achando que essa observação demonstrava que ele era incorrigível, Abby continuou a andar em silêncio, tentando descobrir por que se permitia conversar com ele, e ainda por cima concordava que a acompanhasse. Nenhuma resposta satisfatória se apresentou, pois, embora ele parecesse impermeável a desfeitas, ela sabia que poderia ter ignorado suas investidas se tivesse feito qualquer esforço nesse sentido. Após uma tentativa desanimada de se convencer de que suportava a companhia e a conversa com o único objetivo de conquistar seu apoio para a sua cruzada contra seu sobrinho, se viu na necessidade vergonhosa de admitir que gostava das duas coisas, e — o que era pior! — teria ficado consideravelmente desapontada se ele anunciasse a intenção de deixar Bath em um futuro imediato. Só podia supor que era sua diferença dos outros cavalheiros de suas relações que estimulava seu senso de humor e tornava possível ela tolerá-lo, pois não havia realmente nada mais que o tornasse aceitável: não era nem bonito nem elegante, suas maneiras eram descuidadas, e sua moralidade, inexistente. Era, precisamente, o tipo de pessoa desengonçada de quem as investidas não seriam encorajadas por nenhuma dama de alta linhagem, educação e decoro. Não tinha nada que o recomendasse, a não ser o sorriso, e ela era certamente velha demais e tinha bom senso suficiente para não se deixar iludir por um sorriso, por mais atraente que fosse. Mas assim que chegou a essa conclusão, ele falou algo, ela relanceou os olhos para ele, e se deu conta de que tinha superestimado tanto sua idade quanto seu bom senso. Ele estava sorrindo, e, por mais que se esforçasse, ela não conseguiu deixar de sorrir de volta. Era quase como se existisse um elo entre eles, retesado pelo sorriso daquele homem. Em repouso, sua face era severa, mas o sorriso a transformava. Os olhos perdiam a expressão fria, cínica, aquecendo-se com o riso, e apresentando, além da diversão, um aspecto indefinível de compreensão. Ele fazia troça, mas não de maneira grosseira; e quando a desconcertava, seus olhos sorridentes transmitiam tanto simpatia quanto divertimento. E, pensou Abby, o pior era que ela partilhava disso. Ele parecia achar que eram espíritos afins, e a suspeita perturbadora de que ele tinha razão a fez olhar à frente resolutamente, dizendo:

— Sim, senhor? O que disse?

Logo percebendo o tom repressivo em sua voz, ele replicou docilmente:

— Nada, posso lhe assegurar, a que pudesse fazer a menor objeção! Apenas *gostaria que me dissesse.* Ao que a senhorita virou a cabeça e olhou para mim de uma maneira tão encantadora que o resto todo desapareceu de minha mente! Como diabos conseguiu escapar do casamento em todos os incontáveis anos de sua vida?

Uma covinha impossível de ser escondida deixou-se entrever, mas ela respondeu, pedante:

— Estou muito satisfeita em permanecer solteira, senhor. — Ocorreu-lhe, então, que isso poderia levá-lo a supor que sua mão nunca havia sido pedida em casamento, o que, por alguma razão que lhe era desconhecida, foi um equívoco intolerável, e ela destruiu qualquer que fosse o efeito amenizador que sua resposta digna pudesse ter exercido sobre ele, acrescentando: — Mas não suponha que não recebi *várias* propostas excelentes!

Ele riu para si mesmo.

— Não supus!

Enrubescendo, ela falou, tentando recuperar a dignidade perdida:

— E se era isso que queria que eu...

— Oh, não! — interrompeu ele. — Até a senhorita sorrir tão encantadoramente, achei que sabia. Mas não é uma garota maliciosa experiente... não é mesmo!

— *Oh!* — Abby perdeu o ar. — *Maliciosa* experiente? Oh, o senhor... o senhor... Não sou nada disso!

— Foi o que eu disse — salientou ele.

— Não disse! O senhor disse... disse... — Seu senso de ridículo socorreu-a e ela caiu na risada. — Criatura odiosa! Agora, por favor, pare de zombar de mim! O que quer que eu lhe diga realmente?

— Ah, eu estava apenas procurando informação! Não me lembro de ter visitado Bath no meu tempo de garoto, de modo que conto com a senhorita para me informar as normas e etiquetas... que interessam a alguém desejoso de se introduzir na sociedade.

— *O senhor*? — Abby lançou um olhar surpreso para ele.

— Mas é claro! Como posso travar relações com... — Fez uma pausa, deparando-se com um fulgor perigoso nos olhos dela, e então prosseguiu, suave: — Lady Weaverham e sua amável filha!

Ela se conteve.

— Não, realmente! Que distraída sou! Lady Weaverham tem várias filhas amáveis, também.

— Meu bom Deus! Todas têm rosto rechonchudo?

— Hã... um pouco! — admitiu ela. — Vai poder julgar por si próprio, se pretende comparecer aos bailes. Receio que não haja nenhum baile ou concerto programado até novembro nos Lower Rooms. Mas ali encontrará um lugar muito agradável durante o dia, e espero que aconteçam algumas palestras. Todas as quartas-feiras há concertos nos New Rooms. E também há a Harmonic Society — prosseguiu ela, animando-se com a coisa. — Cantam cânones e madrigais, e se reúnem no White Hart. Pelo menos durante a temporada, mas não tenho certeza...

— Vou me encarregar de descobrir a data da primeira reunião. Nesse meio-tempo, moça bonita, isso basta!

A Srta. Wendover, por um momento, entreteve-se com a ideia de passar-lhe uma descompostura por dirigir-se a ela de maneira tão imprópria, mas decidiu que seria mais sábio ignorar a impertinência.

— Não gosta de música, senhor? Ah, talvez prefira as cartas! Há duas salas de carteado no New Assembly Rooms. Uma delas é um octógono, geralmente muito admirada. Mas devo avisá-lo que o jogo de azar não é permitido, ou *nenhum* outro jogo ilegal. E não pode, de maneira nenhuma, jogar cartas aos domingos.

— Está me intimidando! A propósito, quais são os jogos ilegais que mencionou?

— Não sei — respondeu ela com franqueza —, mas é o que está dito nas Normas. Espero que não adiante iniciar uma partida de pôquer, ou qualquer coisa dessa natureza.

— Não seria de admirar, se estiver certa — concordou ele, com extrema gravidade. — E como sou admitido nesse estabelecimento?

— Ah, deve escrever seu nome no livro do Sr. King, se quiser se tornar um contribuinte! Ele é o mestre de cerimônias, e o livro é guardado no balneário. Bailes a rigor são às segundas-feiras, carteados às terças, e bailes à fantasia, às quartas. Os bailes têm início logo depois das 19 horas e se encerram pontualmente às 23. Só são permitidas quadrilhas nos bailes a rigor, mas há, em geral, duas danças de cotilhão nos bailes à fantasia. Ah, e se paga 6 centavos pelo chá!

— E ainda dizem que Bath é um lugar atrasado! Parecem adorar os prazeres sociais. O que acontece, a propósito, se batem 23 horas no meio de uma contradança?

Ela riu.

— A música para! É a norma!

Tinham chegado a Sydney Place, e ela parou em frente à casa e estendeu a mão.

— É aqui que moro, por isso me despeço do senhor, Sr. Calverleigh. Muito obrigada por me acompanhar e desejo que aprecie sua estada em Bath.

— Sim, se eu não ficar exausto com todas essas festas e diversões que me descreveu. — Ele pegou a mão dela e a reteve, por um momento, em um aperto forte. Sorriu. — Não vou dizer adeus e sim *au revoir*, Srta. Wendover!

Ela receou que ele insistisse em entrar para conhecer Selina, e ficou aliviada quando não houve essa tentativa, simplesmente esperando até Mitton abrir a porta, depois se afastando com apenas um aceno da mão.

Descobriu, ao subir a escada, que Selina havia progredido para o sofá da sala de estar, e tinha tido a satisfação de receber a visita da Sra. Leavening. Tinha tantas fofocas de Bedfordshire para contar que levou algum tempo até Abby ter a oportunidade de contar que o filho da Sra. Grayshott havia retornado. Foi-lhe inexplicavelmente difícil revelar que o Sr. Miles Calverleigh o havia trazido para Bath, e quando, depois de responder às perguntas exclamativas da irmã, contou, com a voz um tanto afetada.

Felizmente, Selina ficou surpresa demais para reparar nisso.

— *O quê?* — exclamou ela. — O tio do pobre Sr. Calverleigh? Aquele de que me falou? Aquele que foi despachado em desgraça? Não está falando sério! Mas por que *ele* trouxe o rapaz para casa? Achei que o Sr. Balking faria isso!

— Creio que tomou conta dele durante a viagem.

— Deus meu! Afinal, ele não deve ser tão mau e é muito provável que tampouco o Sr. Stacy Calverleigh! A menos, é claro, que ele tenha vindo à procura do sobrinho. Não que haja qualquer coisa a se reprovar nisso. Na verdade, demonstra um sentimento muito digno!

— Bem, não veio! — replicou Abby. — Ele não sabia que o sobrinho esteve em Bath, e não nutre absolutamente nenhum sentimento *familiar*!

— Então, querida, como pode... Não me diga que o *conheceu* de verdade!

— Ele passou na casa da Sra. Grayshott quando eu estava lá... e foi muito atencioso me acompanhando até em casa. Tão gótico!

— Não acho nem um pouco gótico — afirmou Selina. — Isso faz com que eu tenha uma boa opinião a respeito dele! *Exatamente* como tenho do sobrinho, cujas maneiras são tão agradáveis!

— De tudo o que me contou a respeito do sobrinho dele, o Sr. Miles Calverleigh não tem nada que lembre o rapaz! — Abby teve um acesso de riso involuntário. — Não é nem bonito, nem elegante, e suas maneiras são deploráveis!

Selina olhou-a com uma preocupação sincera.

— Querida, estou convencida de que deve estar cedendo ao preconceito, e não devia realmente, se bem que o querido Rowland sempre dizia que era o seu pecado dominante, mas isso quando você era apenas uma criança, e era *perfeitamente* compreensível, como eu dizia a Rowland, pois não se pode esperar encontrar cabeças jovens... não, quero dizer cabeças *velhas* sobre ombros *jovens*... não que eu esperasse encontrar quaisquer cabeças que fossem sobre ombros, a menos, é claro, que fosse um *monstro*! Do que sei muito pouco, porque como deve se lembrar, Abby, o querido papai tinha profunda aversão a *affairs*, e nunca permitiria que nos envolvêssemos em um. Mas o que eu disse para que ria tanto?

— *Nada*, Selina! — Abby tentava falar enquanto ria. — Pelo... pelo contrário! Di-disse-me que apesar de todos os meus defeitos, não sou um monstro!

— Querida, você permite que seu amor por gracejos a leve longe demais. Nunca houve nada *assim* em nossa família — Selina disse em reprovação.

Vencida por essa demonstração confortadora, Abby saiu da sala, ciente do desejo de que o Sr. Calverleigh estivesse presente para partilhar sua diversão.

Selina continuou a especular, de sua maneira divagadora, durante todo o jantar, sobre a provável personalidade do Sr. Calverleigh, o que teria feito para merecer ser banido, e o que o trouxera de volta à Inglaterra. Mas a chegada de Fanny logo antes de a bandeja de chá ser trazida deu uma guinada bem-vinda na conversa. Fanny tinha muito a contar sobre as coisas exóticas ou belas que Oliver Grayshott havia trazido da Índia, e apesar do interesse de Selina por esculturas de marfim ou metal de Benares ser moderado, a primeira menção a xales de caxemira e peças de musselina indiana despertou todos os seus instintos de costureira.

Um único minuto de descrição do sári a fez se perguntar quanto tempo levaria para se aventurar a sair, e a exortar Fanny a pedir a Lavinia que não mandasse os tecidos para a modista antes que ela os tivesse visto.

— Pois sabe, querida, que por mais excelente criatura que a Sra. Grayshott seja, não tem o menor gosto, e que terrível seria se uma coisa tão sofisticada fosse arruinada!

Fanny tinha passado um dia delicioso em Edgar Buildings e pretendia, se suas tias não fizessem objeção, repetir a visita. Lavinia, que era sua melhor amiga, tinha lhe dito como o pobre Oliver estava abatido e deprimido, e havia lhe pedido para voltar, pois fazer brincadeiras com ela e inventar charadas tinha elevado o ânimo do rapaz.

— Por isso creio que eu deveria atendê-la, não acham? — Fanny refletiu. — Não sou *eu*, particularmente, mas ser obrigado a agir de maneira cordial e animada com uma visita nos faz muito bem quando estamos doentes.

Ela tinha muito pouco a dizer sobre Miles Calverleigh. Estava claro que o único interesse que tinha por ela era por sua relação com Stacy. Disse que não se parecia nada com Stacy; e mencionou, como se pensasse melhor, que ele tinha conhecido bem sua mãe.

Para alívio de Abby, Selina aceitou o que ouviu sem fazer perguntas, vendo nisso mais uma razão para ele não ser tão horrível quanto tinha sido pintado. Tendo decidido que seria tanto inseguro quanto indelicado divulgar a história de Miles Calverleigh e Celia Morval, Abby agradeceu ser poupada de perguntas sobre as circunstâncias sob as quais Miles Calverleigh tinha planejado se tornar íntimo de uma garota que se casara dois meses depois que debutara na sociedade e que tinha vivido, a partir de então, em uma casa senhorial em Bedfordshire.

Recolheu-se ao seu quarto, desejando sinceramente que o Sr. Calverleigh deixasse Bath antes de Selina emergir de seu isolamento autoimposto.

Capítulo 6

MAS O SR. CALVERLEIGH APARECEU em Sydney Place no dia seguinte. Mitton, reconhecendo-o como o cavalheiro que havia acompanhado a Srta. Abby na tarde anterior, admitiu-o sem hesitação e o conduziu à sala de estar, onde ela, instruída pela irmã, endereçava os convites para a festa que planejavam oferecer. Ela não o esperava, e o susto que levou foi tamanho que fez sua pena espirrar tinta. Virando-se depressa, e incrédula, deparou-se com o mais afável dos sorrisos, e a mais delicada das reverências, antes de o Sr. Calverleigh seguir na direção de sua irmã. Que desculpa ele pretendia usar para justificar sua visita foi um enigma logo decifrado: o Sr. Calverleigh, aceitando a mão estendida e trêmula de Selina, e sorrindo com calma para seu rosto agitado, disse-lhe que havia conhecido seu irmão mais velho, e que não conseguiu resistir ao impulso de estender sua relação com a família de Rowland.

— Da qual ontem tive o prazer de conhecer dois membros. — Ele balançou a cabeça com uma informalidade cordial para Abby. — Como vai, Srta. Abigail?

Ela recebeu sua saudação da maneira mais fria que conseguiu, mas, ao invés de se desconcertar, ele riu e disse:

— Ainda inclemente comigo? Tenho de lhe contar, senhora, que sua irmã ficou extremamente aborrecida por eu tê-la acompanhado até em casa. Mas, no meu tempo, moças de sua classe não andavam sozinhas.

Selina aturdida com as maneiras de seu visitante inesperado, se confundiu em um emaranhado de palavras, pois embora, por um lado, partilhasse de seu preconceito antiquado, por outro, sabia muito bem que concordar com ele seria atiçar a ira de Abby. Portanto, depois de se atrapalhar com várias frases não concluídas, convidou-o a se sentar e lhe perguntou onde conhecera seu irmão. Abby suspendeu a respiração, mas ele deu uma resposta vaga, e ela voltou a respirar.

— E conheceu minha cunhada também! — falou Selina. — Parece tão estranho eu nunca... não que eu conhecesse todos os amigos deles, é claro, mas pensei... isto é... meu Deus, que idiota! Eu esqueci o que ia dizer!

Ele considerou sua confusão com deleite.

— Não, não, não desvie do assunto! Achava que eu tinha sido despachado para a Índia antes de seu irmão se casar, e tem toda razão. Conheci Celia quando ela era ainda a Srta. Morval.

— Muito tempo atrás — disse Abby. — Tempo demais para mim, acho.

O tédio flagrante em sua voz escandalizou Selina, que protestou:

— Abby *querida*...!

Abby deu de ombros, mal-humorada.

— Ah, é tão tedioso ser obrigada a discutir tempos antigos, uma época de que não se participou! E casos, também! Estou até aqui das histórias contadas pelo general Exford. Preferia que nos falasse de suas experiências na Índia, Sr. Calverleigh.

— Mas isso seria meramente mudar de um tipo de caso para outro — salientou ele. — E *muito* mais chato, posso lhe garantir!

— Ah, não! Estou convencida de que será... tão mais interessante! Aqueles mahratas, e tudo o mais! — alvoroçou-se Selina, espantada com o comportamento da irmã. — Não que eu quisesse morar lá... e o clima está *longe* de ser salubre... bem, é só pensar no coitado do jovem Sr. Grayshott! Mas acho que o senhor deve ter vivido *muitas* aventuras excitantes!

— Não tantas quando vivi na Inglaterra! — Olhou para Abby, perguntando-lhe maliciosamente: — Não precisa ficar tão atemorizada, Srta. Abigail. Não tenho a intenção de contá-las! Em vez disso, vamos falar dos prazeres de Bath! Pretende ir ao concerto desta noite?

Por um momento colérico ficou na ponta da sua língua negar qualquer intenção de comparecer ao concerto, mas a lembrança de que se comprometera a ir com um grupo seleto de amigos a deteve. Replicou com um sorriso radiante:

— Sim, pretendo! A Signora Neroli vai cantar, sabe... um grande prazer para aqueles de nós que amamos música. O senhor, creio eu, acharia extremamente aborrecido, pois penso que *não* gosta de música.

— Pelo contrário! Acho a música extremamente entorp... extremamente enaltecedora!

Um sorriso insinuou-se no canto da boca de Abby.

— Tenho dúvidas se vai achar as tribunas entorp-enaltecedoras!

— Eu sempre tenho uma carta na manga! — disse ele em tom de aprovação.

Ela soltou um risinho e, então, vendo a expressão da irmã, corou.

Nesse momento, Fanny entrou, para alívio de Abby. Cumprimentou o Sr. Calverleigh com um prazer espontâneo: exatamente como teria cumprimentado qualquer outro admirador mais velho de sua tia, Abby observou, de certa maneira achando graça e se perguntando o quanto o Sr. Calverleigh teria gostado do toque de deferência, tributo cobrado por sua idade avançada. Foi obrigada a reconhecer que ele o aceitou com uma tranquilidade inabalável, respondendo de uma maneira positivamente avuncular.

Ele não se demorou, o que fez Selina dizer, depois que ele havia se despedido, que, apesar de suas maneiras serem muito estranhas, o que sem dúvida era devido ao fato de ter vivido na Índia, ele sabia não ser conveniente permanecer mais de meia hora em uma visita de cerimônia.

— Eu avisei que as maneiras desse homem eram deploráveis! — disse Abby. — E não diria que ele tem a menor ideia do que é cerimônia.

— Certamente não é muito refinado nos visitar de calça até o joelho e botas de cano alto... cavalheiros fazem isso no campo, evidentemente, mas não em Bath, sem um cavalo, e teria sido mais correto meramente ter deixado seu cartão... mas não vi nada em suas maneiras que me desgostasse em especial. Ele é bastante descontraído, mas de maneira nenhuma vulgar. De fato, tem um ar de boa estirpe, e seria muito injusto culpá-lo por sua aparência, pobre homem, porque pode estar certa de que ele de fato *foi* à Índia, e o pai dele foi excessivamente insensível, eu acho, ao mandá-lo para lá, independentemente *do que* fez!

— Por que, ele fez algo horrível? — indagou Fanny, os olhos arregalados de surpresa.

— Não, querida, certamente não! — replicou logo Selina.

— Mas você disse...

— Meu amor, eu não disse nada desse tipo! Como entende tudo errado! Não é nada apropriado! E isso me faz lembrar de uma coisa! Abby, *nunca* pensei que ficaria envergonhada com um mau comportamento seu! Confesso que fiquei tão mortificada... Você foi tão petulante e grosseira! E depois de se mostrar excessivamente arrogante, além de tratá-lo da maneira mais *rude*, riu diante dele! Como se o conhecesse há anos!

— Deus do céu, por que nunca ninguém me disse que eu só deveria rir do que um homem diz se o conheço há anos? — contrapôs Abby.

Antes de Selina ter tempo para reunir seus pensamentos rudimentares, Fanny falou de súbito:

— Sim, mas conhece! Quer dizer, a pessoa *sente* como se conhecesse! De minha parte, não me importo com o fato de ele estar malvestido e não ter maneiras formais; eu gosto *dele*! Tive a impressão de que você também, Abby, porque ele é brincalhão como você! *Não* é?

— Devo admitir — interferiu Selina — que ele foi muito divertido. E quando sorri...

— O sorriso do Sr. Calverleigh deve ser considerado seu maior... seu único... trunfo! — comentou Abby, mordaz. — Quanto a gostar ou não dele, o que posso afirmar? Eu mal o conheço, Fanny.

— Isso não tem importância! Ele mal a conhece e qualquer um pode ver que gosta muito de você! — retorquiu Fanny de maneira insolente. — Acha que ele vai ao concerto desta noite?

— Não faço a menor ideia — replicou Abby. — Certamente não, se o traje de montar for sua única roupa!

— Coitado! — disse Selina, sua compaixão sendo incitada. — Acho que não tem dinheiro.

Embora estas palavras pudessem ser verdadeiras, o Sr. Calverleigh tinha os recursos, ou o crédito, para possuir um fraque, calças até os joelhos e as meias de seda que constituíam o traje a rigor masculino para a noite, pois apareceu assim vestido alguns minutos antes do início do concerto, acompanhando a Sra. Grayshott. Mas como usava essa roupa tão casualmente quanto a de montar, e parecesse ter-se preocupado mais com o conforto do que com a elegância, nenhum aspirante à moda teria sentido a menor inclinação para descobrir o nome de seu alfaiate.

A Srta. Abigail Wendover observou sua chegada, olhando-o discretamente, e a partir de então restringiu sua atenção ao próprio grupo. Ela mesma estava (como sua sobrinha atrevidamente lhe dissera) muito elegante em um dos vestidos novos, mandados fazer em Londres, de musselina imperial, mangas curtas, baixadas nos ombros, uma saia estreita e um corpete adornado com um franzido duplo de fita. Tornava sua figura esbelta admirável, e não tinha sido sua intenção original desperdiçá-lo em um mero concerto fora da temporada, mas ao ter examinado melhor seu crepe lilás, tinha-se dado conta de que estava realmente gasto demais para ser usado mais uma vez. Pelo menos essa foi a explicação que deu à sua surpresa sobrinha. Quanto ao cabelo, que havia penteado em cachos soltos, com um único cacho comprido e lustroso sobre o ombro esquerdo, o que Selina achava? Era a moda em Londres, mas talvez não conviesse a Bath.

— Oh, minha querida, nunca a vi tão elegante! — disse Selina, em um acesso de lágrimas sentimentais. — Está tão bonita! Sei que vai querer me matar, mas devo e vou dizer que ninguém acharia que é *tia* de Fanny!

Ao invés de demonstrar disposição para se melindrar, Abby riu, lançando um olhar avaliador a seu reflexo no espelho acima da lareira, e replicou francamente:

— Bem, nunca fui uma beldade, mas ainda não sou tão desprezível, sou?

Certamente ninguém presente ao concerto naquela noite concordava com Abby nesse sentido. Na sala octogonal, onde esperavam o resto do grupo se reunir, Abby recebeu tantos elogios quanto Fanny; e a caminho da sala de concerto teve a grande satisfação de ser olhada por um estranho.

Durante o intervalo, não acompanhou imediatamente a Sra. Faversham à sala ao lado, onde o chá estava sendo servido, sendo abordada pelo Sr. Dunston, que apareceu de braço dado com a mãe. A cortesia obrigou-a a falar trivialidades com a Sra. Dunston, e quando a atenção dessa senhora afável e banal foi desviada por uma de suas relações, o filho preencheu a lacuna instantaneamente, dizendo simplesmente:

— "*Bela é a rosa de maio!*" Sabe que este verso não me sai da cabeça desde que a vi hoje à noite? Está ofuscando todas as outras pessoas, Srta. Abby!

— Bobagem! — intrometeu-se uma voz divertida ao lado de Abby. — Não deve ter visto a sobrinha da Srta. Wendover!

— Senhor! — exclamou o Sr. Dunston, ultrajado. — Creio que ainda não tive o prazer de conhecê-lo.

— Permitam-me que os apresente! — disse Abby rapidamente. — Sr. Dunston, Sr. Calverleigh... Sr. *Miles* Calverleigh.

O Sr. Dunston fez uma pequena e rígida mesura, recebida por um balançar da cabeça e, pela primeira vez em sua carreira imperturbável, desejou que o tempo de desafiar um homem para o duelo por causa da mais insignificante provocação não pertencesse ao passado.

— Vim buscá-la para tomar um chá com a Sra. Grayshott — informou o Sr. Calverleigh, pegando a mão de Abby e a pondo em seu braço. — Deixei-a guardando uma cadeira para a senhorita, por isso venha logo! — Concedeu ao Sr. Dunston outro aceno com a cabeça e um sorriso breve, e conduziu Abby inexoravelmente para longe, dizendo: — Ele com certeza estava derramando bajulação em cima da senhorita, não estava? Quem diabos é ele?

— É um homem muito respeitável que mora com a mãe a alguns quilômetros da cidade — replicou ela com gravidade. — E mesmo que estivesse me adulando, não foi nada elegante o senhor falar assim!

— Eu não fico bajulando, se é isso o que quis dizer — retorquiu ele. — Gostaria que sim?

— Certamente, Sr. Calverleigh, sua vasta experiência com mulheres deve ter lhe ensinado que elogios são sempre agradáveis para nós, não? — disse ela, recatada.

— Para nove entre dez mulheres, sim! Mas não para a Srta. Abigail Wendover! A senhorita é mais inteligente! Sabe muito bem que em questão de beleza não ofusca todas as outras damas: há pelo menos três diamantes verdadeiros aqui hoje à noite, sem contar Fanny.

— Meu caro senhor, basta me apontá-los e os apresentarei! Espero conhecê-las... na verdade, tenho uma ideia de quem são!

Ele sacudiu a cabeça

— Não. Prefiro admirá-las a distância. Minha vasta experiência me avisa que lhes falta uma coisa que a senhorita tem em profusão.

— Minha... *suficientemente* vasta experiência do senhor, Sr. Calverleigh, alerta-me de que está para dizer algo ultrajante!

— Não, eu garanto! Nada derrogatório! Moças encantadoras, todas elas! Apenas não tenho vontade de beijá-las!

Ela arfou sobressaltada.

— Não quer... Ora, realmente! E se pretende que eu entenda isso como...

— Pretendo. — Ele sorriu para Abby. — Eu adoraria beijá-la... aqui e agora!

— Be-bem, não pode! — Abby quase perdeu o equilíbrio.

— Sei que não posso... não aqui e agora pelo menos!

— *Nunca!* — exclamou ela, furiosamente consciente das bochechas vermelhas.

— Ah, isso é uma outra história! Quer apostar uma pequena soma na possibilidade?

Esforçando-se desesperadamente para se recompor, ela disse:

— Não, nunca aposto em certezas!

Ele riu.

— Sabe, a senhorita é um amor! — elogiou ele, completando a confusão de Abby.

— Bem, o senhor é... é um...

— Um escroque? — sugeriu ele, prestimosamente, quando ela se interrompeu, na falta de palavras aviltantes o bastante para descrevê-lo. — Um bobão? Um delinquente? Um grosseirão? Um maluco?

Ela se pôs a rir, e falou por cima do ombro, entrando na sua frente na sala de chá:

— Tudo isso... e ainda mais! Em suma, um infame! Sra. Grayshott! Como está? E... o que penso é o mais importante: como vai o nosso doente?

Sentou-se ao lado da Sra. Grayshott enquanto falava, desviando a atenção do infame Sr. Calverleigh, que se afastara para buscar uma xícara de chá para ela.

— O meu doente — replicou a Sra. Grayshott — não está tão forte quanto eu gostaria, nem tão dócil! O Dr. Wilkinson foi vê-lo e me assegurou de que não preciso temer que algum dano permanente tenha sido causado à sua saúde. Recomendou uma série de banhos quentes que, ele me disse e sei por experiência própria, são excelentes para restaurar um corpo debilitado. Abby, minha querida, tenho de elogiar o seu novo penteado. Você está linda... e criou uma nova moda em Bath, se meu julgamento não for falho! Sei que só dá importância a elogios feitos à aparência de Fanny, portanto não direi mais nada para elogiá-la! Acho que já recebeu um excesso de cumprimentos, se não do Sr. Dunston, que me parece perdido de paixão, certamente do Sr. Calverleigh.

— De jeito nenhum! — replicou Abby. — O Sr. Calverleigh me considera uma vela na luz do sol de três verdadeiros diamantes presentes nesta noite! Quatro, incluindo Fanny!

— Mesmo? — divertiu-se a Sra. Grayshott. — Acho que ele é o que Oliver chama de *mão de pôquer*. Sabe, querida, tenho de admitir que fico feliz em ver que está se dando tão bem com ele, pois está pesando na minha consciência que quase o *impus* a você, o que, espero que saiba, nunca foi minha intenção!

— Ah, sei que não! Não quero que pense mais nisso. Mais cedo ou mais tarde eu teria de encontrá-lo, como sabe.

— E gosta dele? Receei que as maneiras descontraídas do Sr. Calverleigh a ofendessem.

— Pelo contrário, me divertem! Ele é certamente muito original!

A Sra. Grayshott sorriu, mas disse, pensativa:

— Ora, sim! Mas não é só isso. Ele é tão *gentil*! Não dá importância aos serviços que prestou a Oliver durante toda a viagem exaustiva, mas ouvi a verdade da boca do meu próprio filho. Se não fossem os cuidados incessantes do Sr. Calverleigh, acho que o meu pobre menino não teria sobrevivido, pois me contou que sofreu um recrudescimento daquela febre horrível dois dias depois de embarcar! Foi o Sr. Calverleigh, e não o cirurgião do navio, que preservou sua vida, sua longa estada na Índia, tendo-o familiarizado com o distúrbio, muito mais do que qualquer médico de bordo! Serei eternamente grata a ele! — Sua voz falhou. Ao se recuperar da forte emoção, falou com um esforço de animação: — E como se já não tivesse feito o bastante por mim, comprou entradas para o concerto de hoje e literalmente me *obrigou* a acompanhá-lo! Alguma coisa que eu lhe disse deve ter-lhe dado a ideia de que eu gostaria muito de escutar Neroli, e acho particularmente generoso ele ter me oferecido a oportunidade, porque receio que ele próprio não seja um amante da música.

Tendo motivos para supor que a generosidade do Sr. Calverleigh se manifestara por interesse próprio, Abby teve de se esforçar para conter a língua. Talvez tenha sido uma sorte ele voltar a se juntar a elas nesse exato momento, encerrando, assim, a discussão sobre o seu caráter. Ela aceitou o chá que ele trouxera, com uma palavra de agradecimento e um sorriso encantador, mas não conseguiu reprimir o impulso de lhe perguntar se não tinha sido arrebatado pela voz de Neroli.

Ele respondeu de imediato:

— Não completamente. *Vibrato* em excesso, não concorda?

— Ah, vejo que é um expert! — Abby controlou-se para não rir. — Por favor, esclareça a minha ignorância, senhor! O que isso significa?

— Bem, o meu latim está muito enferrujado, mas acho que significa tremer — replicou ele calmamente. — Ela também parece um manjar-branco. Tem a mesma forma — acrescentou, pensativo.

— Oh, criatura *terrível!* — protestou a Sra. Grayshott, animando-se. — Eu não quis dizer *isso*, quando falei que a achava excessivamente *vibrato*! Sabe que não!

— Achei que ela tinha tudo excessivo — replicou ele com sinceridade.

A Sra. Grayshott disse-lhe que devia se envergonhar e Abby, que bebia o chá, engasgou.

Quando a devolveu ao seu próprio grupo, ela se sentiu poupada da necessidade de lhe apresentar a Sra. Faversham, pois essa senhora o cumprimentou pelo nome e com um sorriso gracioso: Lady Weaverham já tinha feito isso, no balneário, de manhã.

O Sr. Faversham sentou-se ao lado de Abby.

— Então este é o tio do jovem Calverleigh! — Ele examinou criticamente a figura alta do Sr. Calverleigh. — Parece-me um cínico, mas gosto mais dele do que de seu sobrinho. Insinuante demais, o rapaz!

— Não gosta dele, senhor?

— Não, não posso dizer que gosto — replicou ele abruptamente. — Na verdade, não consigo confiar nesses jovenzinhos que entram na moda. Minha mulher diz que sou um velho retrógrado, e acho que a senhorita também acha, pois as mulheres todas parecem ter ficado loucas por ele! Ainda não o conheceu, conheceu?

— Não, esse prazer ainda não me foi concedido — replicou ela, em um tom de voz seco.

Seria concedido no dia seguinte. O Sr. Stacy Calverleigh, vindo de Londres na diligência do correio, chegou a White Hart de manhã, e só permaneceu ali tempo suficiente para trocar a roupa de viagem pelo casaco cor de corvo extremamente refinado, a calça clara e as botas hessianas lustrosas, usadas pelos janotas de Bond Street, antes de partir em um carro alugado para Sydney Place.

As mulheres estavam todas em casa. Abby, que acabara de vir da Milsom Street, submetia alguns padrões de renda à inspeção crítica da irmã, Selina, reclinada no sofá, e Fanny estava lutando com a composição de um acróstico na sala dos fundos. Ela não ergueu o olhar imediatamente quando Mitton anunciou o *Sr. Calverleigh*, mas Stacy, ao entrar na sala, falou em tom encorajador:

— Srta. Wendover! O que é isso que ouvi a seu respeito? Mitton me disse que não esteve bem desde a última vez que a vi. Oh, eu lamento, lamento muito!

A voz fez a cabeça de Fanny se erguer abruptamente. Ficou de pé com um pulo e praticamente correu para a sala da frente, exclamando com uma alegria sincera:

— Stacy! Oh, achei que era o seu tio!

E estendeu as mãos para ele, que as pegou, levando aos lábios uma de cada vez, com o que Abby, observando a empolgação da sobrinha com reprovação, reconheceu como uma elegância ensaiada.

— Achou que eu era o meu tio? Agora começo a desconfiar que foi você e não a Srta. Wendover que não andava bem! — disse ele de maneira carinhosa. — Bom, não sou mesmo meu tio! — Apertou levemente as mãos de Fanny antes de soltá-las, e avançou, ajoelhando-se diante do sofá. — Querida Srta. Wendover, o que houve? Dá para ver que está abatida, e suspeito que tenha galopado depressa demais!

A risada afetadamente tímida na voz do rapaz anulou o insulto de suas palavras. Selina, sucumbindo completa e obviamente ao charme do rapaz atraente e audacioso, repreendeu-o por sua impertinência como faria uma tia indulgente, e contou-lhe a respeito de sua indisposição recente.

Desse modo, Abby teve oportunidade de examiná-lo à vontade. Achou que era fácil ver por que ele conquistara Fanny tão rapidamente: era bonito, suas maneiras eram naturais e elegantes, um misto simpático de deferência e confiança. Somente nas feições aquilinas podia-se detectar qualquer semelhança com o tio: em todos os outros aspectos, não poderiam ser mais diferentes. Sua altura não passava da mediana, mas, em comparação com os membros compridos e desengonçados de Miles Calverleigh, sua figura era particularmente elegante. Ao contrário de Miles, não parecia ter-se forçado para dentro do paletó, e sim que o paletó se moldara à sua forma; as golas não poderiam estar mais engomadas; a gravata não estava amarrada de qualquer maneira, mas os nós estavam bem feitos, seja no estilo simples de Napoleão ou nas dobras mais intricadas e precisas. E demonstrava um gosto refinado na escolha do colete. Pessoas antiquadas, como o Sr. Faversham, talvez o estigmatizassem como afetado, um dândi, mas sua antipatia instintiva pelas gerações mais novas de rapazes galantes e audaciosos as levava longe demais. Stacy Calverleigh era elegante, mas não um perfeito dândi, pois exibia poucas das extravagâncias da moda. As pontas de sua camisa talvez estivessem um pouco altas demais, as ombreiras do paletó fossem um tanto exageradas, e o próprio paletó cintado demais, mas ele nunca se cobria de joias ou revoltava homens comuns usando uma pá de prata para aspirar tabaco.

Seu perfil, quando se ajoelhou do lado do sofá, estava virado para Abby, e ela foi forçada a reconhecer que era um perfil singularmente belo. Então, quando Fanny aproveitou a oportunidade oferecida por uma pausa na loquacidade de Selina para apresentá-lo à sua outra tia e ele virou a cabeça e olhou para Abby, ela o achou menos belo, mas não saberia explicar por quê.

Ele ficou de pé com um pulo, exclamando com uma virilidade que, a seus ouvidos críticos, soou falsa.

— Oh! Este é o momento pelo qual ansiei... e ainda assim atemorizante! Seu humilde criado, senhora!

— Atemorizante? — Abby franziu a testa. — Foi levado a crer que eu era uma górgona?

— Ah, não, longe disso! Uma tia muito querida!

Seu sorriso oportuno ondulou seus lábios enquanto falava, mas Abby, procurou em vão um vestígio pelo menos do charme que despertava uma reação instantânea quando o Calverleigh mais velho sorria. Também percebeu que seu sorriso se limitava aos lábios, não atingindo os olhos. Achou que mantinha um olhar calculado e desconfiou que a examinava atentamente para descobrir se estava lhe causando uma boa ou má impressão.

Ela replicou delicadamente:

— Esta não parece ser uma boa razão para seu pavor, senhor.

— Não, e é uma bobagem! — exclamou Fanny. — Como pode falar uma tolice dessa, Stacy?

— Não é bobagem. A Srta. Abigail a ama e deve achar que não a mereço... que sou um espantalho até mesmo para sonhar aspirar à sua mão! — Sorriu de novo e falou simplesmente: — Também acho, senhora. Ninguém melhor do que eu para saber como sou indigno.

Um suspiro sentimental e um murmúrio desarticulado de Selina mostraram que essa confissão sincera a tinha comovido profundamente. Em Abby, o efeito foi diferente.

— Está tentando me confundir, Sr. Calverleigh? — perguntou ela.

Se ele ficou desconcertado, não deixou transparecer, e respondeu de imediato:

— Não, mas talvez... tirar as palavras da sua boca.

Intimamente, ela lhe deu crédito pela astúcia considerável, mas tudo o que disse foi:

— Está enganado. Sou uma pessoa que preza a cortesia.

— E não é verdade! — interferiu Fanny, apaixonadamente. — Não vou permitir que ninguém diga uma coisa dessa... nem mesmo você, Abby!

— Bem, eu não disse isso, querida, nem diria, por isso não há necessidade alguma de se exaltar! Diga-me, Sr. Calverleigh, já esteve com seu tio?

— Meu tio? — repetiu ele. Relanceou os olhos para Fanny, sem entender. — Mas o que significa isso? *Você* disse, quando entrei, que achou que eu era o meu tio! O único tio que tenho... se ainda o tenho... mora no outro extremo do mundo!

— Não, não mora — corrigiu Fanny. — Quer dizer, não mais. Trouxe o irmão de Lavinia Grayshott de Calcutá e está aqui, no York House!

— Deus do céu! — exclamou ele.

— Ele é completamente diferente de você, mas *muito* agradável, não é, tia Selina?

— Sim, é verdade — concordou Selina. — É excêntrico... tão informal, mas acho que isso ocorre por ter vivido tanto tempo na Índia, o que não me parece nada o tipo de lugar em que alguém *desejaria* viver, mas, afinal, não foi culpa sua, pobre homem, e ele é um *perfeito* cavalheiro!

— Fico feliz em ouvir isso, pelo menos! — replicou Stacy, pesarosa. — Nunca o vi em toda a minha vida, mas desejaria sinceramente que estivesse em qualquer outro lugar, pois receio que destrua o pouco de crédito que talvez eu tenha de vocês! Ai de mim, o que corre é que ele é a ovelha negra da minha família!

— Oh, achei que o conhecia! — Abby demonstrou irritação. — Ele não se lembra, acho, mas pensa tê-lo visto quando não passava de um, segundo suas palavras, *pirralho*!

Lançou-lhe um olhar sagaz, mas disse, de novo sorrindo:

— Ah, é bem provável! Não posso ser culpado de esquecer a circunstância, posso? Eu me pergunto o que o terá trazido de volta à Inglaterra.

— Mas eu já disse! — lembrou-lhe Fanny. — Ele veio trazer Oliver Grayshott! E cuidou tão bem dele que a Sra. Grayshott diz que nunca será capaz de lhe agradecer como merece! Quanto a Oli... quanto ao Sr. Grayshott, diz que ele é uma *ótima pessoa*, e não permite que se diga uma palavra sequer que o degrade!

— Pior ainda! — falou ele, com uma careta cômica. — Um acompanhante, na verdade! Uma tênue... muito tênue esperança de que deve ter feito sua fortuna na Índia fenecer no começo!

— Muito deve-se perdoar ao filho pródigo que à casa retorna com os bolsos cheios, não? — Abby lançou-lhe um sorriso tão falso quanto acreditava ser o dele.

— Oh, tudo! — assegurou ele, alegremente. — Assim é a vida, senhora!

— Errado... muito incorreto! — interveio Selina, tentando sem muito êxito reunir suas ideias rudimentares em palavras compreensíveis. — Isto é... quer dizer, dinheiro não deve e *não pode* restaurar uma personalidade! E esperar que um homem que foi repudiado de uma maneira completamente desumana, pois é assim que me parece e não me importa o que *qualquer outra pessoa* diga, venha para casa para... *despejar* guinéus em suas relações nada naturais é... é *monstruoso!* Ou, de qualquer maneira — contemporizou ela —, absurdo!

— Bravo, Selina! — exclamou Abby.

Corando ligeiramente por causa dessa aclamação, Selina continuou:

— Bem, assim me parece, embora não tenha nada a ver com o Sr. Calverleigh, por isso não deve pensar que pretendo censurá-lo e, de qualquer maneira, o pobre Sr. Miles Calverleigh não fez nenhuma fortuna. Pelo menos não parece alguém que fez, pois usa as roupas mais deselegantes! Por outro lado, ele está na York House, e lá, como sabe, não é de jeito nenhum *tão barato*, como amigos queridos nossos, que também se hospedam ali, me disseram.

— Pelo contrário! — disse ele. — Está me apavorando, senhora! Ele sempre teve a reputação de ser excessivamente gastador, e sempre sem um tostão no bolso! Só espero que ele não banque o generoso no York House, me deixando a conta para pagar! — Percebeu que esse discurso tinha chocado Selina e feito Fanny olhar para ele com gravidade, e de maneira rápida e suave recuperou sua posição dizendo: — A verdade, sabem, é que ele causou muito constrangimento ao meu avô e também ao meu pai, de modo que nunca ouvi falarem nada positivo sobre ele. No entanto, admito que muitas vezes me perguntei se ele seria tão terrível quanto me contaram. Na verdade, Srta. Wendover, se simpatiza com meu tio, ele não pode ser tão ruim! Não vou perder tempo e quero conhecê-lo logo. — Virou-se para Fanny; seu sorriso era uma carícia. — Conte-me as novidades de Bath! — pediu. — Lady Weaverham me perdoou por ter sido obrigado a cancelar meu jantar com ela? A Srta. Ancrum reuniu coragem para arrancar o dente ou continua com a cara inchada? Conte-me tudo! Parece que fiquei ausente por um ano!

Como o evento mais interessante ocorrido recentemente em Bath era o retorno de Oliver Grayshott à sua mãe, logo Fanny estava lhe contando tudo sobre isso, e pedindo sua ajuda com o acróstico que estava compondo para divertir Oliver.

— Sabe, estou fazendo tudo o que posso para entretê-lo — explicou ela. — Coitado, está tão deprimido que não consegue participar de nossos passeios nem comparecer a reuniões, *nada*, por isso quando Lavinia me pediu para ajudá-la a animá-lo, *é claro* que aceitei! — Acrescentou para indignação reprimida de sua tia mais nova: — Achei que não faria objeção.

Ele respondeu de maneira conveniente, mas Abby, que estava rapidamente antipatizando com o rapaz, teve a impressão (bem-vinda) de que ele não considerou a intrusão do Sr. Grayshott no cenário de Bath com aprovação.

Capítulo 7

O Sr. Stacy Calverleigh, tendo partilhado de uma refeição leve em Sydney Place, retornou caminhando ao centro da cidade, mas ao invés de virar à esquerda no fim da Bridge Street e pegar a High Street, hesitou na junção das vias, e então, com um dar de ombros, prosseguiu a caminhada ao longo de Borough Wall até Burton Street. Tomando a direção norte, logo alcançou a Milsom Street, no alto da qual, na George Street, situava-se o York House.

Esse hotel era o mais exclusivo, assim como o mais caro de Bath; e Stacy sentiu-se vagamente irritado com o fato de seu tio irresponsável poder estar hospedado ali. Não que tivesse o menor desejo de, ele próprio, ficar nesse hotel, pois por mais que devesse a seu alfaiate, e o muito que devesse a muitos outros comerciantes de Londres, não tinha a menor intenção de prejudicar sua reputação em Bath, endividando-se ali. De fato, o White Hart lhe convinha muito bem, localizado na Stall Street com vários de seus quartos dando para Pump Yard. O sossego do York House não fazia de jeito nenhum o seu gênero: gostava de estar em meio à agitação e não fazia a mínima objeção ao barulho e ao movimento de uma estalagem de posta.

O tempo havia permanecido incerto durante o dia inteiro e, quando chegou ao York House, tinha recomeçado a chover. O ar estava frio e úmido, o que tornou o fogo aceso na lareira da sala privada nada importuno. O Sr. Calverleigh estava sentado ao lado do fogo, com os tornozelos cruzados sobre um banco e um charuto entre os dedos. Passava a vista em um jornal quando um garçom anunciou Stacy. Depois de baixar o jornal e dirigir um olhar crítico ao sobrinho, largou-o, e disse, em um tom divertido e tolerante:

— Deus do céu! Você é meu sobrinho?

— Assim fui levado a crer, senhor — replicou Stacy, fazendo uma mesura ligeira. — *Se* realmente for Miles Calverleigh.

— Sou, mas isso não deve preocupá-lo — respondeu Miles, gentilmente. — Você não se parece muito com seu pai: para começar, ele não era um sujeito tão elegante. Não tinha físico para isso. Posso concluir que essas calças amarelas são o sucesso do momento?

— Ah, com certeza! — replicou Stacy, cuja calça amarelo-clara era realmente o que primeiro chamava a atenção nele. Ele pôs o chapéu, as luvas e a bengala sobre a mesa. — Não estava em Bath ou o teria visitado antes, senhor. Deve perdoar minha aparente negligência.

— Sem problemas em relação a isso. Eu não tinha a menor expectativa de vê-lo.

— Ninguém desejaria não dar imediatamente atenção a um parente tão próximo — disse Stacy, com uma certa altivez.

— Nem mesmo a alguém com um parafuso a menos como eu? Ora, ora, sobrinho! Isso está muito pomposo! Na verdade, está se perguntando o que diabos me trouxe aqui e desejando que eu não tivesse vindo! — Riu ao ver que tinha pego Stacy de surpresa. — Finque os pés no solo e não tente me causar impressão. Não tenho a menor inclinação para formalidades. Não me deve respeito nem obediência, sabe? Sente-se e desembuche logo!

— Bem, senhor... o que o *trouxe* à Inglaterra? — perguntou Stacy, com um sorriso forçado.

— Inclinação. Um charuto?

— Não, obrigado!

— Prefere o rapé, não? Vai acabar com manchas amarelas ao redor do nariz, mas acho que já terá pego sua herdeira antes de isso acontecer, portanto não tem importância.

Stacy replicou depressa, na defensiva:

— Não sei do que... quem lhe disse...

— Não se faça de desentendido! A Srta. Wendover me disse... A Srta. Abigail Wendover... e não creio que suas investidas prosperem.

— Não se ela tiver influência! — A expressão de Stacy se fechou. — Acho que é minha inimiga. Eu só a conheci hoje, e ficou claro que me daria uma surra se pudesse.

— Sem dúvida. Posso apontar outra pessoa que provavelmente brigará com você: James Wendover.

— Ah, ele! — Stacy deu de ombros. — Pode tentar, mas não vai conseguir nada. Fanny não lhe dá a mínima. Mas essa maldita tia é outra história. Fanny... — Interrompeu-se, percebendo, de súbito, que havia sido levado à indiscrição, e apelou para seu sorriso de garoto. — A questão é que Fanny *é* uma herdeira. Não se pode culpar sua família por querer que faça um bom casamento, mas quando se está muito apaixonado, considerações sobre riqueza e posição social não têm importância.

— Bem, uma moça aos 17 anos pode se acreditar profundamente apaixonada, mas, segundo minha experiência, não dura muito — comentou Miles, sarcástico. — Não vai me dizer que considerações sobre riqueza não têm importância para você, vai?

O sorriso se desfez sob esse olhar irônico; Stacy replicou com raiva:

— Como eu poderia me casar com uma moça sem fortuna?

— Não achei que poderia. Segundo o que ouvi, está na bancarrota.

— Quem lhe disse isso? — perguntou Stacy com desconfiança. — Não sabia que tinha relações na Inglaterra!

— Como poderia saber? Tenho, mas foi Letty que me disse que você está completamente arruinado.

— Refere-se à minha tia-avó Kelham? — perguntou Stacy, incrédulo. — Está querendo que eu acredite que a visitou?

— Ah, não! Não dou a mínima para o que você acredita. Por que deveria? — replicou Miles, com uma afabilidade inabalável.

Enrubescendo, Stacy gaguejou:

— Perdão! Foi só que... bem, ela é uma tremenda moralista e nunca teria pensado... isto é...

— *Entendi*! — disse Miles, encorajando-o. — Pensava que ela fecharia a porta na minha cara!

Stacy caiu na gargalhada.

— Bem, sim! — admitiu ele. — Se não lhe devo respeito, não preciso dourar a pílula, pelo que entendi!

— Ah, não, não tem a menor necessidade disso — garantiu-lhe Miles. — A questão é que a sua tia-avó... Deus!, pensar que Letty é uma tia-avó, só tem 12 anos a mais do que eu! Bem, o fato é que ela era generosa comigo. Talvez porque detestasse meu pai, ou melhor, é claro que sim. Pensando nisso, o *seu* pai não era de jeito nenhum o favorito dela. Talvez porque a maior parte das mulheres goste de libertinos — acrescentou ele, pensativo.

— Foi por isso que o mandaram para o exterior? — perguntou Stacy. — Nunca soube exatamente... meu pai nunca falava do senhor, exceto para dizer que *não* era alguém de quem se falar

— Ah, eu era um verdadeiro delinquente! — respondeu o tio, em tom cordial. — Comecei me envolvendo com mulheres de baixa reputação, em Eton. Foi por isso que me expulsaram.

Stacy olhou-o com certa admiração.

— E... e em Oxford?

— Não me lembro, mas deve ter sido pela mesma razão. O problema foi que eu era muito maduro e despachado demais; estava sempre aprontando alguma. Mas nada semelhante ao mau comportamento em Londres. Um marginalzinho, é o que eu era... e um maldito garoto bobo! Culminei minha carreira tentando fugir para me casar clandestinamente com uma herdeira. Isso foi demais para a família, de modo que se livraram de mim, e sem dúvida não posso culpá-los. — Ele sorriu de maneira zombeteira para o sobrinho. — A sorte tampouco o favoreceu, não foi?

Stacy se enrijeceu:

— Senhor?

— Tentou o mesmo, não?

— Isso, senhor, é algo que prefiro não discutir! Foi um episódio infeliz! Fomos levados pelo que acreditávamos ser uma paixão inabalável! As circunstâncias... a verdade... não pode ser entendida pelo senhor... em resumo, não me sinto obrigado a me justificar com o senhor!

— Meu bom Deus, espero que não! Não me diz respeito. Posso ser seu tio, mas realmente tenho pouco interesse por você. É muito parecido comigo, e me acho terrivelmente chato. A única diferença que vejo é que você é um jogador. Este é o único vício que nunca tive, e não me desperta o menor interesse porque acho jogar entediante.

— Suponho que esteja tentando me engambelar... ou não sabe nada de jogo, e nisso eu não acredito!

— Ah, não! Tentei jogar, mas o jogo não exerceu nenhum fascínio sobre mim. Devagar demais!

— Devagar? — repetiu Stacy, perplexo.

— Ora, sim! O que tem de fazer além de apostar o próprio dinheiro e observar a virada da carta ou a queda dos dados? A mesma coisa com corrida de cavalos. Mas se me oferecessem uma competição em que eu montasse meu próprio cavalo, isso sim teria sido excitante! Mas monto pesado demais, sempre foi assim.

— Mas dizem... e entendi pelo que disseram... que custou uma fortuna ao meu avô!

— Eu *era* caro — admitiu Miles —, mas não usaria propriamente o termo fortuna. Porém me diverti muito com meus gastos. O que diabos tem de divertido no jogo de azar?

Estava evidente que Stacy achava isso incompreensível. Olhou pare ele intrigado e, depois de um momento, falou:

— Eu devia invejá-lo, suponho! Mas não invejo. Está no meu sangue, e certamente no seu também! Meu pai... meu avô.. meu tio-avô Charles... ah, todos eles!

— Sim, mas não pode se esquecer de que fui uma grande decepção para a família. Meu pai até mesmo suspeitou que eu fosse uma criança trocada. Uma teoria deliciosa, mas sem fundamento, acho. — Jogou a ponta do charuto no fogo e se levantou, espreguiçando-se. Seus olhos claros dirigiram-se a Stacy, sua expressão difícil de interpretar. — Já perdeu Danescourt?

Stacy riu abruptamente.

— Deus meu! Que homem em seu juízo perfeito apostaria contra essa maldita cabana. A hipoteca é impagável, e está em ruínas! Ficou endividada quando meu pai morreu, e *eu* não posso saldar essa dívida. Odeio aquele lugar... não investiria nem um centavo ali!

— Morada dos nossos ancestrais! — disse Miles, irreverente. — Devem estar se virando em seus túmulos. Talvez *você* seja uma criança trocada! Ou veio me visitar na esperança de que eu possa restaurar sua fortuna perdida?

— Não! — Stacy olhou de relance para o tio. — Disseram-me que voltou para acompanhar o filho da Sra. Grayshott, o que não me leva a supor que esteja nadando em dinheiro! Queira Deus que isso não vaze!

— Oh, acho que não — replicou Miles com tranquilidade. — Mas ouviu errado. Não fui o tutor do jovem durante a viagem. Combinei os deveres de enfermeiro e criado de quarto.

— Deus do céu! Se isso se tornar conhecido...! Gostaria que considerasse *minha* posição, senhor!

— E por que eu deveria?

— Bem, diabos, sou seu *sobrinho*! — replicou Stacy com indignação. — E o senhor, afinal, é um Calverleigh!

— Sim, mas de maneira nenhuma orgulhoso, juro. Quanto à nossa relação, ninguém pode culpá-lo por ser meu sobrinho... Eu mesmo não o culpo... mas se isso o incomoda, não me reconheça!

— Pode lhe parecer engraçado — retorquiu Stacy, enrubescendo —, mas devo pedir permissão para lhe dizer, senhor, que não é uma coisa agradável para mim tê-lo aqui, parecendo... por mil demônios, parecendo um grosseirão! — Levantou-se, pegou o chapéu. — Não sei por quanto tempo pretende ficar em Bath, mas espero que esteja ciente do preço das taxas cobradas neste hotel!

— Não se importe com isso. Não vou debitá-las a você. Se eu ficar em uma situação embaraçosa, sempre haverá a possibilidade de fugir sem pagar.

— Muito engraçado, senhor! — Stacy pegou as luvas e a bengala. — Seu criado!

Executou uma ligeira mesura e saiu. Estava tão alvoroçado que chegou a White Hart antes de sua raiva ter abrandado o suficiente para lhe permitir refletir sobre se tinha agido bem ao perder o controle. Não era, naturalmente, um homem moderado, mas tinha cultivado um ar de bom humor sorridente, sabendo que era um trunfo tão importante para toda aquela sobrevivência precária, à margem da sociedade, quanto sua bela aparência. Raramente traía sua irritabilidade ou perdia a pose, mesmo sob uma grave provocação ao ser humilhado por algum cavalheiro mais exaltado, em cujo círculo tentara se insinuar, ou ao ser examinado de cima a baixo por uma grande dama, cujo favor queria conquistar. Começou a se afligir consigo mesmo e a se perguntar que característica era aquela em seu tio que o havia irritado; mas não foi por muito tempo, e, então, com relutância, o que lhe ocorreu foi que o tio o fizera para que se sentisse pequeno. O que não tinha nada a ver com a altura superior de Miles, muito menos com suas maneiras, que não tinham sido as de um homem falando com o sobrinho, mas as de um homem falando com alguém da mesma idade, e a quem olhava com indiferença. Ao relembrar como Miles se comportara de maneira descontraída, parecendo ter-se vestido ao acaso, com um casaco fora de moda, o colarinho aberto, e um charuto abominável entre os dedos compridos e morenos, sentiu o ressentimento voltar a se manifestar. Ele, e não seu tio mal-afamado, deveria ter sido o mestre da situação, mas, de alguma maneira misteriosa, sentiu-se constrangido. Tinha esperado ser recebido, se não com satisfação, pelo menos com prazer. Havia sido condescendente, como chefe da família, em visitar seu réprobo, mas o réprobo aparentemente não estava ciente disso. Não tinha demonstrado nem prazer nem desprazer, e certamente não alegria; o único interesse que o homem demonstrara por seu sobrinho tinha sido de uma ordem casual. Stacy achou essa atitude de tal modo atrevida que quase desejou retornar ao York House, com o propósito de mostrar o desprezo que aquele sujeitinho impudente merecia.

Mas logo lhe ocorreu, entretanto, que cabia a ele agir com cautela: até mesmo, se pudesse, ficar amigo de Miles. O tio sabia que ele estava cortejando Fanny Wendover, e não havia praticamente nenhuma dúvida de que fora informado pelas tias dela. Ele não tinha dado nenhum sinal de que o reprovava. Na verdade, tinha demonstrado tanto interesse nisso quanto na revelação de que Danescourt estava seriamente endividada, mas se mantinha bom relacionamento com a Srta. Abigail Wendover, poderia valer a pena o esforço para conquistar seu apoio.

O casamento tinha poucos atrativos para o Sr. Stacy Calverleigh, mas ele estava ciente de que somente por meio de um casamento rico poderia escapar das dificuldades que haviam se tornando extremamente urgentes; e estava determinado a se casar com Fanny, mesmo que fosse obrigado a convencê-la a fugir com ele. Mas seria infinitamente preferível casar-se com o consentimento dos parentes da jovem. Selina, ele podia dominar brincando, mas tinha percebido desde o começo que ela tinha menos importância do que Abigail, e que era a influência desta tia que provavelmente teria maior peso com o Sr. James Wendover.

Não alimentava ilusões em relação a James. Nunca conhecera o pai dele, nem o irmão mais velho, muito menos o avô, mas sabia que tinham sido de muita notoriedade em seu tempo, e que James era comumente considerado o epítome de um Wendover. Era governado por duas paixões: uma determinação para fazer progredir os interesses da família e uma determinação ainda mais forte de evitar a todo custo qualquer coisa que sugerisse da maneira mais remota um escândalo. Com certeza se oporia ao casamento de Fanny com um rapaz sem dinheiro, com uma reputação comprometida, mas depois de atado o nó, certamente abafaria o escândalo consequente. E se não fizesse imediatamente uma provisão conveniente para sua rica tutelada, logo seria obrigado a fazê-lo, por medo do que *as pessoas diriam.* Isso, segundo os maliciosos, era o pavor que governava sua conduta. E se Stacy mostrasse ser um caráter reformado, as pessoas certamente diriam coisas muito rudes, a menos que James concedesse a Fanny entrar na posse, no mínimo, da renda de sua grande fortuna e da casa de seus ancestrais. Particularmente, pensou Stacy, se o casamento clandestino fosse abençoado com um herdeiro. Quanto a ele próprio, tinha a intenção de se comportar com todo o decoro, resignando-se, até mesmo, a viver durante meses em Amberfield. Seria um tédio, mas quando soubessem que tinha-se casado com uma herdeira cuja propriedade se tornaria sua em alguns anos, poderia viver confortavelmente na expectativa. Seria possível para ele acertar as contas com seus credores mais insistentes, e embora continuasse devendo, não temeria mais ser encarcerado por isso. Nem o agiota mais avaro chegaria ao extremo contra um homem que era herdeiro (por casamento) de uma bela fortuna.

Não era, evidentemente, o casamento ideal. Ele teria preferido — e de fato tinha preferido — uma noiva que já tivesse alcançado a maioridade; mas as herdeiras eram muito raras e desde a sua tentativa frustrada de um casamento clandestino, suas chances de ter permissão para se aproximar de uma tinham diminuído a ponto de praticamente desaparecerem. Por outro lado, Fanny era uma beldade, e ele achava que se tivesse de se casar, estaria mais disposto a se casar com ela do que com qualquer outra. Mas queria fazer isso com a aprovação das tias da moça; e tendo conquistado Selina, ficara esperançoso de obter o mesmo êxito com Abigail. Cinco minutos na companhia dela foram o bastante para arruinar seu otimismo. Abigail era feita de uma matéria mais austera do que a irmã, e havia resistido a ele francamente. Provavelmente James Wendover seria o culpado; talvez a influência de outro homem pudesse ser vantajosa. Ela parecia se dar bem com Miles, portanto era desejável não perder tempo para angariar seu apoio.

Assim, ao comparecer, naquela noite, ao baile no Upper Room, e ver que seu tio estava presente, conversando com a Sra. Grayshott, aproveitou a primeira oportunidade que se ofereceu para cumprimentá-lo, demonstrando extremo prazer. Ficou aliviado ao ver que Miles possuía, pelo menos, uma calça decente e um fraque, mas seus dedos coçaram de vontade de endireitar a gravata, que achou deplorável, e pentear de uma maneira mais moderna os cachos negros do tio. Os seus próprios estavam muito bem untados, e cortados ao estilo Brutus; seu paletó ajustava-se perfeitamente à sua figura esguia; uma corrente de relógio pendia da cintura e um monóculo, ao redor do pescoço; a pele exalava a fragrância sutil da lavanda Steek's; e um alfinete de diamante aninhava-se nas dobras de sua gravata oriental. De fato, como Lady Weaverham comentou com a Sra. Slinfold, ele tinha o toque inconfundível de Londres. A Sra. Slinfold, concordando, acrescentou que, na sua opinião, era o mais elegante de todos os cavalheiros presentes; mas, ao ouvir essa conversa, a Sra. Ruscombe soltou uma risada curta e disse:

— Oh, acham mesmo? Tão frívolo! Meu marido... que maldade... diz que ele é um perfeito janota presunçoso!

Mas como todos sabiam que era costume da Sra. Ruscombe atribuir suas críticas ferinas ao marido submisso, além de ter feito de tudo para pôr a filha mais velha, das cinco que tinha, no caminho do Sr. Stacy Calverleigh, essa observação foi recebida com um silêncio absoluto. O Sr. Calverleigh podia ser uma criatura excessivamente janota para o gosto geral, mas não era um dândi, pois nunca se pavoneava nem afetava ares de arrogância. Suas maneiras eram muito agradáveis, de modo que mesmo as mais severas das pessoas mais velhas que ele eram obrigadas a admitir que suas maneiras eram impecáveis.

Quando a Srta. Abigail Wendover chegou, acompanhando sua adorável sobrinha, notou-se que estava usando outro de seus vestidos de Londres, e seus amigos concordaram que ela estava com excelente aparência. Somente a Sra. Ruscombe comentou que isso não era vantagem para quem podia esbanjar uma fortuna.

Essa avaliação era um exagero, mas estando em uma posição confortável, Abby não era obrigada a fazer economia, e não hesitara em comprar um manto extremamente caro de renda sobre um vestido de cetim que pendia em pregas suaves até os pés, terminando em uma pequena cauda. Isso, assim como o penacho adornado por diamantes em seu cabelo, proclamava aos bem informados que ela não tinha intenção de dançar; mas o Sr. Miles Calverleigh não era um deles, e abriu caminho até onde ela estava sentada e pediu que lhe concedesse a honra de conduzia-la ao grupo que se posicionava no salão.

Ela sorriu, mas recusou sacudindo a cabeça.

— Obrigada, mas não danço.

— Fico feliz com isso — disse ele. Então, quando seus olhos expressaram surpresa e divertimento, ele riu e acrescentou: — Sou um péssimo parceiro, sabe? Posso, então, me sentar e conversar com a senhorita?

— Por favor, fique à vontade! Estava mesmo querendo uma oportunidade de conversar com o senhor. Conheceu seu sobrinho?

— Sim, ele foi muito amável me visitando hoje.

— O que achou dele? — perguntou ela.

— Ora, nada! Devia achar algo?

— Gostaria que não fosse tão sarcástico!

— Não seria sarcástico com a senhorita por nada neste mundo. Mas o que gostaria que eu dissesse? Ele esteve comigo por menos de uma hora, e não me lembro de ele ter dito nada que me interessasse a ponto de me fazer *refletir* sobre sua pessoa.

— É um tio nada comum! — disse ela, com uma severidade que contradizia a covinha em sua bochecha.

— Sou? — Refletiu por um momento. — Não, não acho que seja. Tive três tios e nenhum deles tinha o menor interesse em mim. Afinal, por que teriam?

— Não havia motivo nenhum, acho eu! Está tentando me fazer... Ah, como dizem os caçadores?... Seguir a pista errada? Sim, é isso. Não vai conseguir! Também conheci seu sobrinho hoje e não tenho o menor escrúpulo de dizer que gosto dele menos ainda do que esperava gostar!

— Não, verdade? Suas expectativas deviam ser muito maiores do que me fez crer!

— Não, mas... Bem, suponha que esperava que ele fosse um homem com charme! Não o achei com charme nenhum, e não consigo imaginar por que Fanny apaixonou-se por ele! Agora, me diga: o senhor consegue?

— Ah, facilmente! É um sujeito muito bonito, a senhorita precisa admitir! Além do quê, estava extremamente elegante, e tem boas maneiras.

— Ah, sim! — concordou ela, amarga. — O jogo de adulação daquele rapaz! Ele tentou me amaciar, mas, para mim, é ele que esconde as garras. E quando sorri, não há sorriso em seus olhos. Somente... somente um olhar *avaliador*! Com certeza, o senhor também percebeu isso, não?

— Bem, não! — confessou ele. — Mas talvez porque ele não tenha sorrido tanto enquanto esteve comigo. Ou talvez porque não viu necessidade de... hã... me avaliar!

— Também não gostou dele, gostou? — perguntou ela rapidamente.

— Ah, não! Mas de quantas pessoas nós gostamos?

Ela franziu o cenho, sua atenção momentaneamente desviada.

— Na primeira vez que as vemos? Não sei, não muitas, talvez. Mas não se precisa *não gostar* delas, e eu realmente *não gostei* do Sr. Stacy Calverleigh!

— É, achei que não — replicou ele com gravidade.

— E não acredito, apesar de todos os seus protestos e maneiras atenciosas, que ele ame Fanny *de verdade* ou que teria feito qualquer esforço para conquistar sua afeição se ela não possuísse uma grande fortuna!

— Oh, Deus, não!

Ela se virou de frente para ele, com os olhos súplices, e pondo uma das mãos ricamente enluvadas em seu braço, disse:.

— Se pensa assim, não vai... ah, Sr. Calverleigh, *não* vai fazer *nada* para salvar a minha pobre Fanny?

Ele a estava olhando com o sorriso que, diferente do de seu sobrinho, se irradiava em seus olhos, mas tudo o que respondeu foi:

— Minha querida menina... Não, não se defenda! Foi um lapso de linguagem! Minha cara Srta. Wendover, o que imagina que eu *possa* fazer?

Não tendo nunca refletido sobre isso, ela ficou sem saber o que responder.

— Certamente, deve poder fazer *alguma coisa*! — replicou Abby de maneira pouco convincente.

— O que a faz pensar assim?

— Bem... bem, afinal o senhor é tio do rapaz!

— Ah, isso não é razão! A senhorita mesma me disse que sou um tio nada convencional, e se isso significa ser um tio que não se mete na vida de um sobrinho sobre o qual não tem nenhuma autoridade e para quem não faria diferença se fosse sobrinho de qualquer outro, sem a menor dúvida está certíssima!

— Nenhuma autoridade, não! O que quer que diga não impede que o parentesco exista, e tem de ter *influência*, se quiser exercê-la, não?

Ele olhou-a com um ar divertido.

— Sabe, a senhorita tem umas ideias notavelmente fantasiosas nessa cabecinha encantadora! Como diabos eu poderia ter influência sobre um sobrinho que me conheceu hoje à tarde?

Ela percebeu a força desse argumento, mas a convicção de que poderia rechaçar Stacy, se quisesse, permaneceu. Era irracional, justificada apenas pela força que achava ter detectado em suas feições ásperas e por uma certa inclemência por baixo de suas maneiras negligentes. Falou com um ligeiro suspiro:

— Suponho que não tenha nenhuma. Ainda assim... e ainda assim... acho que *poderia ter*, se simplesmente quisesse!

— De minha parte, acho a senhorita perfeitamente capaz de resolver isso sozinha, sem qualquer ajuda minha.

Ao que parecia, não havia mais nada a ser dito, tampouco teve a oportunidade de insistir no assunto, sua atenção sendo requisitada, naquele mesmo instante, pelo Sr. Dunston, que a observava há minutos de maneira ciumenta, e que agora se aproximou para pedir que lhe concedesse o privilégio de conduzi-la à sala de chá.

Encontraram-se de novo dois dias depois, no Edgar Buildings; e por menos satisfeita que Abby tivesse ficado por encontrar o Sr. Stacy Calverleigh na sala de estar da Sra. Grayshott, cheio de gentilezas com a anfitriã e conquistando as graças de Fanny pela solicitude com que tratava o Sr. Oliver Grayshott, ficou incontestavelmente feliz ao ver seu tio, e traiu sua emoção com o sorriso repentino que lhe iluminou os olhos e a prontidão com que estendeu mão.

Percebeu que sua chegada interrompera uma discussão animada. O consultor clínico do Sr. Grayshott, que passara para vê-lo mais cedo, tinha-se declarado muito satisfeito com seu progresso e sancionado a crença, de certa forma recalcitrante, do paciente de que lhe faria muito bem abandonar o sofá e sair para um pouco de ar fresco e exercício. Uma ida a Lansdown e andar um pouco por lá, deleitando-se com a vista do Bristol Channel, foi o que recomendou; mas quando a Sra. Grayshott se opôs a esse programa dizendo, muito inconvenientemente, que ele seria fatalmente prejudicado caso se deixasse ser levado a Lansdown ou qualquer outro lugar, como se ele estivesse morrendo de um processo de debilitação drástico, o médico riu e disse:

— Bem, então saia a cavalo, se preferir! Não vai fazer mal, contanto que não vá longe demais, e que não se canse muito.

Isso não era de jeito nenhum o que a Sra. Grayshott desejava. Achava que ainda faltava muito para Oliver se recuperar completamente, sem conseguir se esquecer de como estava pálido e abatido ao chegar de Londres; e não podia gostar do projeto de sair de Bath tendo a irmã como única companheira. Lavinia era uma amazona nervosa, requerendo uma constante vigilância. De jeito algum o tipo de companhia ideal para um doente; e Fanny, que se ofereceu instantaneamente para acompanhá-los, não parecia à viúva a mais indicada. Fanny não era nervosa. A Sra. Grayshott, ela mesma não sabendo montar, tinha ouvido um dos admiradora da moça descrevê-la como uma amazona veloz, corajosa, um elogio que foi um golpe no coração de uma mãe apreensiva. Em seguida, para piorar a situação, Stacy Calverleigh, que encontrara as duas garotas na Queen's Square e as acompanhara ao Edgar Buildings, ofereceu seus serviços, assegurando, enquanto ria para a Sra. Grayshott, que traria o grupo de volta bem cedo e nem um pouco cansado.

A proposta foi instantaneamente aprovada pelas garotas, e possivelmente por Oliver, o que tornou difícil a recusa da Sra. Grayshott. Atrapalhava-se com algumas justificativas capengas quando Abigail foi anunciada.

— Em boa hora! Entre, querida, e me dê seu apoio! — exclamou ela, indo cumprimentar Abby. — Aqui está meu filho voluntarioso, determinado a cavalgar até Lansdown, e esses outros jovens querendo formar um grupo para ir com ele! Estou convencida de que não gosta do plano mais do que eu, pois apesar de o Sr. Stacy Calverleigh ser muito gentil oferecendo-se para acompanhá-los, receio que a missão de impedir três crianças tão impetuosas escape de seu controle!

— Não, não vai acontecer, verdade! — gritou Fanny. — Teremos o maior cuidado com Oliver e juro que não será nem um pouco difícil para Stacy nos impedir de ir longe demais, mesmo que quisermos, senhora! — Virou-se impulsivamente para Abby. — Não se opõe, não é, Abby?

Reprovando o plano, mas incapaz de pensar em outro motivo para seu veto a não ser a inclusão de Stacy no grupo, Abby hesitou. A salvação veio de alguém inesperado.

— Monta, Srta. Wendover? — perguntou o Sr. Miles Calverleigh, lhe sorrindo do outro lado da sala, expressando tal entendimento no olhar que conseguiu fazê-la responder com um sorriso.

— Ora, sim! — replicou ela.

— Nesse caso, pode ficar tranquila — disse Miles à Sra. Grayshott. — Cá entre nós, a Srta. Wendover e eu seremos capazes de controlar as atividades dos membros mais novos dessa expedição arriscada.

A única objeção que esse argumento inesperado provocou partiu de Oliver, que afirmou, ressentido, ser perfeitamente capaz de cuidar de si mesmo. Acrescentou que se fizesse a menor ideia de que seu desejo de sair para cavalgar fosse gerar tal comoção, nunca o teria expressado.

— Cale-se, jovem! — disse Miles, em tom chocado. — Vai fazer a Srta. Wendover supor que não quer que ela vá com você!

Essa intervenção naturalmente confundiu Oliver, que se apressou a tranquilizar Abby. Ela riu, deixando claro que não tinha a menor intenção de desempenhar o papel de ama-seca; e sentiu-se animada com a aprovação instantânea de Fanny:

— Ah, excelente ideia! — exclamou Fanny. — Virá, *melhor* das minhas tias, não virá?

Capítulo 8

Como Oliver não mostrou sinais de exaustão e Stacy, comportando-se com grande circunspecção, não fez nenhuma tentativa para monopolizar a atenção de Fanny, nada aconteceu que estragasse o prazer de Abby durante essa diversão suave. Miles Calverleigh cavalgou ao lado dela a maior parte do tempo, e foi tão agradável que a fez esquecer suas apreensões ouvindo-o contar sobre a Índia e os costumes do povo de lá. Na verdade, ele teve de ser persuadido a falar, dizendo, no começo, que as pessoas que tagarelam sobre suas experiências no exterior são umas chatas, mas as perguntas que ela lhe fazia eram inteligentes e seu interesse nas respostas dele tão verdadeiro, que ele logo abandonou a reserva, descrevendo um quadro vívido e mesmo contando algumas de suas experiências. Essas iam de aventureiras a cômicas, mas não demorou a encerrar a narrativa.

— E chega de falar sobre mim! Agora me conte da senhorita!

— Não há nada o que contar! Não fiz nada, nunca fui a lugar algum. Não sabe o quanto o invejo... quantas vezes desejei ser homem!

— Verdade? Mas só a senhorita deve ter esse desejo!

— Obrigada! Mas está enganado, o meu pai também. Ele queria outro filho homem.

— O quê? Com Rowland e James como exemplos sinistros? Ou porque esperava que um terceiro filho homem pudesse ser menos lento?

— Certamente não! E apesar de não gostar dele, tenho de ser justa e admitir que Rowland, pelo menos, não era lento. Era um aficionado da caça e um cavaleiro tenaz.

— Eu não me referia a isso. Intelectualmente lento!

— Ah, sim, mas meu pai também era assim! Naturalmente ele não considerava a idiotice um defeito em Rowland. De fato, ele detestava as pessoas inteligentes.

Ele deu um risinho apreciativo, o que a fez dizer em um tom constrangido:

— Eu não devia ter dito isso. Esta minha língua deplorável! Realmente *tento* contê-la!

— Não tente! Gosto da maneira como diz o que lhe vem à cabeça.

Ela sorriu, mas balançou a cabeça.

— Não, é meu pecado constante e devia tê-lo superado faz tempo.

— Do que me lembro do seu pai, devo supor que ele fez de tudo para ajudá-la nisso. Ele não gostava da senhorita tanto quanto a senhorita não gostava dele?

— Sim, ele... Oh, como se atreve? É realmente abominável! Sabe muito bem que seria uma completa impropriedade eu dizer que não gostava do meu pai. Todos os sentimentos seriam ofendidos.

— Bem, nenhum dos meus — replicou ele, imperturbável. — Não gostava, gostava?

— Não, mas essa é uma coisa que nunca deve ser dita. E se ele não gostava de mim, tenho de admitir que a culpa era minha. Foi uma triste experiência para ele, acho.

— Sim, é claro. Inteligente demais!

— Não sou inteligente... ou sou, se me comparar com o resto da minha família — ela refletiu. — Eu os amo sinceramente, mas

Selina e Mary são duas perfeitas parvas, e embora minha irmã Jane tenha bastante bom senso, não pensa em outra coisa que não nos filhos e nos defeitos dos criados. Meu pai simplesmente achava que eu lia demais, o que era a pior coisa que poderia dizer de alguém! Atribuía todo o meu comportamento insubmisso a esse fato!

— Então, eu deveria ter dito que tem um senso excessivamente vigoroso de seu dever — observou ele.

— Não quando era garota. Estava sempre me rebelando contra as restrições impostas a mim e ah, e como eu detestava essa palavra odiosa, *propriedade*! Por isso desejava ser homem, para poder escapar disso! Mulheres não podem escapar, como sabe. Somos sempre agrilhoadas... resguardadas...

— *Comprimidas, cerceadas, confinadas* — prosseguiu ele, acrescentando com grandiloquência: — Também sou lido.

O riso irrompeu nela.

— É o que estou vendo! E era exatamente assim na minha família.

— Era? Ainda é.

Ela virou a cabeça, surpresa.

— Não! Por que, o que quer dizer?

Ele indicou com a cabeça os quatro membros jovens do grupo, que cavalgavam à frente.

— Fanny, é claro. Não a comprime, cerceia e confina?

— Não! — replicou ela, acaloradamente — Ela desfruta muito, mas muito mais liberdade do que eu jamais desfrutei! — Uma sobrancelha erguida de maneira zombeteira a fez corar. Balbuciou: — É verdade! Está... está achando que não a deixo ir a lugar nenhum sem mim, mas *não* é verdade! Nunca, até seu detestável sobrinho vir para Bath, acompanhei-a em expedições deste tipo, e se *ele* não estivesse aqui e o jovem Grayshott a tivesse convidado, ela teria ido com todo o meu consentimento! — Fez uma pausa e, depois de refletir por um momento, falou francamente: — Não, sozinha não. *Eu* não ficaria apreensiva, mas no que diz respeito a ela, devo ter cuidado para que não faça nada que alimente fofocas em Bath! Sabe, meu irmão me confiou a guarda de Fanny, e por mais absurdas que eu considere grande parte das convenções que nos cerceiam, devo, para o seu bem, forçá-la a ser-lhes fiel. Por favor, tente entender! O que eu, na minha idade, posso escolher desrespeitar, ela, à beira de estrear na vida social, não deve!

— Pobre menina! De quantas convenções absurdas está *disposta* a escarnecer?

— Ah, de muitas, se só pensar em mim mesma.

— Vamos fazer um teste. Vai comigo ao teatro no sábado?

Ela hesitou, tanto surpresa quanto em dúvida. Então, falou:

— Está me convidando para fazer parte de seu grupo de amigos, senhor?

— Deus do céu, não! Não tenho grupo.

— Oh! — Ela caiu de novo em silêncio. — Entendo que está convidando Fanny também, não? — arriscou por fim.

— Ah, não, não é verdade. Sabe muito bem que Fanny se comprometeu a ir com os Grayshott para o baile de valsas da Sra. Faversham. Eu me pergunto se a deixará ir!

— Mesmo? Bem, se me acha tão... tão *rígida,* me pergunto se acha que irei ao teatro sozinha com o senhor! A valsa não é dançada no Rooms, mas Bath é um lugar muito antiquado, e em Londres, valsas, e quadrilhas também, são muito dançadas. Fico muito feliz com que Fanny tenha a oportunidade de... de ser introduzida a isso antes de debutar na primavera! Mas quando se trata de ir ao teatro... — Fez uma pausa, matutando sobre a questão.

Ele esperou, olhando seu perfil com um sorriso gozador, até ela dizer, tomada por uma inspiração súbita:

— Se convidar também a minha irmã! Seria perfeitamente normal.

— Sem dúvida!

Ela não conseguiu conter o riso.

— Sim, eu sei, mas... Bem, é absurdo, mas há uma diferença... ou assim pensam... entre acompanhar uma dama ao... oh, a um concerto, no Assembly Rooms, e ao teatro! Acho que é porque os concertos oferecidos por meio de assinaturas são mais privados. E também não se senta separado, as pessoas se misturam com...

— Ah, se isso é tudo, podemos nos sentar no fosso da orquestra!

— ... com os amigos! — concluiu Abby com severidade.

— E no fim do primeiro ato, quando seu acompanhante espera poder desfrutar sua companhia, algum sujeito impudente rouba-a bem diante do seu nariz, e a leva para um chá, exatamente como fiz quando aquele paspalho que a adulava com elogios frívolos pensava que pertencia a ele!

— Bem, pelo menos teve a elegância de assumir sua impudência! — retaliou ela. — Embora seja impudente, sem nenhuma elegância. Mas o Sr. Dunston não é nenhum paspalho e os elogios que fazia eram muito gentis.

— Qualquer homem que lhe diga que ofusca qualquer outra mulher presente e que é bela como a rosa de maio só pode ser um paspalho. É muito fingimento!

Vexada, Abby replicou:

— Não sou nenhuma beldade, nem nunca fui, mas não sou um *antídoto,* espero!

Ele sorriu.

— Não, não é nem uma coisa nem outra. O que um admirador estúpido não tem inteligência para perceber é que possui algo mais valioso do que a beleza.

A Srta. Wendover estava perfeitamente ciente de que lhe competia tratar o audacioso Sr. Calverleigh com desdém ou, no mínimo, ignorar sua observação; mas ao invés de fazer qualquer uma dessas coisas, dirigiu-lhe um olhar tímido e inquiridor.

— Possuo? Por favor, diga-me o que pode ser!

Ele a olhou criticamente, a diversão persistindo em seus olhos.

— Bem, tem muita compostura e uma figura elegante. Também gosto dos seus olhos, particularmente quando sorri. Mas não é isso. O que tem em profusão é charme!

Ela enrubesceu e balbuciou:

— Receio que agora seja o senhor que esteja me adulando.

— Oh, não! Seu nariz é indiferente e sua boca um pouco larga demais, e seu cabelo, embora cresça bem, é de um castanho comum.

Ela começou a rir.

— Eu o absolvo!

— É o que eu esperava! Podia ter acrescentado que também tem coragem, mas tenho dúvidas.

Ela irritou-se ao ouvir isso.

— Pois está enganado! Acho que isso se deve a eu ter hesitado em aceitar seu convite. Muito bem, irei à peça com o senhor!

— Boa garota! — ele aprovou. — Ousada até a raiz do cabelo! Mas não quero levá-la se realmente acha que prejudicará a sua reputação.

— Não — replicou ela, em um tom resoluto. — Não na minha idade!

— Justo o que eu estava pensando — concordou ele.

Ela o olhou furiosamente, mas ele estava completamente sério.

— Seria apropriado jantar antes comigo, no York House? — perguntou ele.

— Obrigada, mas prefiro jantar em Sydney Place. Minha irmã ficará muito feliz em conhecê-lo melhor.

Ele fez uma mesura aceitando humildemente, e como tinham chegado a seu destino, o monumento em memória de um tal Sir Basil Grenville, morto na Guerra Civil, a conversa entre os dois se encerrou.

E não foi retomada, já que depois dos restos de uma fortificação saxã situada ali perto foi mostrada aos Calverleigh, um dos quais afetou um interesse educado, mas artificial, e o outro não demonstrou absolutamente nenhum interesse, acharam que estava na hora de voltar para casa. No retorno, o grupo se dividiu de maneira diferente, o Sr. Stacy Calverleigh dando um jeito de Abby montar do seu lado e não do lado do tio.

— Por favor, permita-me acompanhá-la! — ele pediu. — Tenho procurado uma oportunidade para lhe falar e... espero... para que me conheça melhor.

— Certamente — respondeu ela, com a voz fria. — O que deseja me dizer, senhor?

Ele abriu seu sorriso flamejante.

— Ah, sabe o que desejo dizer! E eu, pobre de mim, sei que estou me dirigindo a ouvidos inclinados a não me escutar!

— Se pretende se dirigir a mim com frases ensaiadas, tem toda razão! — disse ela. — Indo direto ao assunto, deseja meu consentimento para namorar Fanny. Receio que não tenha entendido o caso: Fanny não está sob minha tutela, e sim de meu irmão. Deve fazer o pedido a ele e não a mim. De fato — acrescentou, pensativa —, deveria ter feito isso antes de fazer a proposta a Fanny. Estabelecer uma relação com uma garota de 17 anos sem o conhecimento de seu tutor realmente não é o mais correto, senhor, como sabe.

Ele pareceu um pouco desconcertado.

— Se eu soubesse... achei que a tutora era a Srta. Wendover! Naturalmente, se eu tivesse sabido...

— Então o que o impediu de pedir a permissão de minha irmã antes de se declarar a Fanny? — perguntou Abby, mostrando-se interessada.

Ele se conteve.

— Eu devia ter feito isso, é claro, mas eu tinha motivo para supor... isto é, achei que ela sabia... não encare minha intenção com reprovação! Além do que, consciente como sou de minha falta de valor, não pretendo... Ah, Srta. Abby, não entende! Não leva em consideração a violência dos meus sentimentos, que, confesso, me fazem ultrapassar os limites da decência!

— Não, acho que não — concordou Abby.

Ele lhe lançou um olhar desafiador, que ela recebeu com um leve sorriso tranquilo.

— No momento em que a vi, fiquei perdido! — disse ele, dramático. — Achava que já tinha me apaixonado muitas vezes, antes... entenda, não quero iludir a senhora!... Mas quando conheci Fanny, soube que não tinham sido nada além de passatempos, e me arrependo amargamente do passado... de todas as minhas loucuras e indiscrições! Sim, e estou determinado a me tornar digno desse belo anjo!

— Bem, vai ter bastante tempo para realizar sua ambição — replicou Abby, cordial. — Posso dizer que, se obtiver êxito, o meu irmão talvez o olhe com mais benevolência, quando Fanny atingir a maioridade.

— Quatro anos! Srta. Abby, nem ela nem eu poderemos suportar tanto tempo! Achamos... Fanny estava convencida de que a senhorita... a sua tia favorita, como ela diz... ficaria do nosso lado! O *seu* apoio terá peso para o Sr. Wendover!

— Prezado senhor, se eu desse meu apoio a um casamento tão despropositado e improvidente, o Sr. Wendover presumiria que eu enlouqueci e provavelmente me internaria em um hospício. E devo admitir que não o culparia!

— Improvidente! — exclamou ele, fixando-se na palavra. — Então, esse é o obstáculo! Acredite, sinto isso tanto quanto vocês! Minha herança foi gasta antes de eu ter direito a ela, e se contar que meu pai morreu antes da minha maioridade, pode julgar como eu era imaturo, como não podia ser capaz de recuperar o que tinha esbanjado! Hoje, sou mais sensato.

— Certamente — disse Abby com cortesia — todos os seus amigos devem partilhar essa esperança. No entanto, receio que meu irmão vá requerer uma prova mais sólida.

Vexado, ele tentou se explicar:

— Entendeu-me mal, senhorita! Quando falei de minha herança ter sido gasta não quis dizer que estou reduzido à miséria! Entre minha fortuna e a de Fanny pode haver uma disparidade, mas embora minhas terras não estejam bem cultivadas, são extensas, e, afinal, sou eu o chefe da família! Os Calverleigh estão em Danescourt desde nem sei quando!

— Desde a Conquista — complementou ela, com um risinho reminiscente. — Segundo o seu tio, o fundador de sua casa foi provavelmente um dos... dos *piratas aterradores* do séquito do conquistador.

— Meu tio gosta de piadas sarcásticas — replicou ele com um sorriso forçado. — Até mesmo o Sr. James Wendover certamente não encontraria nem um único defeito na minha linhagem! Quanto a fortuna, não sei qual é o tamanho da de Fanny, e não estou me importando com esse fato... a não ser que eu deseje que isso se torne uma barreira intransponível entre nós, quero-a longe!

— Bem, pelos próximos oito anos, ela poderá estar — replicou ela prosaicamente. — Cabe a meu irmão administrar a de Fanny até ela completar a idade de 25 anos.

— Vinte e cinco! — O sorriso desapareceu de súbito de seus lábios. Recompôs-se em um instante. — Eu não sabia, e foi uma agradável surpresa. Sob essa circunstância, certamente escaparei do estigma de ser considerado um caçador de dotes.

Isso pareceu a ela de tal modo dissimulado que se sentiu demasiadamente enojada para responder. Acelerou a marcha de seu cavalo, de modo que logo o resto do grupo foi alcançado, e Stacy foi obrigado a encerrar suas confidências.

Por mais que se sentisse frustrado, nenhum sinal disso podia ser detectado, nem no seu rosto nem em suas maneiras. Pelo contrário, parecia animado, esbanjando vida e graça, fazendo Lavinia dar risinhos e Fanny perguntar à tia, quando cavalgaram lado a lado ao descerem a Great Pulteney Street, se ela não o achava tão encantador quanto era belo.

— Bem, quanto a isso... tem maneiras agradáveis, mas... você o acha *encantador*, Fanny? — perguntou Abby, com um quê de surpresa.

— Deus meu! Abby, *todo mundo* acha! — gritou Fanny.

— Oh!

Aborrecida, Fanny disse:

— Deve ser preconceito! Por favor, que defeito vê nele?

Abby sorriu.

— Se eu lhe dissesse, meu amor, você ia querer me bater!

— Sim... se dissesse o que acho que está na sua cabeça! Você o acha um caçador de dotes, não acha? — Esperou um momento, mas como Abby não respondeu, prosseguiu com empolgação: — Essa afirmação é falsa, e... e indigna de você, Abby! Peço perdão, mas não vou permitir que o insulte! Ele não sabia sobre a minha fortuna quando se apaixonou por mim, e depois, quando ficou sabendo por alguma mexeriqueira nojenta, ficou terrivelmente abalado, falou de sua *presunção,* disse que o seu caso era sem esperança e que nunca, mas nunca mesmo teria se aproximado de mim se soubesse a verdade! Coisas assim! Realmente acredito que ele teria ido embora se eu não tivesse lhe dito que só daqui a quatro anos eu teria mais um centavo do que aqueles que meu tio me dá agora!

— Receio que o tenha informado mal, querida, e a culpa disso recai sobre meus ombros — disse Abby, a título de desculpas. — Achei que você sabia, pelo menos é o que eu presumiria se pensasse nisso. Mas me envergonho de dizer que não pensei. Minha desculpa é que nunca discutimos questões de dinheiro, discutimos? Você só entrará na posse de sua fortuna ao completar 25 anos.

Fanny, pega de surpresa, exclamou, acaloradamente:

— Não está falando sério! Bem, de todas as coisas desprezíveis, essa foi a pior...! Eu *já* preciso de mais do que o meu tio me dá e vou precisar de *muito* mais quando debutar em Londres!

— É claro que vai — concordou Abby, consideravelmente animada por esse discurso ingênuo. — Seu tio sabe disso... na verdade, falamos um pouco a respeito quando fui a Londres. Não vai se deparar com um tio sovina, prometo. Ele quer que apresente o que chama de aparência honrosa!

— Não vai ser sovina se eu for submissa e obediente! Mas se não me sujeitar à sua tirania... o que vai acontecer?

— Francamente, Fanny! — protestou Abby. — Que motivos tem para falar de tirania?

— Nenhum... *ainda*! Mas se ele tentar me separar de Stacy, será tirania! E vou lhe dizer uma coisa, Abby: não dou a menor importância para essa minha fortuna detestável, e mesmo que o meu tio corte minha pensão, Stacy tampouco se importará! Não, não me interessa se não vou a Londres... nem um pouco!

— Gostaria que não falasse desse modo desconexo! — pediu Abby com dureza. — Quem a ouvisse a tomaria por uma perfeita nulidade! Espera, seriamente, que seu tio permita que se case com essa idade?

— Ele permitiria se Stacy fosse rico, ou um conde, ou outra coisa parecida! — Fanny soluçava de raiva.

— Oh, não, não permitiria! Ele teria de lidar comigo! Pelo amor de Deus, tente ter um pouco de bom senso, menina! Você se apaixonou e acha que vai ser uma emoção duradoura...

— *Sei* que vai! — declarou Fanny, apaixonadamente.

— Pois muito bem! Talvez seja, e se assim for, pode ficar certa de que terá meu apoio. O jovem Calverleigh disse-me que quer se tornar digno de você, e se ele conseguir mudar seu modo de vida...

— Ele mudou!

— Nesse caso, não vejo absolutamente nenhuma razão para que fique aflita. Nem seu tio nem eu somos monstros de crueldade, e se, quando você tiver vivido um pouco, continuar preferindo Calverleigh a todos os outros homens que vai conhecer, e ele demonstrar ser igualmente constante, não nos oporemos ao casamento.

— Como? Esperar quase um ano inteiro? — gritou Fanny, consternada. — Ah, não, não, não! Se já tivesse se apaixonado, não *seria* tão insensível!

— Não vejo nada de insensível em desejar que desfrute pelo menos uma temporada em Londres antes de se lançar em oito anos de pobreza — replicou Abby de maneira um pouco sarcástica.

— Não é isso o que quer! — a voz de Fanny estremeceu. — Quer me afastar de meu amado Stacy! Sei exatamente como vai ser, se eu consentir! Você e minha tia Mary vão tomar todo cuidado para que eu nunca mais o veja! Acho que pensa que logo o esquecerei, mas não vou esquecer! Ah, Abby, Abby, achei que me amava!

— Sabe muito bem que a amo.

Mas Fanny, reprimindo as lágrimas, sacudiu a cabeça e prosseguiu a cavalgada em silêncio.

Nesse meio-tempo, Stacy, tendo pedido que o tio lhe concedesse a honra de jantar com ele naquela noite, estava se atrapalhando na encomenda de pratos e vinhos, querendo deixar o Sr. Miles Calverleigh em um humor jovial. Tendo examinado o cardápio, impacientou o garçom mudando de ideia três vezes. Finalmente decidiu-se por uma sopa; em seguida, carne de vitela; depois, perdizes com cogumelos grelhados e vagem, com caranguejos limpos, íbis e alcachofras com molho, como acompanhamentos. Essa elegante refeição foi servida em sua sala particular, e apesar de o Sr. Miles, um comensal comedido, não parecer ter-lhe feito justiça, beiiscando a vitela e recusando o caranguejo e o íbis, comeu duas perdizes e não fez nenhuma objeção a ter seu copo constantemente cheio.

Até os pratos terem sido retirados, só ficando uma garrafa de brandy sobre a mesa, Stacy restringiu sua conversa a mexericos corriqueiros que corriam em Londres, mas quando o garçom saiu da sala, Miles Calverleigh, recuando sua cadeira e estendendo as pernas, um tornozelo sobre o outro, bocejou e disse:

— Direto ao assunto, sobrinho! Não me convidou para me regalar com mexericos. O que quer de mim?

— Deus do céu, senhor, nada! Ora, o que eu ia querer?

— Não faço a menor ideia. Nem do que imagina que eu possa, ou devesse, fazer por você.

Não foi nada encorajador, mas Stacy insistiu:

— Não acha que devíamos nos conhecer melhor, senhor?

— Não, por quê?

Stacy hesitou:

— Bem... o nosso parentesco!

— Não dou a menor importância! Parentes são uma chatice.

— O senhor não! — Stacy soltou uma risada naquele exato momento. — Na verdade, longe disso! Não posso lhe dizer quantas vezes na semana passada ouvi seus méritos serem louvados!

— Não finja. Está querendo me pedir dinheiro emprestado?

— Como se fosse adiantar! Acho que seus bolsos estão tão vazios quanto os meus! — replicou Stacy, esvaziando o copo de brandy e estendendo a mão para pegar a garrafa.

Miles, que aquecia seu copo nas mãos, retrucou:

— Não sei a extensão do vazio dos seus bolsos...

Foi interrompido.

— Total! — Dessa vez, a risada de Stacy foi destituída de alegria. — Estou arruinado! — Esperou por um momento, mas como não teve outra resposta a não ser um olhar inquiridor do parente insensível, prosseguiu convulsivamente: — O diabo está nas cartas! Sim, e nos dados também! Basta chocalhá-los e viram comichão! Se eu não conseguir levantar algum dinheiro, estarei perdido!

O Sr. Miles Calverleigh, satisfeito com a temperatura do copo, sentiu o aroma do brandy e foi bebendo bem devagar.

— Eu diria que está para conseguir — disse ele.

A raiva tomou Stacy e, com ela, o rubor.

— Não se aquela maldita tia tiver alguma influência! E ela me disse que a maioridade de Fanny só será aos 25 anos!

— Vai ter de procurar outra com que levantar dinheiro, não?

Stacy bebeu seu segundo copo de brandy.

— E acha que não fiz isso? Droga! Achei que tinha conseguido! Mas quando a sorte de um homem o abandona, não adianta, independentemente do que ele tiver na mão ! Fiquei endividado por semanas... mal me atrevi a aparecer na cidade!

— Eu iria para o exterior, se fosse você.

— E do que eu viveria? — perguntou Stacy.

— Ora, da sua esperteza! — replicou Miles, animado.

— Concluo que foi o que fez!

— Sim, é claro.

— A esperteza não parece ter-lhe servido muito bem!

Miles riu.

— Melhor do que se tivesse ficado na dependência de alguém, garanto!

Houve desprezo suficiente em sua voz para inflamar Stacy, que já ia para o terceiro copo.

— Não sei que direito tem de ser tão arrogante! Foi o que o senhor mesmo fez... ou tentou fazer!

— Foi? Parece estar muito bem informado!

— Praticamente foi o senhor quem disse — resmungou Stacy. — De qualquer maneira, sempre soube que fugiu com uma ou outra herdeira.

— Sim — concordou Miles, sem o menor sinal de perturbação. — Eu não o aconselharia a seguir meu exemplo. Faria melhor se considerasse este um aviso sinistro.

— Não quero fugir com Fanny! Nunca foi a minha intenção até aquela machona retornar a Bath para me atrapalhar!

— Aquela *o quê*?

O espanto na voz de seu tio fez Stacy se lembrar da razão de tê-lo convidado a jantar e, com uma mudança abrupta de atitude, disse:

— Eu não a insultaria! Não, e tampouco a censuraria, acho. Mas quando nossas esperanças são frustradas... Ela se opôs ao casamento, senhor!

— Bem, certamente não se pode censurá-la por isso.

— Eu disse que não a censuraria! Fiz de tudo para convencê-la, assegurei-lhe de minha determinação de me tornar digno de Fanny... tudo em vão! Ela é inabalável! Nada do que eu dissesse exerceria qualquer efeito sobre ela!

— Não pode afirmar isso. As chances são de tê-la feito se sentir terrivelmente nauseada.

— Mas é verdade! — declarou Stacy, enrubescendo. — Serei um marido modelo, juro!

— Mentira! — acusou o tio, sem medir palavras.

— Não, estou dizendo!

— Pois então não diga! Do que adianta me contar isso ou seja lá o que for? *Eu* não sou o tutor da garota!

— Pode me ajudar, se quiser!

— Duvido.

— Sim, sim, tenho certeza! — disse Stacy, ansioso, enchendo de novo seu copo. — A Srta. Abigail gosta do senhor... está se dando muito bem com ela! Ouvi como conversava com o senhor hoje, e ria das coisas que lhe dizia! Se me apoiasse, se defendesse a minha causa...

— Sim, você está um tantinho embriagado! — interrompeu Miles.

— De jeito nenhum! tenho de lhe informar, senhor...

— Oh, não, não bêbado feito um gambá! — corrigiu-se Miles de modo confortador. — Apenas ligeiramente tonto!

— Eu o enfrentarei lá fora, senhor!

Miles pareceu achar graça.

— E fatalmente seria vencido! No entanto, eu estaria mais que disposto a isso, em vez de ficar falando mais besteiras! *Eu* defender a sua causa? O que diabos o faz pensar que defendo outras causas que não as minhas? Acredite, não poderia estar mais enganado!

— *Não pode* ser tão... egoísta a ponto de se recusar a levantar um dedo para me ajudar! — disse Stacy, indignado.

— Oh, está completamente enganado! Sou precisamente muito egoísta.

— Mas sou seu sobrinho! Não vai querer que eu fique sem um tostão!

— Isso me é completamente indiferente.

— Pelo amor de Deus! — explodiu Stacy.

— Como seria para você se eu estivesse na sua situação. — Miles sorriu ligeiramente. — Por que qualquer um de nós dois daria a mínima para o que acontecesse com o outro?

Stacy deu uma risada incerta.

— Creio que nunca conheci alguém tão estranho!

— Não deixe que isso o atormente! Para seu consolo, saiba que não adiantaria nada se eu quisesse recomendá-lo à Srta. Abigail Wendover.

— Ela o escutaria — argumentou Stacy. — E se *ela* pudesse ser persuadida a consentir com o casamento, tenho certeza de que o Sr. Wendover também consentiria. Ele não se preocupa com Fanny, nunca se preocupou, e sua mulher não gosta dela. *Ela* não vai apresentá-la à sociedade no ano que vem! Aposto o que quiser como vai ficar feliz em ver Fanny comprometida antes de a própria filha debutar!

— Então, por que desperdiçar sua eloquência comigo? Fale com a Sra. James Wendover!

— Com a Srta. Abigail contra mim? — replicou Stacy, com escárnio. — Não sou nenhum traste!

— Meu bom rapaz, se imagina que James Wendover pode ser persuadido por sua irmã, ou qualquer outra pessoa, a consentir no casamento de Fanny com um pé-rapado, está maluco! — disse Miles, rudemente.

Stacy esvaziou o quarto copo.

— Não acredita que ele se verá obrigado a consentir? Aposta quanto? — perguntou ele, com voz um pouco engrolada. — Vou forçá-lo... nada mais me resta a fazer!

— Que tal Danescourt?

Stacy olhou intrigado para ele.

— Danescourt?

— Por que não a vende? — perguntou Miles calmamente.

— Vender! Vou salvá-la! Antes que a penhorem!

— É grave assim?

— Sim, maldição! Além do mais... não quero vendê-la!

— Por que não? Disse que odiava o lugar.

— Sim, mas tem sua importância. Confere uma certa distinção. Uma casa no campo, sabe. Calverleigh de Danescourt. Sem ela, perco todo o poder... fico fora de combate!

— Parece que já está — disse o tio, cáustico.

Capítulo 9

O Sr. Stacy, tendo dormido até o sono curar sua bebedeira, despertou tarde no dia seguinte com apenas uma vaga lembrança do que se passara entre ele e seu tio. Gabava-se tanto de sua capacidade para beber muito mais do que qualquer outro homem que atribuiu a circunstância de ter arriado na cama à qualidade do brandy oferecido no White Hart; e quando encontrou casualmente o Sr. Miles Calverleigh na Milsom Street, dois dias depois, desculpou-se rindo do efeito que a bebida exercera sobre ele, descrevendo o fato como tendo extrapolado um pouquinho. Falou alegremente, mas por trás de sua despreocupação ocultava-se o medo de ter se traído na indiscrição. Disse que esperava não ter falado bobagens demais e foi tranquilizado pela flagrante falta de interesse do tio. Então, arriscou-se a expressar a esperança de que Miles não o traísse entregando-o às mulheres em Sydney Place.

— Eu ficaria mal se a Srta. Abigail chegasse até mesmo a suspeitar de que eu, de vez em quando, entorno demais! — disse ele.

— Foi bom me avisar para não entregá-lo! — retrucou Miles, sardônico. — Entreter mulheres com relatos das divagações de bêbados é um de meus passatempos preferidos.

Deixou Stacy com um de seus acenos de cabeça indiferentes e desceu a rua, em direção ao balneário. Ali encontrou todas as Wendover: Abby, escutando com uma expressão de interesse cortês uma das histórias do general Exford; Fanny, em um grupo de jovens animados; e Selina, com a Srta. Butterbank ao lado, recebendo congratulações de amigos por seu aparecimento após o período de reclusão. Depois de um olhar divertido na direção de Abby, Miles foi até Selina, saudando-a com a descontração de uma antiga amizade, dizendo, com seu sorriso atraente:

— Não vou perguntar como está, senhora. Perguntar sobre a saúde de uma dama implica que ela não está com boa aparência. E vejo que está cheia de viço.

Ela tinha observado sua aproximação com dúvidas, mas não era de jeito nenhum impermeável à lisonja, ou ao seu charme elusivo, e devolveu o sorriso, embora desaprovasse seu elogio:

— Deus do céu, senhor, na minha idade não se fala em viço! É coisa do passado... não que eu nunca... isto é, não mais que *passável*!

— Ah, minha prezada Srta. Wendover, como pode dizer isso? — admirou-se a Srta. Butterbank, levantando as mãos. — Nunca ouvi tamanho disparate! Mas sempre foi tão modesta! É claro que tenho de pedir ao Sr. Calverleigh que não lhe dê ouvido!

Como, nesse momento, ele estava perguntando à Sra. Leavening se tinha prosperado em sua procura de apartamento, não teve dificuldade em lhe obedecer. A única dificuldade que experimentou foi como se livrar de uma discussão sobre os méritos e desméritos dos vários apartamentos que a Sra. Leavening havia inspecionado. Mas tendo concordado com Selina que Axford Buildings situava-se em uma parte horrível da cidade, e com a Sra. Leavening de que a Gay Street era íngreme demais para pessoas mais idosas, ele riu e revelou, com uma franqueza que desarmou todos, que nada sabia de nenhuma das duas localizações.

— Mas acho que as pessoas falam bem de Marlborough Buildings — disse ele. — A menos que prefira a paz e o silêncio de Belmont.

— Belmont? — repetiu Selina, incrédula. — Mas não serviria nunca! O caminho todo é uma subida! Não pode estar falando sério!

— É claro que não está, querida. — A Sra. Leavening soltou um risinho. — O Sr. Calverleigh não faz a menor ideia de onde se localiza. Faz, senhor?

— Nenhuma! Mas faço questão de descobrir, e lhe direi hoje à noite, senhora — prometeu ele.

Fez então uma ligeira mesura e se afastou. Selina, ressentida com a sugestão de que existiria alguma parte em Bath que ela desconhecia, exclamou:

— Bem, tenho de admitir que o acho uma criatura muito estranha! É a impressão que dá, não que eu o conheça bem, e não devemos julgar ninguém em uma única visita pela manhã, nem mesmo usando traje de montaria, o que não consigo aprovar, embora Abby me assegure que ele não *jantará* conosco vestido assim, mas suas maneiras são muito estranhas e abruptas!

— Oh, certamente é um excêntrico, mas muito engraçado! — disse a Sra. Leavening. — Gostamos muito dele, sabe, e não vemos nada em suas maneiras que nos desagrade.

— Exatamente o que eu estava dizendo à querida Srta. Wendover! — interpolou a Srta. Butterbank. — Quem a Srta. Abby aprova não pode não ser um cavalheiro!

— Sim, mas não é apropriado para ela ir ao teatro em sua companhia — disse Selina. — Pelo menos, não segundo o *senso* de decoro, embora, sem dúvida, minhas ideias sejam antiquadas, e, é claro, Abby não é exatamente uma menina, mas falar como se já estivesse fora de circulação seria uma grande bobagem!

A Sra. Leavening concordou, mas, como seu marido apareceu nesse momento, Selina não contou à sua velha amiga que Abby, não contente em aceitar acompanhar o Sr. Calverleigh ao teatro, o tinha convidado a jantar em Sydney Place!

Esse gesto audacioso prostrara Selina. A notícia de que o Sr. Calverleigh havia sido tão gentil a ponto de convidar Abby ao teatro tinha sido recebida placidamente, embora com certa surpresa: parecia muito estranho que um único cavalheiro fizesse parte do grupo, mas sem dúvida ele desejava retribuir a hospitalidade de senhoras como a Sra. Grayshott e Lady Weaverham. As Ancrum também iriam?

Abby sentiu-se, por um momento, tentada a responder sem se comprometer, mas superou o impulso e replicou em um tom afetado:

— Oh, não é um grupo! Acha que eu não devia ter aceito? Na verdade, hesitei, mas na minha idade certamente não é impróprio, é? Além do mais, a peça é *The Venetian Outlaw*, a que quero muito assistir. Por um motivo ou outro nunca consegui, sabe? A primeira vez que foi apresentada eu estava doente, e da outra, eu estava fora de Bath. Mas você a viu duas vezes, não viu? E saiu extasiada!

— Sim, mas não com um *cavalheiro*! — repreendeu Selina, escandalizada. — *Uma vez* fui com a nossa querida mamãe, você era menina demais, na época. A segunda vez, Lady Trevisian me convidou... ou essa foi a terceira vez? Sim, porque na segunda vez George e Mary estavam conosco, e você teve uma terrível inflamação de garganta, por isso não pôde ir!

— Agora estou decidida a *não* ter nenhuma inflamação na garganta!

— Não, de verdade! Espero que não! Mas o Sr. Calverleigh deve convidar também outras pessoas! Acho que não devia ter feito isso. Não foi um comportamento conveniente, e a Índia não pode ser usada como desculpa, pois não há teatros lá... pelo menos acho que não, e você?

— Não, querida. Por isso o Sr. Calverleigh, naturalmente, não podia saber que estava fazendo algo não convencional, coitado!

Quanto a lhe dizer para convidar outras pessoas além de mim, espero que não deseje que seja *eu* a fazer isso! Isso sim seria impróprio! E, realmente, Selina, que objeção pode haver a eu ir assistir a uma peça acompanhada por um homem de meia-idade? Além disso, sou muito conhecida, e sem dúvida encontrarei muitos dos nossos amigos no teatro!

— Isso vai fazê-la parecer tão... tão *particular*, querida! Nunca faria isso em Londres! É claro que Bath é outra história, mas a situação é ainda pior! Pense só em como vai ser desagradável se as pessoas disserem que está encorajando o Sr. Calverleigh a cortejá-la!

Esse pensamento já tinha ocorrido a Abby, fazendo-a hesitar e quase desfazer o compromisso; e se Selina não tivesse falado mais nada, provavelmente teria feito isso. Mas o gênio maligno de Selina a incitou a proferir as palavras fatais.

— Estou convencida de que James mandaria que desfizesse o compromisso, Abby!

— Está mesmo? — Abby enraiveceu-se no mesmo instante. — Bem, isso define a questão! Não farei uma coisa dessa! Ah, Selina, por favor, não faça disso um drama! Se está receosa do que vão perguntar, basta responder que ainda não se arrisca a sair à noite e que por isso o Sr. Calverleigh gentilmente se ofereceu para representá-la. E quando souberem que ele jantou aqui conosco, antes de me acompanhar ao teatro...

— Nada... *nada* me obrigaria a fazer algo tão impróprio quanto convidar um cavalheiro solteiro a jantar conosco ! — declarou Selina, com um vigor inusitado.

— Não, querida, não vai ser obrigada a fazer isso — disse Abby, maliciosa. — Eu o fiz por você.

— *Abby*! — Selina empalideceu de consternação estupefata. — Convidou um *homem* a jantar conosco *sozinho*? Não pode estar falando sério! Nós *nunca* faríamos algo assim! Exceto, é claro, se fosse James, o que é um caso diferente!

— Muito diferente — concordou Abby. — O Sr. Calverleigh talvez seja excêntrico, mas nunca um chato de galocha!

— Nunca me senti tão mortificada! — lamuriou-se Selina. — Tão agressiva, como se não soubesse como se comportar, e *exatamente* o que o querido papai deplorava, e o que ele diria, se estivesse vivo, o que *agradeço* a Deus ele não estar, tremo só de pensar!

Tinha sido preciso tempo, paciência e muito tato para acalmar Selina, mas, no fim, ela consentiu em receber o Sr. Miles Calverleigh, persuadida pela terrível suspeita de que, se recusasse, sua frívola irmã mais nova seria bem capaz de deixar a cidade em polvorosa jantando com ele no York House. Dedicou, então, a maior parte da tarde na composição de um convite formal, escrito com sua bela letra, combinando com requinte condescendência e cortesia. O Sr. Miles Calverleigh respondeu à missiva, com uma diligência louvável, em uma breve, mas bem escrita, mensagem, que transmitiu à mente de Selina a impressão de que ele tinha convidado sua irmã à peça com um espírito de filantropia avuncular. Portanto, foi capaz de encontrá-lo no balneário com uma dose de amabilidade; e quando a deixou para se unir ao grupo ao redor de Abby, não ficou apreensiva com a sensação de risco. Não era tão extraordinário ele mostrar interesse por ela; muitos cavalheiros demonstravam o mesmo. Mas se lhe sugerissem que Abby sentia-se tão fortemente atraída por ele quanto ele por ela, acharia não só extraordinário quanto absurdo. Abby gostava de flertes inconsequentes, mas Selina já quase havia perdido a esperança de descobrir entre os pretendentes da irmã algum dotado de todas as perfeições que ela aparentemente exigia. Certamente não seriam encontradas no Sr. Miles Calverleigh, com sua tez morena, suas maneiras casuais e sua deplorável carência de tato.

Tampouco Abby estava apreensiva achando que sua relação com ele pudesse colocá-la em perigo. De maneira alguma estava certa a respeito do fato de gostar dele. Era divertido e ela gostava da sua companhia; mas frequentemente a fazia perder o controle, além de chocá-la com seu repúdio despreocupado a qualquer virtude indispensável a um homem de princípios. Ele era indubitavelmente o que seu cunhado descrevia sucintamente como um tipo duvidoso, e tão obviamente mau partido que nunca sequer lhe passou pela cabeça que fosse ele a cumprir seu destino. Tampouco lhe ocorreu que encorajando suas tentativas de aproximação, estava influenciada por nada além da esperança de assim poder persuadi-lo a afastar o sobrinho. Ele tinha-se recusado peremptoriamente a se intrometer, mas a esperança persistiu e, com ela, a convicção cada vez mais firme de que se ele quisesse frustrar os planos de Stacy, saberia exatamente o que deveria ser feito. Inspirar tal desejo nele era claramente seu dever; se lhe dissessem que seu dever, nesse caso, havia assumido um aspecto inesperadamente agradável, ela teria admitido imediatamente que era uma sorte não achar o Sr. Calverleigh repelente; mas acharia graça se alguém sugerisse que estava rapidamente se apaixonando por uma ovelha negra.

Portanto foi capaz de saudá-lo quando ele surgiu no balneário com uma cordialidade calma; e quando ele a separou do grupo, convidando-a, com sua habitual falta de finesse, a dar uma volta, de uma maneira aceita por aqueles que fazem do passeio um fato diário, ela se sentiu perfeitamente disposta a se afastar com ele.

— Recebi um convite de sua irmã — disse ele. — Espera ela que eu conceda a vocês duas o prazer de jantar em Sydney Place no sábado, mas não me iludo; sua esperança é a de que eu quebre uma perna ou seja acometido de uma cólica grave, antes de expô-las à censura daqueles de suas relações. Estarei fazendo isso?

Ela riu.

— Deus do céu, não! Espero que meu crédito seja bom o bastante para sobreviver a uma ida ao teatro em sua companhia! Eu deveria me preocupar, se não fosse assim! Sempre tive muita vontade de assistir a essa peça em particular e nunca consegui! É muito popular em Bath, sabe. — Os olhos de Abby brilharam. — Se pelo menos o senhor tivesse o bom senso de ser um *viúvo*, acho que Selina não teria levantado a menor objeção. Ela não vê mal nenhum em eu frequentar as corridas de cavalo com o general Exford. Há um quê muito respeitável nos viúvos! Cavalheiros *solteiros*, na opinião dela, são cercados de uma aura de impropriedade.

— Como?! Mesmo o chato que lhe faz elogios tão extravagantes?

— Se está se referindo ao Sr. Dunston, Selina sabe que ele é um homem muito digno e seu comportamento moral não permitiria que transgredisse nem uma polegada dos limites do decoro!

— Ele é meio paspalhão, não é? Coitado!

— Melhor ser paspalhão do que maltrapilho! — retorquiu Abby, com ironia.

— Não!... Acha mesmo? A propósito, foi um insulto a mim ou a Stacy?

— Bem, ao senhor — replicou Abby, francamente. — Não acho Stacy *maltrapilho*. Eu o acho um tratante! Sr. Calverleigh, se o tivesse ouvido tentando me bajular na volta de Lansdown, teria se enojado!

— É provável. A questão é que Fanny não parece estar nem um pouco enojada.

— Ela é muito jovem e nunca, até esse infeliz chegar, havia conhecido outros homens que não os que residem aqui: amigos de Selina e meus, ou irmãos de suas amigas! Tem de saber que só recentemente começou a frequentar alguns poucos eventos sociais, e apesar de, no inverno, Bath receber muitos visitantes de Londres, ela não conheceu nenhum. Providenciei para que assim fosse!

— Por que se aflige tanto? Ela vai se recuperar!

— Não tenho dúvidas, se ele for tirado do seu caminho!

— Ou se ela for tirada do dele — propôs ele.

Ela franziu o cenho, refletindo por um momento. Então falou, dando um suspiro:

— Pensei nisso, é claro, mas creio que não daria certo. James falou em mandá-la para Amberfield, o que seria fatal: ela fugiria! E se a minha irmã Brede a convidasse para ficar em sua casa, em Londres, ela perceberia que eu a instigara a isso, para separá-la de seu sobrinho. E mais ainda: ele a seguiria e pode ter certeza de que seria muito mais fácil eles se encontrarem em Londres do que aqui, onde todos a conhecem. Também acho que se fosse possível impedir isso, ela *não* se recuperaria, ou não por muito tempo. Ficaria ressentida comigo, ah, já está! — Hesitou antes de dizer com um sorriso triste: — Eu achava, sabe, que com a relação que mantínhamos seria simples orientá-la, até mesmo vigiá-la! Que a minha influência era forte o bastante para... Mas parece que não tenho nenhuma. Acho que a tratei da maneira errada: nada que eu defenda terá peso para ela! Eu queria... ah, como queria... que seus olhos pudessem ser abertos para o que acredito ser o verdadeiro caráter dele! Seria a melhor coisa que poderia acontecer. Seria doloroso para ela, pobre criança, mas não choraria por muito tempo, é orgulhosa demais! E, acima de tudo, nunca se faria de mártir. Isso é *muito* importante, porque quando nos consideramos vítimas de tirania, há muitas chances de cairmos na letargia.

— Imagino que isso tornaria a vida muito desconfortável para você. Mas não lhe ocorreu que meu sobrinho tem um rival?

— Oliver Grayshott? — Ela sacudiu a cabeça. — Não creio. Ela diz que é como um irmão! E embora eu imagine que *ele* tenha uma grande afeição por *ela*, não fez nada para prendê-la.

— Bem, se acha que não é nada enviar-lhe versos laudatórios disfarçados em acrósticos, e revirar as obras dos poetas favoritos de Fanny em todas as bibliotecas, penso que é tão inexperiente quanto ela! — comentou ele, cáustico.

Ela não conseguiu evitar rir.

— Ele faz isso? Pensei que também fossem seus favoritos. Ele certamente é versado neles.

— Sua tola! A senhorita também seria, se dedicasse seu tempo a estudá-los!

— Pobre rapaz! Porém mesmo que Fanny o preferisse a seu sobrinho, receio que de nada adiantaria.

— Por quê?

— Porque... sabe muito bem! James o consideraria quase tão inaceitável quanto Stacy!

— Não sei de nada disso. Seu irmão James jogaria fora uma fortuna? Tolices!

— Mas Oliver não tem nenhuma fortuna! — protestou ela. — Está envolvido com comércio, o que James também desaprovaria.

— Ah, desaprovaria? Sua bobinha, é só James farejar a presença do herdeiro de um mercador da Índia Oriental em Bath e não perderá um segundo em armar um laço para capturar uma presa como essa!

Ela não fez caso das palavras dele, exclamando:

— Deve estar enganado! Oliver não tem essas expectativas! Na verdade, ele acha que decepcionou tristemente o tio.

— Não mesmo! Balking o admira muito, pretende fazê-lo seu sócio assim que tiver se restabelecido.

— Não, verdade? Fico tão feliz! Mas quanto a ele se casar com Fanny, é uma quimera! Admito que ficaria grata se ela se apaixonasse por Oliver, embora seja muito nova para se casar, mas não há a menor possibilidade de isso acontecer enquanto estiver encantada por seu odioso sobrinho.

— Sabe, se pretende só falar de sua sobrinha tonta e de meu odioso sobrinho *vou* ter uma cólica — informou-lhe ele.

— Bem, que coisa mais detestavelmente rude de se dizer...! — falou ela, ofegante.

— Se a questão é essa, que assunto mais detestavelmente maçante para uma conversa!

— Peço perdão — replicou ela, gélida. — Para mim, é um assunto de suma importância.

— Sim, mas não para mim.

Como a Srta. Butterbank apareceu naquele exato momento para dizer que a querida Srta. Wendover estava pronta para ir para casa, Abby foi impedida de proferir a resposta que estava na ponta de sua língua; mas quando seu atormentador deselegante se apresentou em Sydney Place, no sábado, ela o recebeu com uma acentuada reserva e frieza. Até onde percebeu, isso não exerceu nenhum efeito sobre ele. Dedicou-se na maior parte do tempo a Selina, escutando de maneira afável seu discurso desconexo, até ela embarcar em um catálogo de diversas doenças que a acometeram, e a várias de suas amigas, quando então ele revidou contando-lhe a quantidade de terríveis enfermidades indianas. A partir daí foi apenas um pequeno passo para a descrição de aspectos da vida na Índia, o clima e a paisagem, calculados para fascinar uma senhora de meia-idade de mente inquiridora e disposição crédula. Selina abrandou perceptivelmente sob esse tratamento e disse a Abby, ao se retirarem à sala de jantar, deixando seu convidado se deliciar com um vinho do Porto solitariamente, que realmente o Sr. Calverleigh era um homem muito interessante.

— Digo que me senti como estando na Índia. Tão vívidos, tão singulares... todos esse costumes estranhos! Tigres e elefantes, também... não que eu quisesse viver com tigres, e embora acredite que os elefantes sejam extremamente dóceis, não creio que conseguiria me sentir à vontade com eles. Mas realmente *muito* interessante... igual a um conto de fadas!

Abby, que achava que algumas histórias do Sr. Calverleigh eram precisamente contos de fadas, concordou com toda sinceridade. Estava determinada a manter uma cordialidade formal, e teria conseguido se ele não tivesse dito, ao se sentar do seu lado na carruagem alugada para aquela noite:

— Deveria ter pedido que fornecessem um tijolo quente.

— Obrigada, mas não haveria a menor necessidade. Não sinto nem um pouco de frio.

— Acho que icebergs também não sentem, mas eu sinto!

Ela se traiu com o esforço de reprimir o riso, e depois ele acrescentou:

— Por ter vivido muito tempo em um clima quente, entende?

— Entendo perfeitamente, senhor, e tomarei a liberdade de dizer que não há nem verdade nem vergonha no senhor!

— Bem, talvez não *muito* — admitiu ele.

Como isso derrubou sua gravidade, ela foi obrigada a se aplacar, e quando alcançaram a Beaufort Square a relação havia sido restaurada e ela foi capaz de ansiar por uma noite genuinamente agradável, que nem mesmo os olhares surpresos das pessoas conhecidas perturbaria seriamente. O Sr. Calverleigh se revelou um anfitrião excelente: não somente tinha reservado um dos confortáveis camarotes em um dos primeiros níveis, como também havia providenciado chá e bolos para serem servidos em um dos intervalos.

— Como é confortável não ser obrigada a abrir caminho pela multidão no foyer! — comentou Abby — Está me fazendo as honras da casa regiamente, Sr. Calverleigh!

— Como, com chá e bolinhos? Se a recebesse regiamente eu lhe ofereceria champanhe!

— E eu não teria gostado!

— Exato, por isso não ofereci.

— Suponho — Abby provocou-o — que na Índia fiquem invariavelmente embriagados, até mesmo no café da manhã! Mais um dos estranhos costumes que descreveu à minha irmã!

Ele riu.

— Exatamente!

— Bem, se ela contar suas mentiras ao jovem Grayshott, terá de lidar com as consequências! *Ele* vai refutá-las, e *o senhor* vai parecer um mentiroso!

— Não, não, está tendo uma impressão errada do garoto! Ele não é nenhum idiota!

— Incorrigível! Fez muito mal em zombar da pobre Selina.

— Oh, não zombei! Está claro para mim que ela tem uma disposição romântica e que gosta do prodigioso, portanto fiz o possível para satisfazê-la. Para abrandá-la, sabe.

— Tentando ver quantas histórias fantasiosas conseguiria fazê-la engolir é o que quer dizer! Quantas me contou?

Ele sacudiu a cabeça.

— Nenhuma! Não devia estar me perguntando isso. Já lhe disse que não a bajulo, e digo agora que tampouco lhe conto mentiras. — Ele percebeu a expressão surpresa nos olhos dela, o quase imperceptível movimento de retirada, e acrescentou apenas: — Não acreditaria nelas.

Isso a fez rir de novo, mas por um momento realmente se assustara, percebendo nos olhos dele um fulgor que não deixava dúvida. De repente, se sentira sem ar e constrangida, pois até agora não havia suspeitado de que ele estivesse pretendendo mais do que um flerte inconsequente. Mas tinha havido um tom de sinceridade em sua voz, e seu sorriso tinha sido uma carícia. Então, justo quando ela estava pensando *Isso nunca daria certo*, ele fez uma de suas observações irreverentemente desconcertantes, que a deixou se perguntando se sua imaginação não seria capaz de desorientá-la.

O comportamento subsequente do Sr. Calverleigh foi irrepreensível, e havia tão pouco do amante em suas maneiras que o constrangimento dela se desvaneceu rapidamente. Refletiu que ele realmente era uma companhia muito agradável, com uma mente tão afinada com a sua que nunca precisava explicar o que queria dizer com um comentário de certa forma obscuro ou conter a língua com receio de chocá-lo. Ele se preocupava com o seu conforto, também, mas de uma maneira casual: colocava o xale sobre seus ombros sem fazer disso um ato de exibição e não apertava nem retinha sua mão ao ajudá-la a entrar na carruagem. Esse tratamento a fazia se sentir tão à vontade que quando ele lhe perguntou se participaria de uma expedição a Gales e lhe mostraria a catedral, ela não hesitou em responder:

— Sim, com prazer. Ir a Gales, ver os fidalgos a cavalo, sempre foi um prazer para mim!

— Quem diabos são eles? — perguntou ele.

— Um dispositivo mecânico... mas não vou dizer mais nada! Verá por si mesmo. Quem mais fará parte do grupo?

— Não sei. Sim, eu é claro! E levaremos também Fanny e o jovem Grayshott.

Ela sorriu, mas disse:

— Devia convidar Lavinia também.

— Oliver não seria da mesma opinião. Nem eu. Não há lugar na carruagem para uma quinta pessoa.

— Ela poderia ir no meu lugar. Ou então a Sra. Grayshott. Ela adoraria o passeio.

— Ela o acharia muito cansativo. Não consegue pensar em outra pessoa para ocupar o seu lugar?

— Sim, Lady Weaverham! — replicou ela instantaneamente, um som entrecortado de alegria em sua garganta.

— Não, acho, se eu tivesse que procurar uma substituta, indicaria a amiga inseparável de sua irmã... Como é mesmo o nome dela? Buttertub? Aquela mulher de cara sebosa e dentes de coelho.

— Laura Butterbank! — corrigiu Abby, com a voz falhando. — O senhor é uma criatura odiosa, *infame*!

— Posso ser mais odioso ainda! E se ouvir mais um sarcasmo da senhorita, Srta. Abigail Wendover, darei provas disso!

— *Totalmente* desnecessário! — assegurou-lhe ela. — Não tenho a menor dúvida disso.

Abby não pôde ver o rosto de seu acompanhante na escuridão da carruagem, mas sabia que ele estava sorrindo. Entretanto, ele perguntou com a voz séria:

— Irá a Gales comigo ou não?

— Sim, senhor — respondeu Abby, humildemente. — Se tiver certeza de que não prefere a companhia da Srta. Butterbank à minha.

A carruagem havia parado diante da casa. O Sr. Calverleigh, descendo e se virando para lhe dar a mão, replicou:

— Preferiria, é claro, mas como já a tinha convidado, acho que seria descortês dispensá-la.

— Entrego os pontos! — disse Abby, reconhecendo a derrota.

Capítulo 10

A IDA AO TEATRO PROVOCOU a repercussão inevitável. Somente críticos severos como a Sra. Ruscombe viram algo chocante no fato. Mas foi surpreendente a rapidez com que o comentário de que o Sr. Miles Calverleigh estava se tornando extremamente particular em suas atenções à Srta. Abigail Wendover se espalhou por Bath. Não havia nada nisso que desse margem a especulação, pois nunca havia faltado admiradores a Abby; mas um interesse considerável foi prestado ao caso pelo que, de maneira geral, foi considerado seu encorajamento às pretensões do cavalheiro.

— Imaginem só, ela foi ao teatro sozinha com ele! Quando Lady Templeton me contou, fiquei olhando pasma para ela! Tenho certeza de que ela nunca fez algo assim antes! — comentou a Sra. Ancrum.

— Guarde bem minhas palavras — disse Lady Weaverham —, aí tem coisa! Bem, desejo-lhes felicidades!

— Um novo *début*! — A Sra. Ruscombe abriu um de seus sorrisos maliciosos. — Não me espanta nada. Sempre a achei um tanto ousada.

Abby estava ciente de que, de uma hora para outra, havia se tornado objeto de curiosidade, assim como, dali a alguns dias,

Selina, que se viu envolvida no que chamou de captura pelos esforços astuciosos de uma de suas conhecidas para descobrir se a querida Srta. Abigail estava para noivar.

— Nunca fui tão provocada em toda a minha vida! — declarou Selina. — Que impertinência! Cortei-lhe imediatamente, como pode supor. Você e o Sr. Calverleigh...! E se não tivesse ficado mortalmente vexada, poderia ter rido na cara dela! Ora, ele nem mesmo é bonito, além de estar abaixo de você, não, é claro, por *nascimento*, mas um homem com uma reputação detestável, se bem que essa Sra. Swainswick não sabe nada a respeito, e pode ter certeza de que não falei nem uma *única* palavra. Mas como ela teve o descaramento de imaginar... não que eu não soubesse como seria desde o começo... mas devo lhe pedir, querida Abby, que o mantenha a uma distância apropriada!

Abby estava tão contrariada quanto Selina, mas a sua indignação assumiu uma forma diferente.

— Tanto barulho por nada! — ela desdenhou. — Eu teria pensado que você trataria com desprezo essa mexeriqueira vulgar! O que estaria *abaixo* de mim seria dar a menor atenção que fosse a qualquer coisa que ela, ou outros como ela, dissessem a meu respeito!

Teria sido necessário mais do que a pergunta maliciosa da vulgar Sra. Swainswick para inflamar o espírito de rebelião adormecido em seu peito, e esse motivo foi fornecido pelo Sr. Peter Dunston, que lhe disse que receava que sua mãe tivesse ficado chocada com as notícias de sua saída.

— Ela é antiquada, sabe. Não preciso lhe assegurar que não partilho seus sentimentos! O que *a senhorita* faz nunca é errado, Srta. Abigail. Na verdade, se *eu* respeitasse tão pouco seu bom nome em Bath como Calverleigh, teria arriscado convidá-la a ir à peça em *minha* companhia!

Abby ficou tão irritada que se o Sr. Calverleigh a tivesse convidado para ir a Gales só com ele, teria aceitado de imediato. Não estando a par de sua disposição, ele não fez o convite; mas quando os dois membros mais jovens do grupo logo se afastaram juntos, ao chegarem a Gales, ele se tornou, de fato, sua única companhia por grande parte do dia, a única falha desse arranjo agradável sendo que nenhum dos bisbilhoteiros de Bath soube nada sobre isso. Mas esse desapontamento foi logo esquecido no prazer de apresentar à catedral que ela tanto adorava alguém que logo apreciou sua beleza, sem nenhuma necessidade de estímulo. Pensou, inocentemente, que encontrara no Sr. Miles Calverleigh um amigo, um amigo muito melhor do que qualquer outro, porque a mente dele era rápida, porque a fazia rir mesmo quando estava irritada com ele, e por causa de uma dúzia de outros atributos completamente frívolos — na verdade, não eram atributos —, mas que no todo resultavam encantadores, sendo mais importante do que os defeitos de seu caráter. Estava ciente deles, mas desculpava o cinismo e até mesmo a frieza que o faziam olhar de cima os problemas que acossavam outras pessoas com um desinteresse tão profundo que parecia inumano. Não era de admirar que vinte anos de exílio o tivessem tornado uma pessoa sem sentimentos: o que era de admirar era o fato de ele não ser amargo. Ela não achava que, na vida que ele levara durante aqueles anos, a virtude houvesse desempenhado um papel importante, mas isso não era da sua conta. Tampouco queria saber quantas amantes ele tivera ou que excessos poderia ter cometido. O passado devia guardar seus segredos, deixando-a desfrutar o prazer do presente.

Se pensava na sobrinha, a quem tão repreensivelmente havia permitido escapar de sua companhia, era meramente para desejar que estivesse aproveitando o dia tanto quanto ela. A menina não estava alegre no começo da expedição. Tinha tentado ocultar isso com uma vivacidade maior do que a normal, mas a sua alegria havia sido transitória. Abby não se atreveu a pensar que ela teria brigado com Stacy; provavelmente estava deprimida porque começava a perder a esperança de conseguir o consentimento da sua família para o seu noivado. Talvez Oliver conseguisse tirá-la da melancolia; talvez, se Lavinia, que ainda não tinha aprendido a guardar confidências daqueles que amava, tivesse lhe contado a paixonite de Fanny, pudesse até mesmo arriscar-se a lhe dar um pequeno conselho. Abby não tinha dúvida de que seria um bom conselho, e poucas dúvidas de que o conselho de um homem com quem Fanny mantinha uma relação de amizade seria escutado muito mais prontamente do que o dado por uma tia.

Oliver conhecia a história, mas o único conselho que deu foi à irmã. Tinha escutado seu extravasamento sentimental em silêncio, desapontando-a ao dizer calmamente, quando acabou:

— Lavvy, não devia repetir o que Fanny lhe conta.

— Oh, não! Só para você... e para mamãe, é claro!

— Bem, para mamãe, talvez, mas para mim, não. Deixei que contasse só porque eu já sabia, por mamãe, que Fanny começara... uma relação que sua tia não aprovava. E porque sei que você a apoia.

— Sim, apoio! — replicou ela com seriedade. — É a coisa mais comovente que se pode imaginar, pois se apaixonaram à primeira vista! Ele é tão bonito, e que maneiras! Só porque ele não tem fortuna... como se isso tivesse importância, quando Fanny positivamente *nada* em fortuna!

— Não se trata disso — interrompeu ele, hesitando um pouco. — Não é nada disso.

— Ah, está achando que ele antes era muito irresponsável, e desregrado, mas...

— Não, não estou, Lavvy. Não sei nada sobre ele, exceto que... — Hesitou de novo. Então, quando ela lhe dirigiu um olhar intrigado, falou, com certa dificuldade: — Ele não é nenhum menino, nenhum ingênuo. Deve ser uns 12 anos mais velho do que Fanny, além de muito experiente.

— Sim! — concordou Lavinia, com veemência. — *Qualquer um* pode perceber isso assim que o vê, o que torna particularmente tão romântico ele ter se apaixonado por Fanny! Não que ela não seja encantadora e linda, o que ela é, mas acho que há milhares de moças londrinas elegantes de olho nele, não acha?

— Ouça, Lavvy. A questão é que ele não se comportou como devia! Um homem honrado não passa a conversa em uma garota para que o encontre às escondidas e não lhe propõe casamento sem antes pedir a autorização de seu tutor!

— Ah, Oliver, você está repetindo o que mamãe diz! Como pode ser tão rígido? Agora vai dizer que Fanny deve esperar, submissa, até seu guardião lhe escolher um marido!

— Não vou dizer nada desse tipo. Mas somente uma coisa, Lavvy: se fosse *você* o objeto das atenções suspeitas de Calverleigh, eu o faria engolir os dentes!

Surpresa e impressionada, ela replicou:

— Deus meu! Faria mesmo isso? *Nossa!*

— Tentaria, pelo menos. — Ele riu. — É o que qualquer homem faria.

Ela não pareceu completamente convencida. Ele pôs o braço ao seu redor e lhe deu um abraço fraternal.

— Não me cabe interferir. Não tenho o direito. Mas você será uma amiga má para Fanny se não fizer um esforço para persuadi-la a não se deixar ser atraída para um casamento oportunista. Isso só resultará em humilhação.

Ele não disse mais nada à irmã, e se o que disse foi repetido a Fanny, não havia como saber, pois tomava cuidado para não trair mais do que um interesse neutro no caso e, portanto, não faria perguntas. Entre ele e Fanny, o assunto nunca havia sido discutido, e por mais que ansiasse lhe pedir que não se desperdiçasse com um bufão que, ao seu ver, era um patife da pior categoria, se é que algum dia já havia realmente conhecido um tipo desta categoria, não era da sua alçada se meter nos assuntos de uma garota que nunca fora para ele mais do que um sonho irrealizável, além de seus princípios não lhe permitirem falar mal de alguém pelas costas. Considerando-se a mais tênue das justificativas — se pelo menos fosse um parente mesmo que remoto de Fanny! —, ele teria rapidamente cortado o sujeito; pois embora ainda não estivesse completamente restabelecido, não tinha dúvida de sua capacidade de dar um murro no nariz do elegante Sr. Stacy Calverleigh, além de lhe deixar os dois olhos roxos, antes de derrubá-lo. Suas mãos formaram, instintivamente, dois punhos prontos para esmurrar enquanto imaginava, com prazer, um confronto com Stacy. Era naturalmente um cavalheiro, mas não teria qualquer pesar em lutar com aquele tratante dissimulado que, mesmo que algum dia na vida tivesse lutado com as mãos (do que o Sr. Grayshott duvidava), certamente não seria páreo para alguém cuja ciência, e a esquerda inclemente, tinham conquistado fama nos anais da escola e da universidade. Mas a visão só durou por um momento: até mesmo a justificativa da rivalidade lhe era negada. O Sr. Grayshott, partindo para a Índia esperançoso e determinado a se provar merecedor da confiança do tio, tinha sido derrotado pela própria constituição, e se revelou um fracasso. O Sr. Balking tinha-lhe dito para não se preocupar com o futuro, e não levar tão a sério o fato de a sua saúde ter-se prejudicado. "Pois como poderia ter evitado? Queria nunca tê-lo mandado para Calcutá, exceto pelo fato de que a experiência que adquiriu vai ser positiva. Tenho uma posição para você na casa de Londres, mas vamos ter muito tempo para falar disso quando estiver bem de novo."

O Sr. Balking havia sido generoso, mas Oliver, seu ânimo, assim como seu corpo emaciado, exauridos pela febre recorrente, previu que estava destinado a se tornar um escriturário da contabilidade, e nesse cargo prosaico provavelmente permaneceria durante muitos anos terríveis. Não deu importância à garantia de seu tio Leonard de que estava muito satisfeito com seu trabalho em

Calcutá: era o tipo de coisa que se esperava que um tio afetuoso dissesse. Chegara a Bath em um estado de profunda depressão, mas à medida que sua saúde melhorava, melhorava seu ânimo, e começou a pensar que não demoraria a conquistar uma posição de confiança. Quando foi capaz de refletir com imparcialidade sobre os dois anos que passou na Índia, pensou que talvez o tio realmente estivesse satisfeito com seu progresso naquele país. Considerara o trabalho muito interessante e absorvente, e sabia que tinha talento para negócios. De fato, se fosse um fanfarrão e ficasse se vangloriando de cada pequeno sucesso, diria que tinha-se saído muito bem na firma de Calcutá. Como era um rapaz modesto e reticente, manteve um silêncio estrito sobre o assunto e esperou, com uma esperança crescente, o dia em que o médico diria que estava bem o suficiente para dedicar-se, mais uma vez, aos negócios.

Mas o seu otimismo não chegava ao ponto de fazê-lo supor que os Wendover o achariam um bom partido para Fanny. Maduro para a sua idade, reconhecia, na paixão de Fanny por Stacy, a paixonite violenta e breve de uma menina. Lembrou-se do sofrimento de Lavinia aos 15 anos, quando, de forma súbita e inexplicável, se apaixonara por um dos professores temporários do educandário da Srta. Timble. Isso a deixara notavelmente aborrecida por várias semanas, mas não havia nenhuma ofensa, sua paixão não foi correspondida, e o professor era um homem respeitável devotado à mulher e aos cinco filhos. Nem Oliver nem a Sra. Grayshott deram qualquer importância ao caso; Oliver achou que daria tão pouca importância também a atual fascinação de Fanny se ela tivesse se apaixonado por um homem de caráter. Mas ele tinha certeza de que ela caíra na armadilha montada por um elegante caçador de dotes, e se sentia extremamente apreensivo. Algo que a língua solta de Lavinia deixara escapar, e logo reprimira, havia feito com que Oliver suspeitasse de que a possibilidade de uma fuga para um casamento clandestino já houvesse sido cogitada. Achou que a mãe partilhava sua desconfiança, e só ficou minimamente tranquilo quando soube que ela avisara a Srta. Abigail Wendover de um possível perigo. A Srta. Abigail não era nenhuma tola, mas ele achava que a situação necessitava de uma interferência masculina. Descartando o irmão, que parecia alguém com que a Srta. Abigail não contava, o homem óbvio a intervir era Miles Calverleigh. Mas Miles não demonstrava a menor disposição a fazer isso, nem mesmo a se interessar pelas atividades do sobrinho. Isso não surpreendeu Oliver: não passara várias semanas na companhia do Sr. Calverleigh sem descobrir que ele nunca se interessava por pessoas de quem não gostava. Era inconcebível que um homem de seu caráter pudesse vir a gostar de Stacy, e era inútil supor que a preocupação com o bom nome de sua família fosse impeli-lo a se esforçar para preservá-lo. Ele não tinha tal preocupação. Por outro lado, não havia dúvida de que realmente gostava muito da Srta. Abigail Wendover. Oliver, naturalmente impossibilitado de discutir a respeito de Stacy com o próprio tio do rapaz, só podia esperar que seu afeto por ela o compelisse a ajudá-la. Era um homem estranho, tão frio e ainda assim tão generoso; não o entendia, mas uma coisa era certa: se ele se tornasse realmente amigo de alguém, não haveria limites para a ajuda que, de maneira desinteressada, ofereceria. Evidentemente era possível que a Srta. Wendover, assim como ele, sentisse constrangimento em abordar o assunto. Oliver achava que talvez sua mãe pudesse persuadi-la a superar tais escrúpulos, e decidiu incitá-la a fazer a tentativa.

No caminho para Gales, percebeu, tão rapidamente quanto a tia da moça, que Fanny estava fazendo o possível para ocultar uma preocupação sob a máscara de alegria. Sentiu pena dela, daquela menina doce e tola. Sentiu muita vontade de abraçá-la. Mas esse desejo teve de ser reprimido: não somente suas condições impossibilitavam que se declarasse, como Fanny não queria o seu amor, somente sua amizade. Uma vez, quando sua mãe o repreendera por chamá-la pelo primeiro nome, ela tinha dito: "Oh, mas eu pedi a ele que fosse assim! Lavvy e eu sempre fomos como irmãs, portanto Oliver tem de ser como meu irmão!"

Metade de um pão era melhor do que pão nenhum. Oliver não sabia quem era o criador daquele provérbio tolo, apenas que devia ter sido um idiota. Não era melhor. Quando uma garota adorável e querida, que você daria a alma para possuir, o convidava a ser seu irmão, era infinitamente pior.

Mas se o que Fanny queria era um irmão, teria um irmão; e talvez, adotando esse papel detestável, poderia, pelo menos, ganhar sua confiança e a oportunidade de lhe oferecer um conselho mais sensato do que ela receberia de sua irmã tola.

Desse modo, quando estavam há algum tempo na capela, na ala norte da catedral, onde o famoso relógio havia sido colocado, e já tinham observado os pequenos cavaleiros lutarem interminavelmente um com o outro, ele deteve Fanny quando ela estava para acompanhar sua tia e o Sr. Calverleigh para outra parte da catedral, e propôs que se sentassem um pouco lá fora. Ela concordou prontamente, seu coração apertando ao olhá-lo com apreensão.

— Sim — concordou ela —, é claro, se você não preferir voltar ao Swan. Não há nada tão cansativo quanto catedrais! Está cansado, não está?

— Não, juro que não... ou só um pouquinho. Mas acho que posso ficar, se for obrigado a andar por todo este lugar, pois vai significar ficar em pé olhando túmulos, telas e janelas! Ainda não consigo ficar em pé por muito tempo, se bem que começo a andar como qualquer um de vocês.

— Pois não vai ficar em pé. Se não estiver muito frio para você, vamos nos sentar à beira do fosso ao redor do palácio e observar os cisnes. E se a minha tia lhe perguntar o que achou das figuras na frente oeste, poderá responder que nunca viu nada tão genuinamente refinado. Não vai ser mentira, acha que vai?

Os olhos deles assumiram uma expressão divertida.

— Não, apenas *suggestio falsi*! — replicou ele, com gravidade.

— Devo vê-las?

— Deus meu, não! Há uma série interminável delas!

— Nesse caso, estou disposto a dizer quantas mentiras forem necessárias, até mesmo uma bem estapafúrdia!

Ela riu, depois ficou um momento em silêncio. Ele não fez nenhuma tentativa de interromper sua abstração. Então, ela pareceu voltar à realidade e encetou uma conversa corriqueira, como faria uma anfitriã tentando entreter um convidado difícil. Era um esforço flagrante e ele a interrompeu, dizendo involuntariamente:

— Ah, não, Fanny!

Sobressaltada, ela olhou rapidamente para Oliver, uma pergunta em seus olhos:

— Não?

— Não se sinta obrigada a conversar. Não é assim que se trata alguém que considera um irmão!

— Oh! — Ela corou e virou a cabeça.

— Alguma coisa a está perturbando? — perguntou ele delicadamente.

— Não... oh, não! É claro que não! Veja, há dois cisnes! Pena não termos trazido pão para jogar para eles! Acho que os cisnes são as aves mais belas do mundo, e você? Ou prefere os pavões?

— Não — replicou ele direto, conduzindo-a a um banco situado convenientemente. Sentou-se ao lado. — O que houve, Fanny? Não diga que não está triste! Seria uma *grande* mentira... para não dizer uma *mentira deslavada!*

Ela deu um risinho nervoso.

— Não foi nada. Bem, nada sério! Apenas briguei com Abby... bom, não brigue exatamente, mas... — Fez uma pausa e sua expressão se fechou. — Achava... Mas as pessoas... os adultos... — disse ela, traindo sua juventude — não entendem! Não ligam para outra coisa que não classe social, decoro, respeitabilidade e... e... conveniência, e sempre que queremos fazer o que *eles* não querem que façamos, dizem que somos jovens demais e logo nos esqueceremos daquilo!

— Sim, e também que um dia ainda vamos lhes agradecer! — concordou ele, solidário. — E o pior de tudo é que geralmente estão certos!

— Nem sempre!

— Não, mas com uma frequência detestável!

— *Quando tiver a minha idade...!* — disse Fanny, imitando com ressentimento.

— Não me diga que a Srta. Abigail proferiu essas palavras abomináveis!

— Não. Não, ela não falou assim, mas não entende meus sentimentos, e eu achava que ela entenderia! Nunca sequer *imaginei* que ela seria igual ao meu tio! Mundana e... e preconceituosa, e achando que não importa que se sinta infeliz contanto que não faça nada que seu horrível tio não aprove! — acrescentou ela com indignação. — E ela nem mesmo *gosta* dele!

Ele não disse nada por um momento, mas ficou olhando para a frente, com o cenho franzido, contemplando o muro ameado além do fosso. Fanny, pegando um lencinho na bolsa, assoou o nariz. Oliver respirou fundo e disse, escolhendo as palavras com cuidado:

— Se alguém que lhe é muito querido, como você é para a Srta. Abigail... parecer estar sendo levado a dar um mau passo, você tentaria impedi-lo, concorda?

— Sim, mas não vou dar um mau passo! — retrucou Fanny. — E não sou jovem demais para saber o que quero! Eu sempre soube! E não vou deixar que arruínem a minha vida, mesmo que eu tenha de cometer um ato desesperado!

— Não! Como poderia ser feliz se fizesse o que certamente partiria o coração da Srta. Abigail? Perdoe-me, Fanny, mas acho que sei qual é o problema e gostaria que houvesse alguma coisa que eu pudesse fazer para ajudá-la. — Interrompeu-se. — Conheceu meu tio? Que graças a Deus não é em nada parecido com o seu! É muito generoso e muito sábio, e uma vez ele me disse para nunca tomar decisões importantes de maneira apressada, nunca fazer o que não poderia ser desfeito até eu estar perfeitamente seguro de que nunca vou querer desfazê-lo.

— É claro que não! — disse Fanny simplesmente. Levantou-se. — Já descansou? Importa-se de dar uma volta pela cidade? Acho que aqui está um pouco frio, não está? Passaremos pelo Dean's Eye para a Saddler Street. Espero que goste de ver isso.

Suas confidências tinham-se encerrado, e como ela, inequivocamente, baixara o véu para prevenir olhares curiosos, não lhe restou outra coisa a fazer se não aquiescer. E a fez rir ao dizer que apesar de se colocar sem reservas nas suas mãos, não podia deixar de sentir que corriam um grande risco de serem presos por tal irreverência; e expressou grande alívio quando ela explicou que o Dean's Eye era meramente um portão antigo. A brincadeira conseguiu fazê-la descontrair de novo; passou então a distraí-la e conseguiu o suficiente para que ela dissesse, ao se unirem aos mais velhos no Swan, onde jantariam antes de retornarem a Bath, que passara uma tarde adorável. De modo um pouco nervoso, acrescentou:

— E não vai dar importância a nada do que eu disse, vai? Foi tudo bobagem! Acho que sabe como é quando caímos em depressão: dizemos coisas que não queríamos dizer.

Ele tranquilizou-a, mas não conseguiu deixar de completar:

— Embora eu seja apenas um irmão de mentira, você me contaria se um dia se encontrasse em uma situação embaraçosa, ou... não estivesse segura do que deveria fazer, não?

— Ah, obrigada! Você é muito bom! — gaguejou ela. — Se bem que não haja necessidade... Isto é, foi só uma tristeza, como você disse! Não há nada de errado!

Ele não falou mais nada, mas essas palavras, longe de aliviarem sua apreensão, a intensificaram consideravelmente. Ele desejou poder saber o que havia ocorrido que a deixara tão aflita, mas talvez sua suspeita não fosse confirmada, já que não tinha nem o direito nem ainda a força física para lidar apropriadamente com o Sr. Stacy Calverleigh, e teria sido impossível controlar seu instinto. Pois o Sr. Calverleigh, vivendo o perigo iminente de uma cobrança executiva, e vendo a sombra da King's Bench Prison se arrastando inexoravelmente na sua direção, tinha abandonado a esperança de conquistar essa herdeira sem violência, e decidira (com um forte senso de crueldade) que não restava outra coisa a fazer a não ser fugirem e se casarem clandestinamente.

Mas Fanny, que sempre sonhara tão entusiasticamente viver uma aventura romântica desse tipo, tinha de súbito sido levada a perceber que uma coisa era declarar sua disposição para se libertar de sua educação e se divorciar de sua família e de sua casa, e outra, completamente diferente, era fazer isso de verdade.

Stacy insistiu em sua proposta desesperada na abadia de Bath, circunstância que a deixou nervosa e incomodada já no começo. Quando ele marcara esse encontro, ela quase se chocara. Certamente não era apropriado! Mas ele tinha rido de seus escrúpulos, chamando-a de sua adorável puritana, e ela acabara consentindo — pelo menos para lhe provar que não era nenhuma puritana. Havia sido decidido às pressas, na Meyler's Library, e acarretado um planejamento de certa forma difícil e, o que ela não pôde deixar de achar, horrivelmente falaz. Entretanto aceitou e foi recompensada por sua audácia com beijos apaixonados em suas mãos e elogios à sua coragem. Mas ela não se sentia nada corajosa e olhava em volta, nervosa, morrendo de pavor de ser vista por alguém conhecido. Era improvável, evidentemente, que algum residente de Bath se encontrasse na abadia em uma hora em que não acontecia nenhum serviço religioso, mas havia sempre a possibilidade de alguém levar um visitante para conhecê-la. Fanny sussurrou:

— Oh, por favor, cuidado! — E puxou as mãos das dele. — Se eu for reconhecida...! Estou com muito medo! *Acho* que ninguém me viu vindo para cá, mas nunca se sabe. Grimston ia comigo à casa da Srta. Timble, e vai me buscar mais tarde na casa da Sra. Grayshott, mas, oh, Stacy, fui obrigada a fingir para a Srta. Timble que me enganara, trocando o dia da aula de canto, e me senti *péssima* por fazer isso!

— Não é de admirar! — concordou ele, afetuoso. — É intolerável sermos obrigados a recorrer a subterfúgios. Sinto isso tanto quanto você, meu amor! Mas desde que a sua tia retornou a Bath, não tenho nenhuma oportunidade de estar com você por mais de cinco minutos. Como podemos nos falar em um concerto ou um em baile? E preciso conversar com você!

— Sim... oh, sim! Desejo tanto estar com você! Se eu tivesse um véu! Quem são aquelas pessoas ali?

— Só um grupo de excursionistas — replicou ele calmamente. — Não tenha medo, minha querida! Ninguém aqui a conhece. Vamos nos sentar mais para lá, onde está escuro e não chamaremos a atenção dos visitantes. Eu ser forçado a encontrá-la *às escondidas*! De todas as coisas é a mais repugnante para mim, mas que outra alternativa me é oferecida? Somente uma! Renunciar a você, e isso não vou suportar!

— Stacy, não! — falou ela ofegante, segurando o braço dele.

Ele pôs a outra mão sobre a dela e segurou-a firme.

— Nunca conquistarei o apoio da sua tia, ela deixou isso bastante claro para mim! Ela vai tomar providências para que não nos vejamos, como fizemos hoje, exceto com outros por perto. Querida, como podemos continuar assim? — Pegou a mão dela e beijou a palma. — Se soubesse como desejo tê-la em meus braços, chamá-la de minha!

— Também quero isso — consentiu ela, tímida.

— Então, venha comigo, como planejamos! Ousa desafiar a sociedade? Responda!

— Sim, ouso! — disse ela com os olhos brilhando.

— Como poderei, um dia, lhe provar o quanto a adoro? Vamos pôr um ponto final nessa situação detestável a que fomos levados e agir o mais rápido possível! Amanhã?

— *Amanhã*? — repetiu Fanny, pálida. — Oh, *não*, Stacy! Eu... eu não poderia! Quer dizer, é cedo demais!

— Depois de amanhã, então!

Nesse momento, Fanny começou a perceber a diferença entre sonhos e realidade. Sacudiu a cabeça e disse em tom de súplica:

— Gostaria de poder, mas... você não entende, Stacy! Seria difícil demais. Tenho tantas coisas a fazer!

— Tem de ser logo! — insistiu ele. — A qualquer momento você poderá ser tirada de mim! Suspeito que sua tia já esteja pensando em fazer isso. Se demorar, nosso plano será revelado!

— Não, não será! Além do mais, ela não está pensando nisso. Como poderia, se vamos oferecer uma festa na semana que vem? E esta é outra razão por que não posso fugir já. Acho que se esqueceu disso, mas...

— E eu por acaso estou me importando com festas? A nossa felicidade está em jogo!

Fanny não tinha objeção a fazer às palavras dramáticas do Sr. Calverleigh, pois se assemelhavam muito aos discursos apaixonados de seus heróis de romance favoritos, mas uma forte inclinação ao bom senso subjazia às suas fantasias, e ela replicou, com um espírito alarmantemente prático:

— Não, não! Como poderia estar? É somente um adiamento!

— Somente...! Quando cada hora que estou longe de você parece uma semana, e cada semana, um ano!

Mesmo sem ser nenhum aritmético, ela não viu erro algum naquela progressão matemática. O sentimento expresso dessa maneira a fez corar intensamente e, mais uma vez, deslizar a mão para a dele.

— Eu sei. É assim comigo também, mas você não refletiu, meu amor! Como posso fugir antes da festa de tia Selina? Seria a coisa mais infame que eu poderia fazer, pois ela anseia tanto por essa festa, a pobre querida, e destruiria todo o seu prazer se... Deus do céu, ela a suspenderia! Imagine a confusão que seria!

Ele foi dominado pela exasperação e, por um instante, Fanny vislumbrou isso em seu rosto. Desapareceu tão rapidamente que ela não poderia afirmar que havia percebido corretamente. Ele viu a dúvida nos olhos arregalados dela e disse, arrependido:

— Eu nunca iria querer arruinar um plano de tia Selina! Tão generosa e tão... creio eu... minha amiga! Por quanto tempo devo esperar até poder chamá-la de minha... até acariciá-la e protegê-la?

Se houvesse tido o privilégio de ouvir essas nobres palavras, a Srta. Abigail Wendover teria informado ao Sr. Calverleigh, explicitamente, que Fanny precisava ser protegida somente dele mesmo. O efeito sobre Fanny foi fazê-la enrubescer ainda mais intensamente e sussurrar em resposta:

— Não por muito tempo! Prometo!

Ele raramente se sentira menos amoroso, pois achava que ela estava sendo irritantemente caprichosa, mas respondeu de imediato com um de seus discursos que se assemelhavam aos de um amante. Seu receio era ela, se tivesse tempo para refletir, voltar atrás na decisão do casamento clandestino. Não lhe escapara o fato de Fanny ter recuado diante da sua sugestão de fuga imediata. Empenhou-se na tarefa de recuperar-lhe a antiga disposição de concordância impetuosa empregando todas as artes que dominava. Não tinha dúvidas de seu poder sobre a jovem, mas não levou em conta o traço de obstinação que as tias dela conheciam bem: ela reagiu deliciosamente à forma como ele expressava o seu amor, ela escutou extasiada ao quadro idílico que ele pintou da vida que levariam juntos, mas não consentiu em fugirem antes da festa das tias. Ele não se atreveu a insistir, pois a face da moça expressava determinação, e seu medo era de que se a pressionasse muito, ela desistisse de tudo. Ele garantiu-lhe que não tinha outro desejo se não o de agradá-la, e rezava a Deus que ela não tivesse muitos caprichos inesperados.

Capítulo 11

O ENCONTRO CLANDESTINO NA ABADIA não foi descoberto; mas apesar de Fanny ficar aliviada por suas tias não suspeitarem de nada, sentiu-se culpada e envergonhada. Tampouco se sentiu completamente feliz em seu amor. Não que tivesse deixado de desejar ardentemente passar o resto da vida nos braços protetores de Stacy, mas não conseguiu evitar pensar em como seria muito melhor se pudessem se casar com a bênção de sua família. Fugir tinha o sabor de uma grande aventura e havia sido completamente sincera quando dissera que não recuaria diante de um passo tão audacioso, e que não se importava nem um pouco com a inevitável censura da sociedade. Não lhe ocorrera, até se lembrar da festa de suas tias, que a fuga lhes provocaria uma situação muito desagradável. Flutuando em um sonho de amor e heroísmo, mal considerou outros aspectos do caso que não os mais óbvios, e ainda assim somente aqueles que lhe diziam respeito. A opinião da sociedade não tinha importância; seria indiferente para ela e Stacy se a sociedade os rejeitasse, pois precisavam apenas um do outro para serem felizes. Quanto às tias, ficariam muito chocadas no começo, até mesmo furiosas, mas quando vissem como ela fizera bem em se casar com Stacy, mudariam de opinião e acabariam se afeiçoando a ele tanto quanto eram afeiçoadas a ela. Só quando Stacy insistiu em que fugissem juntos começou a perceber certas objeções a um casamento clandestino. Coisas como festas não tinham importância, como Stacy dissera. Mas tinham importância para duas mulheres solteiras que pertenciam a um dos círculos mais respeitados de Bath. Nenhum dos convites de borda dourada enviados por tia Selina havia sido declinado, pois o convite para comparecer a uma das seletas festas das senhoritas Wendover conferia distinção a quem o recebia. Havia passado rapidamente pela mente de Fanny, quando Stacy lhe fizera a proposta, que submeter as tias à humilhação de serem obrigadas a cancelar a festa seria uma conduta muito vil, que não mereceria ser perdoada jamais. Também seria muito pior para elas se decidissem mantê-la, como se não tivessem sido envolvidas em um escândalo (pois seria idiota supor que a notícia da fuga não se propagaria por Bath feito um rastilho de pólvora), já que sua grande sala dupla ficaria miseravelmente escassa de companhia. Várias outras objeções menos importantes lhe ocorreram, mas ela as baniu com determinação. Não se podia esperar que alguém sacrificasse a própria felicidade e a de seu amado meramente para poupar o constrangimento às tias.

Havia outra objeção que ela achava estranhamente desanimadora. Sem nunca ter formado uma imagem muito clara da cerimônia verdadeira, de quem a realizaria, onde aconteceria, foi com um choque que ouviu Stacy descrever, com detalhes românticos, uma fuga até a fronteira. Ainda que ela fosse tão inocente, percebeu que nada poderia ser mais impróprio. Até mesmo suas amigas mais íntimas não conseguiriam justificar uma conduta tão indelicada. Era o mesmo que atar a liga em público!

— Não está se referindo a *Gretna Green*, está? — indagou Fanny, incrédula. — Não, não! Pessoas nos romances fazem isso, mas não... pessoas *de verdade*, como nós! Isso não é apropriado, Stacy! Levaríamos dois ou três dias para chegar à fronteira! Não pode ter pensado direito! Temos de nos casar em Londres, ou... ou em Bristol, ou qualquer outro lugar mais perto de Bath!

Portanto Stacy tivera de explicar que havia certas dificuldades relacionadas aos casamentos clandestinos de menores. Ele explicou muito bem, de modo que quando se separaram à porta da abadia, ela estava convencida de que não havia outra saída para eles, e que era tão repugnante para ele quanto para ela. Ele não seria nada além de seu acompanhante de viagem até a relação estar selada.

— Mas não vou pressioná-la — ele dissera. — Se lhe faltar coragem... se não confiar em mim o bastante... me diga! Vou embora... tentarei esquecê-la! — ele acrescentara com um sorriso melancólico. — Será mais fácil para você me esquecer!

Ela tinha protestado. Não era tão fraca ou tão covarde, e quanto à sua confiança nele, era infinita!

Prometera fugir com ele logo depois da festa, como tinham planejado. E no calor de um momento apaixonado, afirmou isso com entusiasmo. Somente mais tarde uma dúvida, não admitida, começou a perturbá-la.

Então aconteceu a expedição a Gales e sua conversa com Oliver. Ele tinha dito que gostaria de poder ajudá-la, mas todo o resto que dissera não havia ajudado em nada: na verdade, tinham agravado seu desconforto.

Abby, reconhecendo os sinais de perturbação interior, tentou em vão conquistar a sua confiança. Não conseguiu descobrir que havia acontecido uma divergência entre os enamorados, e o medo de que Stacy estivesse tentando convencer Fanny a fugir com ele começou a assombrá-la. Falou com o Sr. Miles Calverleigh, enquanto ele a conduzia a Stanton-Drew para inspecionar o monumento druídico, que vivia em pânico de um dia acordar e Fanny ter desaparecido.

— Oh, não acho isso nem um pouco provável! — replicou ele. — Falando como alguém a quem não falta experiência, não é tão fácil assim fugir na calada da noite, como imagina.

Ela não conseguiu reprimir sua covinha, mas disse com austeridade:

— O senhor é completamente impudente! Por que não é fácil? Achei que seria muito mais fácil do que durante o dia.

— Isso porque não refletiu com mais atenção sobre a questão.

— É verdade. Acontece que a necessidade de fazer isso nunca se apresentou a mim.

— Ah, dá para ver! Não me admiraria saber que imagina que se usaria uma escada de corda nesses casos.

— E me admiraria muito saber que alguém consegue fazê-lo! Sabe, nunca fui capaz de entender como alguém é capaz de escapar por uma escada de corda, particularmente uma mulher. Tudo bem dizerem que a jogam pela janela, mas as chances são de que não se consiga agarrá-la, ou que se caia da janela ao tentar fazer isso. E onde a prenderia, se realmente a pegasse?

— Não faço ideia.

— Não, e mesmo que estivesse presa, a minha ideia é que não seria nada fácil descer uma escada de corda. Com certeza requer muita prática.

— Mais difícil ainda por causa das anáguas — acrescentou ele, pensativo. — Vejo que refletiu sobre o problema. Conte-me tudo sobre isso!

Ela riu.

— Não, não vou deixar que me distraia. Não é um assunto engraçado. Sei que acha extremamente aborrecido, mas...

— E a senhorita não acha?

— Como poderia? Acho *vexatório*. Na verdade, seria capaz de dar um tapa em Fanny por ser tão idiota! Mas não se acha *aborrecido* algo que diz respeito a alguém a quem se está muito ligado afetivamente e por quem se é responsável, concorda?

— Como nunca estive nessa posição, não posso dizer.

— Sei disso — replicou ela, solidária —, e tenho pena do senhor! Disse-me certa vez... que não era objeto de compaixão, mas é, Sr. Calverleigh!

— Sim, cheguei a essa conclusão eu mesmo — confessou ele, inesperadamente. — Antes não pensava assim, mas desde que cheguei em Bath, convenço-me mais a cada dia de que estava enganado.

Pega de surpresa, sentindo como se tivesse sofrido um choque elétrico, Abby arfou. Após uma pausa breve, mas perceptível, ela falou com o máximo de compostura que conseguiu:

— Penso que talvez não tenha sentido falta de vínculos familiares enquanto esteve no exterior. Mas estávamos falando de Fanny, e o senhor estava prestes a explicar por que eu não precisava temer que Fanny fugisse em plena noite, quando caímos em uma digressão absurda sobre escadas de corda. Ficaria muito feliz se pudesse acreditar no senhor, mas... mas por quê?

— Oh, seria perigoso demais! A coitada da garota seria obrigada a levantar, e arrastar-se em suas roupas no escuro, para o caso de algum outro membro da casa estar acordado e ver a luz por baixo da porta. Depois disso, teria de tatear o caminho por dois lances de escada, e se o rangido dos degraus não o despertasse, a chegada da caleche sobre a pavimentação de pedras certamente o despertaria. Além disso, ela teria de retirar os ferrolhos da porta da frente, a corrente e, por último, a tarefa mais difícil de todas, fechar a porta atrás de si: tudo isso sem fazer o menor ruído! É claro que ela pode escolher deixar a porta aberta a qualquer saqueador eventual, mas tenho certeza de que me dirá que ela não perderia todo o juízo!

— Sim! — Abby começou a perceber a força dessas objeções. — E o quarto dela fica nos fundos da casa, portanto como ela poderia saber que seu odioso sobrinho seria pontual? Alguma coisa poderia detê-lo, e imagine só como seria constrangedor para ela! Fanny fatalmente pensaria nessa possibilidade. Qualquer uma pensaria! Além do mais, Grimston, nossa velha ama, dorme em um quartinho ao lado do dela, e apesar de eu acreditar que nada menos ruidoso do que uma trombeta em seu ouvido a desperte, pode ter certeza de que Fanny estaria amedrontada! Oh, acho que está absolutamente certo! Ela não fará a tentativa à noite, e tomarei cuidado para que não tenha oportunidade de fazê-lo durante o dia, nem que tenha de acompanhá-la para todo lugar, como o preceptor severo que jurei nunca ser.

— Isso poderia se tornar um tanto tedioso. Tem certeza de que ela planeja fugir para se casar com meu odioso sobrinho?

— Não — respondeu ela de imediato. — Às vezes penso que estou sofrendo de uma estúpida irritação dos nervos. Que por mais que ela se imagine apaixonada, nunca faria algo tão indecoroso, tão sem escrúpulos! Mas então penso que ele domina de tal modo a mente de minha sobrinha que ela fará o que ele quiser. Mas ela tem andado triste nos últimos dias, preocupada, acho. Talvez não consiga convencer a si mesma a fazer o que sabe que é errado. *Tive* a esperança de que ela tivesse brigado com Stacy, mas não. — Soltou um suspiro. — Ele estava no concerto na noite passada, e ela o olhava como se ele representasse toda a segurança e o prazer do mundo.

— Não, verdade? Invejo-o. Não, é claro, que tenha o menor desejo de ser o alvo desse olhar de Fanny, mas sim do seu.

De repente, ela ficou ciente que seu coração, em geral um órgão bastante confiável, estava se comportando de uma maneira alarmante, primeiro tentando saltar por sua boca, depois batendo de forma tão violenta que ela ficou sem ar e se sentiu desconfortavelmente quente. Precisou de um esforço para conseguir falar:

— Sr. Calverleigh... não estou com disposição... para flertes!

— Mas quando tentei flertar com a senhorita? — protestou ele.

Ela sentiu-se impelida a olhar furtivamente para ele, o que percebeu instantaneamente ter sido algo imprudente, pois ele estava sorrindo e de uma maneira que fez seu coração bater mais violentamente ainda.

— Eu a amo, sabe — disse ele, informal. — Quer se casar comigo?

A maneira como fez essa proposta abrupta lhe pareceu tão típica dele que lhe provocou um riso nervoso:

— Que maneira mais canhestra de me propor casamento! Não, não, não está falando sério! Não pode estar!

— É claro que estou falando sério! Em que situação constrangedora eu ficaria se não estivesse e a senhorita aceitasse minha oferta! A questão é que faz tanto tempo que propus casamento a uma garota que não me lembro mais de como se faz. Se é que já soube algum dia, mas acho que não, pois sempre fui ruim em fazer discursos floreados. — Sorriu de novo para ela, um tanto compassivamente. — *Que eu ame uma estrela brilhante particular!*

— Oh...! — exclamou ela, arfando. — Por favor, não diga esse tipo de coisas!

— Não direi, se não gosta — replicou ele, submisso.

— Não gostar! Como pode uma mulher não gostar de ouvir uma coisa assim? Mas não convém! Não deve dizer mais nada parecido! *Por favor,* não!

— Não, é totalmente irracional. Não lhe farei nenhum elogio, mas não espere que eu não fale mais nada! Pedi que se casasse comigo, Abigail!

— Deve saber que não posso... que isso é impossível!

— Não, não sei. Por que deveria?

— As... as circunstâncias! — disse ela, com a voz abafada.

Ele pareceu bastante intrigado.

— Que circunstâncias? Minhas? Oh, sou perfeitamente capaz de sustentar uma esposa. Deve ter andado ouvindo meu odioso sobrinho.

— Não fiz nada disso! — replicou ela, furiosa. — E se tivesse, não acreditaria em uma palavra que ele dissesse! Além de considerações dessa natureza não terem influência sobre mim, se... se eu correspondesse ao seu sentimento!

— Não corresponde? Em absoluto?

— Eu... Não! Isto é, não se trata *disso*!

— Bem, se não é isso... Deus do céu, não está querendo me dizer que é porque banquei o bobo com Celia Morval vinte anos atrás, está? O que isso teve a ver com você? Ainda devia usar fraldas nessa época!

— Sim, mas... Oh, *certamente* deve perceber como seria impossível eu me casar com o senhor, não? Ela era mulher do meu irmão!

— Não, não era.

— Estava comprometida com meu irmão, de qualquer maneira, e *se tornou* mulher dele! E se o caso não tivesse sido abafado, teria sido um escândalo terrível... por sua causa!

— Mas *foi* abafado — salientou ele.

Ela olhou impotente para ele.

— Como posso fazê-lo entender?

— Ah, eu entendo! Você não dá a mínima para essa história antiga, mas sabe que James daria, e receia que ele remexa o diabo da poeira. Ele não faria isso, mas acho que iria exauri-la, aborrecendo-a e tentando convencê-la a abrir mão de mim. Mas não precisa se preocupar com isso. Posso lidar com James.

— Não tenho medo de James... — disse ela, em tom baixo. — Se eu... se eu soubesse que estou fazendo a coisa certa. Mas não seria apenas James. Minhas irmãs, toda a minha família... seria uma comoção geral! Só queria não ser rejeitada por todos! — Relanceou os olhos para ele rapidamente e tentou falar de forma mais gentil. — Eu não gostaria disso, entende? Talvez não saibam sobre Celia, na verdade, tenho certeza de que não, embora

Cornelia talvez, já que é mulher de James, mas infelizmente *sabem* que é o filho pródigo!

— Infelizmente? E se não soubessem? Meu passado indigno pesaria para você?

Ela baixou a cabeça e a sacudiu ligeiramente.

— Não, se eu o amasse o bastante.

— Isso me soa extraordinariamente franco. Não ama?

Ela replicou francamente.

— Não sei. Quer dizer, é tão fácil confundir os sentimentos. Isso eu *sei* realmente, pois já me confundi anos atrás. Não estava pensando em casamento, e creio que o senhor tampouco, de modo que... não tive tempo para refletir. Admito que se as circunstâncias fossem diferentes, eu... eu me sentiria muitíssimo tentada! Mas casar... e na minha idade!... E afrontar a família *não* deve nem mesmo ser considerado. Percebe?

— Bem, percebo que exagera em seus escrúpulos, mas não adianta esperar que eu os tenha. Vínculos familiares não significam nada para mim. Já não lhe disse isso? Quanto a se sacrificar para se ajustar à noção de respeitabilidade de sua família, chamo isso de estupidez!

Ela sorriu, relutante.

— Claro que chamaria! Mas não é isso. Não sei como explicar porque está tudo emaranhado na minha cabeça... me deixando estúpida! Pareço odiosamente sentimental?

— Sim, mas eu não ia dizer isso — tranquilizou-a.

O riso manifestou-se nos olhos dela.

— Criatura *odiosa*! Se pelo menos não me fizesse sempre rir! Às vezes me pergunto se tem algum sentimento digno!

— Quase nenhum, acho. Mas se casaria comigo se eu tivesse?

Ela ignorou o que ele disse.

— Ou algum senso de vergonha! Mas tem bastante perspicácia, e estou convencida de que percebe como seria ultrajante se eu fizesse o mesmo que estou tentando impedir Fanny de fazer!

— Ah, meu Deus! Esses Calverleigh...

— Exatamente!

— Acha *exatamente*? — perguntou ele, modesto. — Faria objeção se eu destacasse algumas diferenças entre os Calverleigh?

Ela estendeu a mão, impulsiva.

— Eu sei, sei! Não há comparação entre vocês!

Ele pegou uma das mãos de Abby e a segurou levemente sobre o joelho.

— Oh, há uma certa comparação! Nós dois somos repreensíveis. Fui um dos garotos baderneiros quando estava na cidade. Costumavam dizer que eu era um bebê nascido no inferno... excessivamente turbulento. Mas nunca ninguém disse, nem mesmo minha amada família, que eu era um mentiroso ou um maltrapilho!

— Dizem isso de Stacy? — perguntou ela, apreensiva.

— Assim fui informado, e não acho nem um pouco difícil de acreditar. Bem, prosseguindo nossas respectivas histórias, cada um de nós fugiu para se casar com uma herdeira... ou melhor, tentou se casar.

— Mas o senhor estava apaixonado por Celia! Não se importava com a fortuna dela! — interrompeu Abby imediatamente.

— Não, tampouco tinha 29 anos. Estou apaixonado por você e não ligo para a *sua* fortuna.

— Não precisa me dizer isso ! Além do mais, não tenho fortuna. Não como Fanny! Eu chamaria mais de uma *independência*, talvez, ou de uma situação confortável.

— Bem, menos uma objeção. Ninguém poderia dizer que me casei com você por sua fortuna.

— O senhor não se importaria se dissessem! — replicou ela, perspicaz.

— Não, mas você sim. — Havia uma boa dose de diversão em seus olhos quando se detiveram nela. — O que imagina que andei fazendo durante os últimos vinte anos, inocente querida?

— Não sei. Como saberia? Nunca me contou!

— Vou contar agora. Andei fazendo a *minha* fortuna, é claro.

Ela riu.

— Então, agora é um nababo! Que tola fui por não perceber!

Um sorriso estranho aflorou no canto da boca dele.

— Exatamente! Não está nem mesmo interessada, está?

— Bem, não — confessou ela. — Exceto que achei que talvez não tivesse muito dinheiro, e percebo que não é o caso, o que me deixa feliz, pelo senhor.

— Obrigado — ele agradeceu, humilde.

— Sabe, se *fosse* um nababo rico, o seu sobrinho recorreria ao senhor e não a Fanny para salvá-lo de suas dificuldades.

— Não a menos que fosse louco! Seria uma esperança vã, minha querida!

Ela sorriu, mas suas próprias palavras fizeram a apreensão retornar à sua mente. Retirou a mão que deixara confortavelmente na dele e soltou um suspiro.

— Não faria isso, se estivesse em seu poder? Não, suponho que não. Há *alguma coisa* que possa fazer para salvar minha pobre Fanny?

— Achei que não ia demorar a voltar à questão de sua pobre Fanny. Está determinada a me envolver nos assuntos dela, não está?

— Não se aborreça comigo! — pediu Abby. — É tão importante! Talvez não possa fazer... mas *talvez* seja capaz de... se não por Fanny, por mim?

— Sim, bem, vamos sair desse conto de fadas! — disse ele, com um quê áspero. — Se imagina que sinto o menor desejo de receber sua mão como recompensa por ter realizado uma tarefa difícil para satisfazê-la, está muito enganada, menina! Não tenho nenhum desejo de uma esposa relutante. Quero o seu amor, não a sua gratidão.

— Eu não disse isso! — balbuciou ela. — Verdade, não disse!

— Mas chegou bem perto de dizer, não? — replicou ele de maneira provocadora. Levantou-se e estendeu a mão para ela. — Vamos! Se não retornarmos à hospedaria e prepararmos os cavalos nos atrasaremos e a Srta. Wendover vai pensar que *você* fugiu, não Fanny!

Ela aceitou a ajuda dele para se levantar. Andando ao seu lado em direção à hospedaria onde haviam deixado a carruagem, ela falou, hesitante:

— Espero que não tenha se ofendido.

Ele relanceou os olhos para ela que se sentiu aliviada ao ver que voltara a sorrir com ternura.

— Não, nem um pouco. Estava tentando decidir se a amo mais quando é perspicaz ou quando é uma boba.

Os olhos dela baixaram enquanto enrubescia. Replicou com um riso nervoso:

— Devo parecer uma boba, eu sei. A culpa é sua por... colocar caraminholas na minha cabeça! Não é assim para o senhor, mas me colocou um problema que tenho de resolver, acho, sozinha... Entende?

— Bem, chega, não vou pressioná-la mais hoje. Quando pressioná-la, tomarei o cuidado para não ser aqui. Ou em qualquer outro lugar em que haja uma lenda venerável que tome posse de sua mente!

— Lenda venerável? — repetiu ela, momentaneamente intrigada. De repente, entendeu. — Oh, a noiva e suas ajudantes sendo transformadas em pedras! Tinha-me esquecido.

Esse interlúdio reduziu muito seu embaraço. Durante a viagem de volta a Bath, ele conversou sobre tópicos banais, de modo que logo ela ficou à vontade. Abby teve o cuidado de não introduzir o nome de Fanny na conversa e ficou bastante surpresa quando ele falou abruptamente:

— Não se aflija demais com Fanny! Tem algum motivo para temer que ela pretenda fugir com Stacy? Tenho dúvidas disso, sabe.

Ela replicou calmamente:

— Não sei. Ela não pretendia fazer isso até quinta-feira, creio. Estava analisando qual dos vestidos novos usaria na festa naquela mesma manhã, portanto me acho razoavelmente segura no momento. Depois... se ela realmente tem a intenção de fugir, achará a aventura mais difícil do que esperava!

— Acho que vai saber lidar com ela, mas isso me lembra uma coisa! Tenho de me desculpar com sua irmã. Não estarei em Bath na próxima semana.

Ela percebeu que ficara excessivamente decepcionada e um pouco inquieta.

— Minha irmã vai ficar triste — disse ela. — Vai... espera ficar fora por muito tempo?

— Não mais do que o necessário. Preciso tratar de alguns negócios que não podem ser adiados.

— Não, é claro — concordou ela, em tom grave. Então, ocorreu-lhe um pensamento e Abby proferiu uma exclamação de aborrecimento: — Se eu soubesse, não teríamos precisado convidar Stacy também!

— Convidaram? Por quê?

— Ah, porque Selina achou que se o senhor seria convidado, Stacy também deveria ser.

— Não! Ela realmente quis tanto me convidar que se dispôs a receber Stacy? Devo tê-la agradado mais do que pensei! — observou ele, com um tom gratificado.

Abby mordeu o lábio e informou com grande dignidade:

— Minha irmã... lamento dizer... não desgosta dele. Ela acha suas maneiras muito dignas, de modo que não é nenhum sacrifício para ela ser obrigada a convidá-lo!

Capítulo 12

A NOTÍCIA DE QUE O SR. CALVERLEIGH tinha partido de Bath foi levada a Sydney Place pela Srta. Butterbank na manhã seguinte. Ela ficou um pouco desapontada ao ver que a Srta. Wendover já sabia, tendo recebido uma mensagem dele se desculpando por não poder comparecer à festa. Mas como não divulgou o motivo de sua partida, seu destino ou por que meio viajaria, ela pôde rapidamente esclarecer duas das omissões. Era conhecida pelas costas, como a agente da Inteligência de Bath, mas apesar de poder informar à Srta. Wendover que o Sr. Calverleigh havia embarcado na Diligência para Londres às cinco horas da tarde anterior, não descobrira a natureza de seus negócios, e só podia fazer algumas conjeturas.

A Srta. Wendover soube da partida com alívio e acalentou a esperança de o Sr. Calverleigh não ter a intenção de retornar a Bath. Por mais tola que fosse, não lhe escapara que ele e Abby se davam extraordinariamente bem, circunstância que a enchia de apreensão. Ele era um homem interessante, e, na sua opinião, não era velho, mas não se podia imaginar um partido menos aceitável para Abby. Quando ouviu a primeira insinuação de que Abby encorajava sua corte, ficara tão incrédula quanto indignada, mas quando a irmã, não satisfeita em acompanhá-lo ao teatro, fez um passeio à região rural vizinha com ele, sentiu-se muito inquieta e revelou à leal Srta. Butterbank que gostaria que nenhum dos Calverleigh tivesse jamais vindo a Bath.

A chegada deles certamente acabara com sua paz. Primeiro, Stacy (pobre rapaz!), cujas atenções perfeitamente compreensíveis com Fanny haviam feito a ira de James cair sobre ela e, de certa maneira, até mesmo a de Abby; e que se revelara, se James e George estivessem certos, tristemente libertino, se bem que não se admiraria de descobrir que tinham exagerado grosseiramente as deficiências de Stacy, pois havia algo particularmente cativante em suas maneiras elegantes, na deferência com que tratava os mais velhos. Era o chefe de sua família e dono de uma propriedade considerável em Berkshire. Ela nunca visitara Danescourt, mas a tinha visto em um antigo volume intitulado *Moradias da nobreza e da pequena nobreza*, e lá estava com uma ilustração de uma casa grande e imponente, de antiguidade óbvia e a descrição de detalhes interessantes sobre sua história, e a dos Calverleigh, que a possuíam há muitos e muitos séculos. Se fosse verdade, como George dissera a Abby, que estava tão endividada que corria o risco de sair das mãos dos Calverleigh, não podia ser considerada parte de um patrimônio, é claro, pois sua perda causaria também a perda de posição social de Stacy e o transformaria de um *parti* desejável em um tratante que esbanjara sua herança e se reduzira à penúria. Mas como poderia saber disso quando o recebeu em Sydney Place? James havia sido muito injusto quando a repreendera daquela maneira; de seu lado, achava difícil acreditar que, quaisquer que tivessem sido as desventuras do pobre rapaz, tivesse vindo a Bath em busca de uma esposa rica. Quanto à forte suspeita de Abby de que ele planejava fugir com Fanny para se casarem clandestinamente, *nisso* ela nunca acreditaria; e se perguntava como Abby podia supor que a querida Fanny carecesse de qualquer sentimento de vergonha, ou como ela própria podia ser tão indiferente à saúde precária da irmã a ponto de pôr essas ideias em sua cabeça e desencadear o tipo de reflexões aflitivas que perturbavam seus nervos.

E então, como se tudo isso não fosse o bastante, o Sr. Miles Calverleigh havia aparecido e não perdera tempo em se relacionar com Abby! Não havia dúvida sobre a *sua* reputação, pois por mais que se sentisse pena dele pelo tratamento severo que seu pai lhe dispensara, permanecia o fato de que nenhum pai, nem mesmo o mais rigoroso, mandaria o filho para a Índia sem um bom motivo. E se James se achava no direito de pôr a culpa nela pela intrusão daquela ovelha negra na vida de Abby, não poderia estar mais enganado, e lhe diria isso. Quem neste mundo pensaria que Abby, que rejeitara a proposta do nobre lorde que se cercara da aura da aprovação do querido papai, que desprezara partidos como o Sr. Peter Dunston, sucumbiria à corte de um homem que não tinha nada que o recomendasse ao notório bom partido que ela era? Ele não tinha nada de bonito, não tinha as maneiras do sobrinho, pelo contrário, seus modos eram o inverso da elegância, e seu modo de vestir, longe de ser elegante, era desleixado e nada apropriado. Não apenas fazia visitas pela manhã e usava calça de montaria e botas de cano alto mal engraxadas, como na maioria das vezes parecia ter-se vestido sem pensar, atando a gravata de qualquer maneira e pondo o casaco sem se importar com o caimento. Qualquer um acharia que Abby, sempre exageradamente meticulosa, teria sentido asco de um maltrapilho como aquele — mesmo que não pertencesse à família dos Calverleigh, ela sentiria repulsa! Abby sempre fora extravagante, mas permitir a corte do tio enquanto recusava tolerar a aproximação do sobrinho à sua sobrinha, era elevar seus caprichos ao nível da excentricidade disparatada. Dava a impressão de ter excedido o que o querido Rowland chamaria de maluquice completa!

Abby, ciente de que Selina a estava observando com desconfiança, não traiu nenhuma de suas próprias desconfianças. Longe da presença perturbadora de Miles Calverleigh, era dona de si mesma; e realizou suas diversões de sempre sem nenhum sinal de que sua animação serena ocultava um coração e uma mente sofrendo de um grave distúrbio. As imperfeições de caráter do Sr. Calverleigh tanto lhe eram óbvias quanto para Selina. Também pouco sabia, tão pouco quanto Selina, por que, depois de tantos anos desimpedida, teria se apaixonado justo por alguém tão pouco recomendável e tão completamente diferente de qualquer um dos cavalheiros com quem manteve flertes passageiros. Tinha-se sentido atraída por seu sorriso, mas nenhum sorriso, por mais fascinante que fosse, era capaz de provocar em uma mulher de cabeça fria, com mais de 28 anos, a perda de seu equilíbrio e de seu julgamento em que achava ter encontrado a personificação do ideal. Na busca de uma explicação, pensou que não era o sorriso de Miles Calverleigh que havia lhe incitado uma reação instantânea, e sim a compreensão por trás do sorriso. Havia percebido, praticamente desde o começo de sua relação, a ligação entre eles, como se ele fosse a sua contraparte; e nada do que ele tinha dito, nenhuma revelação de despreocupação cínica ou completa indiferença pela moralidade, havia enfraquecido esse elo. Ele a enfurecia, frequentemente a chocava, mas ainda assim sentia-se semelhante a ele.

Havia lhe dito que não tinha certeza de se o amava, mas fizera isso não porque estivesse em dúvida de seu amor por ele, mas por se assustar ao perceber que o amava, independentemente do que era ou do que tivesse feito. Se fosse uma menininha tonta como a sobrinha, teria se desmanchado em seus braços, e achado que o amor era tudo. Mas aos 28 anos a pessoa não joga para o alto impulsivamente os cânones de sua educação; e muito menos ignora levianamente os deveres com a família. Miles Calverleigh não reconhecia reivindicações familiares, e o que mais a chocou nisso foi a descoberta de que não se chocara, mas que, na verdade, sentira inveja.

Perguntou-se se não teria sido o traço rebelde de sua personalidade, deplorado tantas vezes até mesmo por sua mãe, que fizera Miles Calverleigh atraí-la tão irresistivelmente. Mas quando pensou nisso da maneira mais desapaixonada que conseguiu no momento, concluiu que não tinha sido isso. Talvez sua rebeldia a fizesse enfrentar moinhos de vento, mas isso não encontrava eco em Miles. Ele não era um rebelde. Rebeldes lutam contra o estorvo da convenção, se inflamam para retificar o que consideram funesto no comportamento e opiniões de uma geração mais velha, e Miles Calverleigh não era um deles. Nenhum desejo de reformar o mundo o inspirava, nem o menor desejo de fazer os outros pensar como ele. Aceitava, com uma tolerância vasta e talvez indolente, a regras estabelecidas por uma sociedade civilizada e, quando as transgredia, também aceitava, e com um bom humor inabalável, a vingança da sociedade. Nem o zelo de um reformador nem o rancor de alguém punido severamente pelos pecados da juventude inflamaram uma centelha sequer de ressentimento em seu peito. Ele não desafiava a convenção: quando não interferia na linha de conduta, fosse qual fosse, que pretendia perseguir, conformava-se a ela; e, ao fazê-lo, ignorava-a, concedendo, afavelmente, a seus críticos o direito de censurá-lo, se assim se sentissem inclinados a fazer, sem dar importância nem a seus elogios nem às suas reprimendas.

Tal personalidade teria sido estranha a um Wendover. Abby sabia disso e tentou se convencer de que estava sofrendo da mesma insensatez adolescente que havia atacado sua sobrinha, e da qual logo se recobraria. Mas em vão: não era uma adolescente, mas se lembrava das aflições de seu primeiro caso de amor frustrado e sabia que o seu estado atual era completamente diferente das alegrias e agonias experimentadas dez anos antes. Como Fanny, apaixonara-se por uma bonita aparência e dotara seu possuidor de todas as virtudes concebíveis. Relembrando de maneira divertida esse episódio, pensou na boa sorte de seu pretendente indesejado por seu pai tê-lo despachado antes que tivesse tempo de despencar do pedestal que ela erigira para ele. Mas não tinha construído nenhum pedestal para Miles Calverleigh; a simples ideia de colocá-lo sobre um incitou irresistivelmente seu senso de humor e a obrigou a explicar a Selina que sua risada repentina tinha sido provocada pela lembrança de uma antiga piada, tola demais para ser repetida. A descoberta de que seu primeiro pretendente era um ídolo de barro teria acabado com sua paixonite; tinha percebido desde o começo que Miles Calverleigh não era nenhum paladino, mas seus pecados tinham pouca importância para ela, tanto quanto seu rosto encovado e de feições grosseiras. Caso se casasse com ele, seria de olhos abertos aos defeitos dele e ciente de que, ao consultar somente seu próprio desejo ardente, submeteria todos os membros de sua família a graus diversos de impacto, consternação e, até mesmo, até onde dizia respeito a Selina e Mary, uma séria aflição.

Era um problema de difícil solução, e nenhum dos argumentos que passavam incessantemente por sua cabeça chegavam perto de uma decisão, embora a apoquentassem o dia todo e a deixassem sem pregar os olhos durante a noite.

Mas, ao vê-la se movimentar por entre os convidados naquela quinta-feira à noite, ninguém suspeitaria que alguma coisa acontecera que houvesse afetado sua serenidade; e nem mesmo o olho mais afiado detectaria em sua face qualquer sinal de que estava sofrendo as dores do amor. Estava de tal modo sob controle que foi até mesmo capaz de, quando Lady Weaverham perguntou-lhe maliciosamente quando esperava rever o Sr. Miles Calverleigh em Bath, responder, sorrindo:

— Não sei, senhora. Sentimos sua falta, não sentimos? Minha irmã o acha muito liberal e descontraído, mas eu o acho bem divertido. Nunca sabemos o que ele vai dizer em seguida!

— O que para mim — disse Lady Weaverham à Sra. Ancrum — não é como uma jovem falaria de um cavalheiro por quem estivesse apaixonada! Nenhum rubor nem retraimento! Bem, não achava que teria havido algo entre eles, mas acho que não teria dado certo, portanto foi bom não acontecer.

Embora ninguém percebesse que havia algo errado com Abby, várias pessoas notaram que Fanny não estava com sua melhor aparência. Estava um pouco corada e decididamente triste, mas quando a Sra. Grayshott perguntou-lhe delicadamente se estava se sentindo bem, ela lhe garantiu que sim, só com uma ligeira dor de cabeça.

— Não diga nada a Abby sobre isso, senhora! — pediu ela. — Estragaria a festa para ela e juro que é apenas uma dor de cabeça *muito* leve! — Antes de se afastar para cumprimentar um recém-chegado, acrescentou: — Sabe como é quando se organiza uma festa! Por mais cuidado que tenhamos ao planejá-la, sempre há muito o que fazer na última hora, e é impossível não estarmos cansados quando começa!

Era verdade que tinha ficado ocupada durante quase o dia todo, mas nem a fadiga nem a leve dor de cabeça teriam, em circunstâncias normais, prejudicado sua alegria durante a festa. Mas também ela estava enfrentando um problema difícil; e embora tivesse decidido que se a escolha fosse entre fugir com Stacy para a Escócia ou perdê-lo para sempre, escolheria a Escócia, a decisão não havia posto fim às dúvidas de seu coração, e certamente não elevara seu ânimo. Quando Selina falou alegremente dos planos para o inverno e discutiu os vários vestidos para o *début* da sobrinha na primavera, sentiu um desejo absurdo de chorar; mas quando tentou imaginar como seria dizer adeus a Stacy, seu impulso foi correr para ele no mesmo instante, só para lhe assegurar que pretendia manter a promessa. O problema é que, desde o encontro clandestino na abadia, não tivera oportunidade de estar com ele a não ser para trocar algumas palavras e assim mesmo em público. Não era de admirar que estivesse se sentindo deprimida. Quando estivesse com ele e não vivesse mais em pânico de serem separados, tudo ficaria bem. Era somente o rompimento do vínculo que a ligava a Sydney Place que a fazia se sentir infeliz, e era natural ficar triste por ser obrigada a se afastar de sua casa. Afinal tinha-se sentido infeliz durante dias antes de partir, certa vez, para passar um mês com tio James e tia Cornelia. Sentira muita saudade de casa, mas havia se recuperado em uma semana. E se tinha conseguido isso ficando com o tio, que era tão rígido e chato, e sua tia, tão detestável, se recuperaria muito mais rapidamente quando estivesse nos braços de um marido que ela adorava!

Seu coração disparou quando o viu se curvar para beijar a mão de Selina. Como era bonito! Como era elegante! Como suas maneiras eram refinadas e como fazia a mesura de maneira graciosa! Fazia todos os outros homens na sala parecerem desmazelados e desajeitados. Ele era o máximo, o mais na moda, e de todas as beldades elegantes que certamente tentaram atraí-lo, ele a tinha escolhido — a pequena Fanny Wendover, que ainda nem debutara na sociedade! Sentiu orgulho dele e se admirou de ter hesitado por um momento em partir com ele.

Mas quando ele veio para o seu lado e tentou afastá-la do grupo, ela não cedeu, dizendo em voz baixa e ansiosa:

— Não, não, aqui não! Agora não!

— Mas, querida...! — falou ele, sedutoramente.

Ela ficou terrivelmente nervosa, imaginando que pelo menos uma dúzia de pares de olhos estavam nela. Sentiu uma pontada de dor na cabeça e, de repente, foi atravessada por uma onda de irritação, e sussurrou, furiosa:

— *Não!*

Ele pareceu surpreendido.

— Mas, Fanny, preciso falar com você!

— Agora não! — repetiu ela. — Não posso... Toda esta gente...! Oh, por favor não me provoque! Estou com dor de cabeça!

O sorriso desapareceu dos lábios dele.

— Entendo — disse ele. — Falta coragem ou seu amor não é tão forte quanto pensei.

— Não, não, *juro* que não é isso! Só que não podemos falar aqui! Certamente percebe o perigo, não?

— Então onde?

— Oh, sei lá! — Viu o cenho dele se franzir e acrescentou rapidamente: — Amanhã... nos Gardens! Às... às 14 horas! Tia Selina vai estar repousando na cama e Abby sempre visita a Sra. Nibley às sextas-feiras. Vou encontrá-lo sem o conhecimento da Grimston. Agora chega. Abby está olhando para cá.

Afastou-se enquanto falava. As pontadas em sua cabeça se intensificavam, fazendo-a se sentir nauseada, e quase a cegaram. Alguns passos vacilantes a fizeram colidir com alguém. Ela gaguejou:

— Oh, perdão! Não o vi!

Sua mão foi pega e segurada com firmeza. A voz de Oliver Grayshott ressoou acima dela:

— Fanny, o que é? Está doente!

— Ah, é você! — Ela apertou, grata, a mão de Oliver. — Não estou doente! É só uma terrível dor de cabeça! Logo estarei melhor.

— Sim, mas não no meio de toda esta gente — disse ele. — Tem de se deitar agora mesmo!

— Ah, não, como poderia? Eu interromperia a festa e armaria uma confusão horrível!

— Não — replicou ele calmamente. — Ninguém vai notar se sair discretamente. Acho que está com *enxaqueca*, sei porque sofro disso e só há uma coisa a fazer para aliviá-la: é se deitar. Posso chamar Lavinia para ir com você?

— Não, por favor! Não é tão grave! A aia vai saber o que fazer. Não diga nada que assuste minhas tias!

— É claro que não.

— Obrigada — disse ela com um suspiro. — Fico muito grata!

Ele observou-a sair da sala sem ser interceptada e foi para onde sua mãe estava sentada, conversando com Canon Pinfold. Logo encontrou uma oportunidade para lhe contar que Fanny tinha-se retirado com dor de cabeça e que não queria que suas tias se alarmassem. Ela replicou calmamente que transmitiria a notícia a Abby, que não ficaria nem alarmada nem surpresa.

— Ela me disse, quando comentei que achava que Fanny não estava bem, que tinha certeza de que estava com dor de cabeça, só que a pobre criança não admitiria.

De fato, Abby tinha observado a partida de Fanny.

— Sim, eu a vi sair — confirmou ela. — E fiquei extremamente agradecida a Oliver por convencê-la a fazer isso. Que rapaz gentil! Vou dar uma espiada nela quando for me deitar, mas não preciso me preocupar se Grimston está cuidando dela! Amanhã ela terá se recuperado.

Estava enganada. Quando tomava sua xícara de chocolate quente na manhã seguinte, a Sra. Grimston veio lhe pedir, agourentamente, que fosse dar uma olhada em Fanny assim que achasse conveniente.

— É mais grave do que eu esperava, senhorita — disse a Sra. Grimston, com a satisfação peculiar da criada de confiança e devotada que detectara uma enfermidade incipiente em uma de suas crianças. — "Sim", eu disse a mim mesma quando ela subiu na noite passada, "há algo mais do que uma simples dor de cabeça. Se é que sei algo sobre isso." Falei: "O que pegou, pobre criança, foi um resfriado!" É o que ela tem, Srta. Abby. — Pegou a xícara da mão de Abby e acrescentou: — E se eu fosse a senhorita, mandaria buscar o médico, pois ela está com febre alta, e talvez esteja com rubéola, pois sarampo não pode ser!

— Não, é claro que não! — Abby afastou as cobertas. — Não creio que seja mais do que uma gripe, como disse!

— Se não for febre escarlatina — disse a Sra. Grimston, sem otimismo. Passou o robe para Abby. — Eu não estaria cumprindo meu dever, Srta. Abby, se não lhe dissesse que ela passou mais de uma hora se queixando de dor na garganta!

— É provável — replicou Abby. — Também senti quando fiquei de cama por uma semana com gripe, no ano passado!

Frustrado seu desejo de aliviar a ansiedade com seu conhecimento superior e bom senso, a Sra. Grimston acrescentou:

— Sim, Srta. Abby, e se *for* gripe, vamos torcer para a Srta. Wendover não tê-la pego!

— Ah, Grimston... sua *danada*! — exclamou Abby, pesarosa. — Se ela tiver pego, ficaremos em apuros! Bem, confio em você!

Apaziguada com essa prova de confiança, a Sra. Grimston abrandou e disse a Abby, a caminho do quarto da doente:

— E assim espero! Dizem que há uma epidemia de gripe por aí, portanto não creio que a Srta. Fanny tenha contraído algo pior. Mas sabe como ela é, Srta. Abby, e se quer o meu conselho, mande buscar o médico!

Abby realmente sabia como era Srta. Fanny, e consentiu que mandassem buscar o médico imediatamente. Embora quase nunca adoecesse, Fanny não era uma boa paciente. Se alguma doença sazonal ou alguma epidemia a atacasse, fazia isso com uma violência sem precedentes. Nenhuma de suas colegas na escola havia tido o sarampo com tantas máculas quanto ela; nenhuma sofrera uma coqueluche tão aflitiva ou havia sido mais atormentada pela caxumba. Portanto, não foi surpresa para Abby, ao entrar em um quarto perfumado pelos incensos acesos, encontrá-la com febre alta e se queixando em um lamento infeliz que estava quente, desconfortável, com dor em todos os membros, mal conseguindo erguer as pálpebras.

— Pobre Fanny! — disse Abby baixinho, erguendo o lenço dobrado sobre sua testa para torná-lo a molhar no vinagre. —

Pronto! Está melhor? Não chore, minha boneca! O Dr. Rowton está vindo e logo vai lhe fazer melhorar.

— Não quero que venha! Não estou doente! Não estou, não estou! Quero me levantar! *Preciso* me levantar!

— É claro, e vai se levantar assim que estiver melhor — disse Abby calmamente.

— Eu me sinto bem! É só minha cabeça que dói e não consigo manter os olhos abertos, e tudo o mais dói em mim! — lamentou-se a doente. — Ah, Abby, *por favor,* me faça ficar boa *logo*!

— Sim, querida, é claro que sim.

Essa afirmação pareceu acalmar Fanny. Ela ficou quieta por um tempo, sonolenta; mas em alguns minutos, voltou a ficar irrequieta, insistindo que estava melhor, tentando se levantar, e caindo em pranto quando Abby delicadamente a fez se deitar de novo nos travesseiros.

Tendo experiência bastante de seu temperamento volátil e sabendo que sempre que ficava condenada a se acamar era preciso persuadi-la de que seus males não seriam instantaneamente aliviados ao se levantar e sair para dar uma volta, Abby não deu um valor particular à sua agitação. Deixando a Sra. Grimston com ela, retirou-se para se vestir e — depois de fortalecida com o café da manhã — levar a notícia a Selina.

Descobriu que Fardle, criada de sua irmã, havia se antecipado, fazendo-lhe um relato tão pessimista do estado de Fanny que o apetite de Selina foi arruinado. Quando Abby entrou em seu quarto, ela estava sentada na cama, comendo pedaços de torrada molhados em seu chá aguado; uma dieta melancólica a que recorria em momentos de tensão. Recebeu a irmã com um gemido e a pergunta de se já havia mandado chamar o médico.

— Sim, querida, há uma hora! Creio que chegará a qualquer momento — replicou Abby, animada. — Não que eu ache que haja muito a fazer por ela, mas espero que, pelo menos, alivie o malestar. Grimston deu-lhe o remédio para febre às 7 horas, mas não adiantou, de modo que mandei que não o repetisse.

— Não, não, não deixe Grimston dar uma de curandeira! Ah, Abby, se ela estiver com varíola! — Selina olhou temerosa para a irmã.

— *Varíola*? — repetiu Abby, espantada. — Deus do céu, não! Como pode dizer um absurdo desse, Selina? Ora, certamente não se esqueceu de que o Dr. Rowton convenceu a nós todas a tomarmos a vacina no ano passado, esqueceu? Além do mais, onde a teria contraído? Não há casos em Bath, que eu saiba!

— Não, querida, provavelmente não, mas *nunca se sabe*, e Fardle me contou...

— Fardle! Eu já devia ter adivinhado! Tenho certeza de que ela tem uma irmã, uma tia ou uma prima que quase morreu de varíola, e que seus sintomas eram idênticos aos de Fanny, pois ainda não tivemos uma doença nesta casa que um dos parentes de Fardle não tenha tido também, só que *muito mais* grave! Por favor, não se afobe tanto, querida! Ficarei surpresa se o Dr. Rowton concluir que Fanny contraiu algo mais grave do que um resfriado.

— Ah, meu amor, por que não mandou chamar o Dr. Dent? Não tenho boa opinião acerca de Rowton, embora seja um homem excelente, é claro, mas *não* é inteligente! Sabe muito bem que o Dr. Dent compreendeu meu caso quando *eu* tive gripe!

— Sim, querida, mas achei que gostaria que eu chamasse Rowton porque está familiarizado com a constituição dela — respondeu Abby, com tato. — Pretende ir à cidade hoje de manhã? Você me faria o favor de comprar um frasco de água-de-colônia?

— Fardle vai comprá-lo — replicou Selina, com a voz enfraquecida. — Vou ficar tranquilamente na cama, pois já senti um espasmo e não permita Deus que eu adoeça neste momento! Foi um choque horrível ser acordada com essas notícias! Sim, e deve me trazer um pouco de cânfora, pois acho que acabou, e sabe como sou suscetível a resfriados e gripes!

Abby concordou, mas arriscou sugerir que nem mesmo a pessoa mais suscetível contrairia gripe duas vezes no espaço de um mês.

— Não, querida — Selina lhe dirigiu um olhar de reprovação paciente. — Eu diria que uma pessoa comum talvez não, mas infelizmente nunca gozei de boa saúde, e, quanto a não contrair gripe duas vezes ao mês, tive *três* resfriados epidêmicos no inverno passado, um atrás do outro! E me lembro de que você disse exatamente isso quando chegou da reunião de carteado na casa de Lady Trevisian espirrando e fungando e pedi que não chegasse *perto* de mim, mas que fosse para a cama imediatamente! Você respondeu que eu não podia pegar a gripe de você porque não tinha me levantado da cama por uma semana! Mas peguei!

Abby pediu desculpas, beijou-a na bochecha e deixou-a desfrutando seu triunfo.

No quarto da doente, encontrou Fanny irrequieta, se agitando na cama sem parar, expressando sua determinação de se levantar e logo em seguida, se queixando de dores por todo o corpo. A pulsação estava acelerada e a pele muito quente e seca, e era óbvio que a febre estava subindo.

A Sra. Grimston, retirando Abby do quarto, disse que se perguntassem, se sentiria impelida a responder que eram acessos regulares.

— Um ataque tão desagradável quanto qualquer um que já cuidei nela! — explicou a Sra. Grimston. — Tenho certeza de que não é de admirar, a maneira como frequentou festas e mais festas, quando não passa de um bebê! Exaustão, é isso o que ela tem, Srta. Abby. E tantas extravagâncias e caprichos, que chegam a nos fazer perder a paciência! Primeiro, grita dizendo que precisa se levantar, e nem bem lhe dou as costas, ela se levanta realmente!

Mas é claro que fica tão tonta que chega quase a agradecer quando é colocada de volta na cama. Depois, começa a chorar, mas logo interrompo seu choro, pois não queremos que ela tenha um de seus acessos de depressão, já que, como lhe disse, *isso* não fará com que se sinta melhor! Em seguida, quer falar a todo custo com Betty, a respeito de um babado em sua musselina azul. "Vai ter tempo bastante para isso, Srta. Fanny", eu digo, "e não é preciso chamar Betty e expô-la a pegar a gripe, pois eu mesma falarei com ela sobre isso."

A chegada do Dr. Rowton encerrou esse monólogo. Era um homem sensível, com um brilho latente no olhar, mas não foi difícil entender por que Selina não o tinha em alta consideração. Suas maneiras eram animadas, realistas, e tinha a reputação de dizer às mulheres que suas doenças misteriosas eram geradas pela falta de ocupação ou por pensarem excessivamente em si mesmas. Disse ao apertar as mãos de Abby:

— Como está a Srta. Wendover? Soube que agora meu velho amigo, o Dr. Dent, a está atendendo. Achei que não demoraria até ela ignorar o pobre Ockley. Não faz seu estilo de jeito nenhum!

Não achou grave o caso de Fanny, mas quando saiu, disse a Abby que a sobrinha provavelmente ficaria de cama por algum tempo.

— Oh, sim, é gripe — disse ele. — Há uma epidemia, sabe, e extraordinariamente virulenta. É uma pena Fanny tê-la contraído. Mas se fosse a senhorita, Srta. Abby, eu poderia dizer que estaria recuperada em uma semana, mas nós dois conhecemos bem Fanny, não conhecemos? É sempre o mesmo com meninas como ela! Vai ter de mantê-la sossegada, o máximo que puder! Eu costumava chamá-la de Srta. Imprevisível, quando era pequena, e ela não mudou muito. Mandarei um assistente trazer uma medicação e amanhã veremos como estará.

Ele era o favorito de Fanny entre os amigos mais velhos, e Abby esperou que sua visita lhe fizesse bem. Conseguiu realmente provocar um sorriso pálido ao entrar e se dirigir à sua cabeceira dizendo:

— Então, Srta. Imprevisível, o que houve?

Mas a voz com que respondeu "Oh, querido Dr. 'Wowton', faça com que eu fique boa logo!" foi muito lacrimosa. E quando ele respondeu, de sua maneira direta, que ela certamente não seria capaz de se levantar naquele dia, ou por vários dias, ela se pôs a chorar.

Quando Abby retornou ao quarto da doente, entretanto, ela parecia ter-se resignado com seu destino e estar inclinada a dormir.

Realmente cochilou irrequieta algumas vezes, mas seus sonhos eram assombrados por Stacy, ou a esperando por horas seguidas nos Sydney Gardens ou acusando-a de ser falsa com ele; e mais de uma vez despertou com lágrimas no rosto, com palavras desconexas sendo emitidas pelos lábios febris.

Não recordava bem o que havia acontecido na festa na noite anterior, mas se lembrava de ter prometido se encontrar com Stacy e que ele ficara irritado por ela não querer falar com ele. Dissera que via que ela não o amava e agora, teria certeza disso. Tinha dado tratos à bola para descobrir uma maneira de lhe enviar uma mensagem, mas Abby e a Sra. Grimston estavam unidas contra ela; não deixariam nem mesmo que visse Betty Conner, que teria feito isso por ela. Talvez ele pensasse que ela se afastara de propósito, para mostrar que não queria fugir com ele. Talvez ele partisse de Bath, como ameaçara fazer, e nunca mais o visse, nunca mais teria a chance de lhe dizer que não tinha sido culpa sua, ou que o amava realmente, e que não tinha medo de fugirem juntos para a Escócia.

Essas reflexões agitadas não ajudaram em nada para melhorar o estado de Fanny. E à medida que a febre aumentava, tornavam-se mais sombrias, até incluírem visões de estar no leito de morte e do remorso de Stacy por tê-la julgado mal. Mas ao cair da tarde, o remédio paregórico do Dr. Rowton começou a surtir efeito e ela foi ficando mais calma, emergindo do estado de quase delírio que fez Abby quase fazer um segundo e mais urgente apelo ao médico. Sentia-se tão mal e tão exausta que não tinha mais vontade de se levantar, ou mesmo de se esforçar a achar uma maneira de enviar uma mensagem a Stacy. Agora devia ser tarde demais, pensou, apática. Sua vida estava arruinada, mas isso não parecia ter tanta importância quanto seu corpo doído e as pontadas nas têmporas, e a sede terrível. Quando Abby a ergueu, apoiou a cabeça, com gratidão, no ombro da tia, murmurando seu nome.

— Sim, querida, estou aqui — disse Abby, com ternura. — A Sra. Grimston vai arrumar seus travesseiros enquanto você toma uma limonada. Pronto, está melhor?

— Oh, sim! — respondeu ela com um suspiro, sua sede saciada por enquanto. Abriu os olhos e deu com um grande jarro de flores. — Oh! — exclamou ela.

— Está vendo suas belas flores? — perguntou Abby, deitando-a delicadamente mais uma vez. — Oliver e Lavinia as trouxeram, quando vieram perguntar como estava. Deixaram um beijo para você e ficaram tristes ao saberem que estava tão abatida. Agora, volte a dormir, querida. Não vou sair do seu lado.

A centelha de esperança que se inflamara no peito de Fanny se extinguiu, mas enquanto se deitava olhando sonhadoramente para as flores, ocorreu-lhe que se os Grayshott sabiam que estava doente, era provável que comentassem com outras pessoas e portanto a notícia talvez tivesse chegado aos ouvidos de Stacy, e ele saberia por que ela não cumprira sua palavra. Com um suspiro de alívio, virou a cabeça sobre o travesseiro, acomodando a bochecha nele, e adormeceu.

Capítulo 13

A NOTÍCIA NÃO DEMOROU A CHEGAR a Stacy Calverleigh, mas não aliviou suas apreensões, que se agravavam rapidamente. Não tinha suposto, ao ser obrigado a esperar por um longo tempo em Sydney Gardens, que Fanny o tivesse desapontado intencionalmente nem lhe ocorrido que pudesse estar doente. Sem ser dotado da percepção que distinguia o Sr. Oliver Grayshott, não havia reparado em sua face corada e olheiras, e tinha atribuído sua dor de cabeça, de que se tinha queixado, a um acesso aborrecido de afetação. A explicação mais provável lhe pareceu ser ela ter sido impedida de manter o compromisso pela vigilância da tia. Primeiro isso o exasperou; mas depois de refletir, chegara à conclusão de que a frustração de seu plano talvez acabasse se tornando tudo que era preciso para fazer uma garota voluntariosa, teimosa, como Fanny se jogar em seus braços em uma fúria de indignação. Seguro de que ela devia estar ansiosa para lhe contar por que faltara ao encontro, e igualmente ansiosa para escapar do que a prendia, ele se exibiu no balneário, na manhã seguinte; e como nem ela nem a Srta. Wendover apareceram, perdeu um tempo considerável dando uma olhada nas bibliotecas, caminhando pelas ruas elegantes, onde seria provável encontrá-la indo às compras, e flanando interminavelmente pela

Queen's Square. Não acontecia nenhum baile nem concerto nos Assembly Rooms às sextas-feiras, e como não recebeu nenhum convite para uma festa privada, somente no sábado ficou sabendo da indisposição de Fanny.

Isso provocou-lhe um desânimo. Significava atraso, mesmo que ela se recuperasse rapidamente, e atraso era justamente com o que não podia arcar. Não era da sua natureza antever desastres. Tinha uma crença genuína de jogador em sua sorte, e a experiência o tinha encorajado a pensar que quando a sorte lhe falhava, algum golpe inesperado da Providência o salvaria da situação difícil. Mas vários comunicados desagradáveis, que o mais ferrenho dos otimistas não podia deixar de reconhecer como precursores de intimações, chegaram às suas mãos; e uma carta inquietante de seu contador transmitia-lhe a informação de que a execução da hipoteca de suas propriedades era agora iminente. Talvez pela primeira vez na vida, sentiu pânico e, por alguns instantes de desvario, pensou em fugir para o continente. Enquanto durou o delírio, seu ânimo se elevou: a vida no exterior tinha seus atrativos. Um jogador inteligente, que sabia dançar conforme a música, podia fazer uma fortuna se montasse um estabelecimento de jogo em qualquer uma da meia dúzia de cidades que lhe ocorreram logo de pronto. Paris, não. Não, Paris não. Agora que Napoleão havia sido abandonado na ilha de Santa Helena, haveria ingleses demais se divertindo em Paris. Ele também tinha montado um estabelecimento desse tipo em Londres e não havia se dado nada bem. Mas havia outras cidades promissoras, distantes, onde as chances de ser reconhecido por um viajante inglês eram insignificantes.

Isso era importante. O Sr. Stacy Calverleigh, olhado de través pela sociedade em que nascera, até mesmo sofrendo, desde a sua tentativa desastrosa de segurar uma herdeira, a humilhação de mais de uma pessoa passar por ele e fingir não reconhecê-lo, aplicou-se em seduzir uma segunda herdeira para que fugisse em sua companhia, não tinha perdido totalmente o senso de suas obrigações que não recuasse do pensamento de se transformar abertamente no proprietário de uma casa de jogo. Tinha muitas vezes pensado que capital teria feito disso, se tivesse sido possível se unir à companhia dessa pequena nobreza; nunca considerara suas propriedades outra coisa que não um cofre no qual podia pôr a mão sempre que quisesse; mas os preceitos inculcados de sua educação permaneciam com ele. Havia certas coisas que um Calverleigh de Danescourt não deveria fazer nunca; e no topo da lista dessas proibições estava a única profissão na qual achava que teria se superado.

Mas se fosse possível iniciá-la sem o conhecimento daqueles que o condenariam com mais insolência? Quando sua fantasia brincou com as possibilidades de tal situação, seus olhos brilharam, e se pôs a imaginar um futuro cor-de-rosa, e muito mais do seu gosto do que qualquer outro que já tivesse se apresentado a ele.

Entretanto, somente por alguns instantes fugidios. Para iniciar essa carreira era necessário dinheiro, e não tinha dinheiro. Não havia outra solução para suas dificuldades a não ser um casamento rico. O casamento com Fanny não era a solução ideal, mas uma comunicação (já a havia rascunhado) enviada ao *Gazette* e ao *Morning Post*, de seu casamento com a filha única do falecido Rowland Wendover Esquire, de Amberfield, no condado de Bedfordshire, repeliria seus credores e tornaria no mínimo muito difícil para o Sr. James Wendover repudiar a união.

Uma visita a Sydney Place para sondar e mostrar interesse pela doente não fortaleceu sua esperança. Foi recebido pela Srta. Wendover mais velha; e apesar de recebê-lo bem, com uma gentileza culpada, seu relato da doença de sua sobrinha não foi animador. O Sr. Miles Calverleigh, com sua capacidade desinteressada, ainda que perspicaz, de resumir a maneira de ser das pessoas, teria dado à recepção seu verdadeiro valor; o Sr. Stacy Calverleigh, absorto em sua própria entidade, só reparava nas peculiaridades das pessoas com quem entrava em contato quando suas idiossincrasias o afetavam diretamente, e desse modo não considerou os exageros de uma mulher idosa cujo interesse supremo estava nas próprias doenças ou de alguém ligado a ela. Deixou Sydney Place com a impressão de que se Fanny não estava à beira da morte, estava tão gravemente doente que se passariam semanas até que se restabelecesse. A Srta. Wendover disse que muitas vezes temera que a constituição de Fanny se assemelhasse demais à dela, e acrescentou a essa declaração alguns exemplos que, se ele a estivesse escutando com a atenção que sua expressão solícita indicava, poderiam tê-lo levado a concluir que Fanny, apesar de sua aparência de vitalidade, era uma criatura frágil, sustentada por seus nervos que a traíam com excessiva frequência.

Ele não estava prestando atenção. A fragilidade da constituição de Fanny era uma questão de importância secundária. De importância primordial era a possibilidade de seu restabelecimento do atual distúrbio ser excessivamente vagaroso para que ela fosse capaz de, ou até mesmo estar disposta a, empreender a longa viagem até a fronteira com a Escócia.

Ele manteve o sorriso e seu ar cortês de preocupação, mas quando se despediu da Srta. Wendover, deixando aos seus cuidados o belo buquê que se arriscara a trazer para a enferma, estava tão perto do desespero quanto era possível para alguém com o seu temperamento. Caminhou lentamente de volta ao centro da cidade, tentando, em vão, pensar em outros meios de restabelecer sua fortuna que não o casamento. Uma série de boa sorte poderia salvá-lo da ruína imediata, mas uma série prolongada de uma maldita má sorte tinha-lhe tornado impossível continuar endividado. Apesar de seus vales continuarem a ser aceitos em determinados círculos, o eram com relutância; e tinham-lhe recusado a admissão — da maneira mais cordial — nos dois cassinos mais exclusivos que, durante vários anos, desfrutara de seu patrocínio. Pela primeira vez na vida, sabia que não podia fazer mais nada, e sem qualquer esperança de ser salvo.

Mas a Providência, no que há tanto tempo depositava sua confiança incauta, não havia se esquecido dele. A Providência, no disfarce da Sra. Clapham, estava nesse exato momento atravessando os portais de White Hart, precedida de seu emissário e sua acompanhante, seguidos de sua criada e seu lacaio.

Ele não se deu conta imediatamente de que a Providência havia intervindo a seu favor. Quando chegara a White Hart, a Sra. Clapham havia sido escoltada, reverentemente, aos aposentos indicados por seu emissário, e os únicos sinais de sua presença que se faziam notar eram a elegante carruagem que a conduzira a Bath, e que permanecia no pátio, e o extraordinário rebuliço entre os diversos criados do hotel.

Havia quem considerasse a situação do White Hart ruidosa demais para ser confortável, mas era prestigiado por tantas pessoas de posição e influência que a agitação provocada pela chegada da Sra. Clapham foi notável o bastante para despertar o interesse de Stacy. Perguntou ao garçom que levou uma garrafa de brandy ao seu quarto quem diabos era a Sra. Clapham, e por que estavam todos se alvoroçando para providenciar seu conforto. O garçom respondeu, com uma cortesia estrita, mas de maneira inibidora, que era a senhora que reservara os maiores e mais luxuosos apartamentos da casa. O engraxate do hotel deu mais informações, e Stacy ficou sabendo que a Sra. Clapham era uma viúva muito rica, e que gastava ostensivamente. Exigia tudo de melhor e estava disposta a pagar o que fosse para isso. Muito afável e agradável também, o que era mais do que podia dizer de sua acompanhante. Arrogante é o que *ela* era, dando ordens como se fosse uma duquesa, dizendo que isso e aquilo não condiziam com sua patroa, que seus próprios lençóis e travesseiros deveriam ser postos na cama, e que deveria ser-lhe servido seu próprio chá, e só Deus sabe o que mais!

A curiosidade de Stacy foi apenas ligeiramente atiçada por essa descrição. Somente quando esbarrou com a Sra. Clapham na manhã seguinte que a ideia de que a Providência mais uma vez talvez tivesse vindo em sua ajuda lhe passou pela cabeça. Uma viúva viajando com uma grande comitiva, trazendo sua própria roupa de cama, sugeriu-lhe uma matrona com turbante, a viúva de uma geração anterior. A Sra. Clapham podia ser uma viúva, mas não era nenhuma matrona. Era uma mulher jovem: passara da meninice, mas não um dia a mais dos 30, se é que já tinha isso. Era extraordinariamente bonita também, com uma boca atraente e olhos castanhos tão inocentes quanto enormes, até ela baixar as pálpebras pudicas sobre eles e olhar de soslaio por baixo dos cílios longos. Então se tornavam inequivocamente provocadores. Estava vestida com muita elegância, em um tom leve de lavanda, que parecia indicar que, apesar de ter tirado o luto, sua perda havia sido recente. Quando Stacy a viu pela primeira vez, ela estava descendo a escada, tentando abotoar uma de suas luvas, sem deixar cair o livro de orações que estava segurando. Quando Stacy olhou para ela, o livro escapou-lhe e quase caiu a seus pés.

— Oh...! — exclamou ela, aflita. Depois, quando ele o apanhou e alisou suas páginas amassadas, ela disse: — Ah, como foi gentil! Obrigada! Que idiota eu sou! É tudo culpa destas luvas complicadas, que vão ficar sem abotoar!

Sua acompanhante, que descia atrás dela, estalou a língua.

— Por favor, deixe-me ajudá-la, Sra. Clapham!

A Sra. Clapham estendeu o pulso impotente, repetindo com um sorriso pesaroso para Stacy.

— Que *idiota* eu sou! Ah, obrigada, querida Sra. Winkworth! Não sei o que faria sem a senhora!

Stacy, entregando-lhe seu missal, fez uma mesura elegante e disse:

— Uma ou duas páginas um pouco amassadas, senhora, mas nenhum dano irreparável, creio eu! Permita que me apresente. Stacy Calverleigh, a seu serviço!

Ela estendeu-lhe uma das mãos enluvadas.

— Oh, sim! E eu sou a Sra. Clapham. Esta é a Sra. Winkworth, que cuida tão bem de mim. Vamos à igreja, à abadia. É uma *sensação*! Nunca assisti a uma missa em uma abadia, não é um absurdo?

— É a sua primeira visita a Bath, senhora? — perguntou ele, dirigindo uma mesura modificada à sua acompanhante.

— Oh, sim! Nunca estive aqui antes, embora tenha ido a Tunbridge Wells. Mas vivi retirada nos últimos tempos, no campo, mas era tão melancólico que fui ficando completamente apática. Então o médico me aconselhou a vir a Bath, tomar o Banho Quente e beber as águas.

— São detestáveis!

— Sra. Clapham, o sino parou de tocar — interrompeu a Sra. Winkworth.

— Sim, parou! Temos de nos apressar!

Ela sorriu, fez uma mesura e se afastou às pressas. A Sra. Winkworth também fez uma reverência, bem discreta, mas não sorriu.

Com o ânimo muito melhor, Stacy retirou-se para o seu próprio quarto para refletir sobre as possibilidades desse novo e inesperado acontecimento. A Sra. Clapham era obviamente rica, mas a presença da Sra. Winkworth deixava claro que era mantida sob uma vigilância cuidadosa. A Sra. Winkworth era uma senhora de meia-idade que devia ter sido bonita quando jovem, pois suas feições eram agradáveis e seus olhos cinza eram belos, embora duros. Stacy achou, por sua fisionomia intimidadora e a maneira de certa forma autoritária como lidava com a Sra. Clapham, que havia sido contratada mais como uma *chaperon* do que simplesmente uma acompanhante, e isso mostrava que as relações da viúva eram zelosamente protegidas de cavalheiros em busca de esposas ricas. Nenhuma das duas mulheres, ele logo percebeu, eram muito refinadas. A Sra. Winkworth era claramente de origem *cockney*, isto é, da classe baixa de Londres. Seu sotaque refinado era sobreposto a esse inconfundível som nasalado provinciano. A Sra. Clapham ele teve certeza de ser uma provinciana cujo marido quase certamente teria feito sua fortuna no comércio.

Se é que havia uma fortuna, o que ainda não era certo. Não era desconhecido uma viúva bonita, desejosa de contrair um segundo casamento mais sofisticado, investir uma renda modesta como a Sra. Clapham podia estar fazendo: vestindo-se com apuro, visitando uma estação de águas elegante na esperança de atrair e fisgar um bom partido. Não que Bath continuasse a ser um resort da moda, mas provavelmente ela desconhecia que seus visitantes atuais raramente incluíam solteirões elegantes, sendo a maior parte de pessoas mais velhas, que ali iam passar o inverno por seu clima ameno, ou enfermos, para beber suas águas e tomar uma série de Banhos a Vapor. Por outro lado, ter uma acompanhante de viagem e um lacaio, sem falar em sua insistência no uso de sua própria roupa de cama, pareciam excessivos; e a presença de uma acompanhante megera não acrescentava plausibilidade à suspeita de que fosse uma mulher ambiciosa atrás de uma oportunidade. Tampouco seu vestido, que era caro, mas sem ostentação. Lembrou que ela usava grandes gotas de pérolas nas orelhas e no pescoço, um colar também de pérolas que, que se fossem autênticas, deveria ter custado uma boa nota ao falecido Sr. Clapham. Mas nesses tempos, ninguém podia saber; as pérolas mais convincentes poderiam ter sido feitas de vidro e escamas de peixes. Ele tinha comprado um desses colares falsos certa vez, para uma rapariga que ele mantinha na época, e o brilho dessas contas falsas iludiria qualquer um, exceto um joalheiro.

Decidiu, considerando a Sra. Clapham com frieza, que se empenharia em ser aceito por ela como companhia, e não teve dúvidas de sua habilidade em consegui-lo: mulheres mais velhas — a Srta. Wendover era uma prova disso! — eram fáceis de ser engambeladas. Não seria difícil ter a Sra. Winkworth nas mãos, e se confirmasse que a Sra. Clapham era tão rica quanto aparentava ser, isso seria fundamental.

Outra possibilidade lhe ocorreu: frequentemente a riqueza herdada pela viúva era tão controlada que viviam, na verdade, como se fossem miseráveis. Não fazia muito quase caíra na armadilha. Prestes a pedir a mão de uma viúva rica, havia descoberto que a maior parte de sua generosa renda seria perdida se ela se casasse de novo. Realmente quase caíra naquela armadilha, e a partir de então tomava muito cuidado para não correr o mesmo risco.

Nessas conjeturas, Fanny não foi esquecida. Se fosse maior de idade, não teria pensado nem por um instante nas pretensões da Sra. Clapham de chamar a sua atenção, pois embora naturalmente (isto é, se lhe fosse possível consultar somente sua inclinação) não tivesse escolhido uma noiva tão dinâmica e obstinada quanto Fanny, ela era uma criaturinha adorável e casar-se com ela ajudaria muito na sua reabilitação aos olhos da sociedade. Os Wendover não figuravam entre os membros do *haut ton*, mas poderiam muito bem figurar, se assim quisessem. A família, apesar de não ser de uma linhagem tão antiga quanto os Calverleigh, era de uma distinção inquestionável, e estava estabelecida no condado de Bedfordshire havia muito tempo. Também era extremamente bem relacionada. Quando o Sr. James Wendover, que não era muito afeito à vida na cidade, foi compelido por sua esposa, igualmente bem relacionada, a alugar uma casa em Londres para o *début* da filha mais velha, não seria preciso nenhum esforço de sua parte para introduzir a Srta. Albinia nos círculos mais influentes. Todo mundo conhecia os Wendover, e um número surpreendente de pessoas distintas reconhecia algum tipo de relação com a família. Pessoas frívolas talvez zombassem dos preconceitos do Sr. James Wendover, mas o casamento com sua sobrinha, a herdeira de Amberfield, poderia restaurar a respeitabilidade do noivo.

Mas Fanny não era maior de idade; e apesar de Stacy conhecer o suficiente de seu tio para ter quase certeza absoluta de que se veria obrigado, por seu pavor ao escândalo, a perdoar seu casamento clandestino e colocá-la na posse, no mínimo, da renda derivada de suas propriedades — se não de imediato, certamente quando ela manifestasse os efeitos do matrimônio —, sabia que não havia tempo a perder em se livrar desses embaraços. Tinha esperado ter partido com Fanny no dia seguinte à desgraçada festa de suas tias, mas ela contraíra a gripe, e agora se passariam semanas até estar em condições de pensar em fugir para se casar clandestinamente. Nem ele poderia ter certeza de que poderia fazê-la manter a promessa, quando sua saúde se restabelecesse. Havia precisado de muita lábia para vencer a aversão da jovem ao casamento em Gretna Green, se é que conseguira vencê-la, do que tinha dúvidas. Tinha acreditado que conseguira, mas ela praticamente o repelira na festa. Era bastante provável que fosse precisar de muito mais do tempo precioso para reconquistá-la.

Mas se a Sra. Clapham estivesse realmente na posse de sua grande fortuna, se ficasse profundamente impressionada com as atenções de um homem bem-apessoado, de boa família, e elegante — e que, além do mais, possuía um lugar que era mencionado, e minuciosamente descrito, em qualquer Guia de Turismo de Berkshire —, Badbury, seu contador, não acharia impossível persuadir seus credores a lhe dar mais algumas semanas antes de instituir os procedimentos de confisco. Também não haveria o problema dos altos custos de uma fuga — e isso, quando os proprietários da casa há muito tempo estabelecida com quem a sua família tinha conta desde há não se sabe quanto tempo estavam indicando, de maneira lamentável mas é, implacável, que a menos que a dívida com eles fosse substancialmente reduzida, seriam obrigados a desonrar qualquer outra ordem de pagamento, seria uma vantagem. A Sra. Clapham não era menor e a notícia de seu compromisso com ela, junto com a revelação a Badbury de sua situação financeira, seria o bastante para engambelar seus credores.

Tinha pouca dúvida de que a conquista da Sra. Clapham não seria difícil. Percebera instantaneamente o convite em seu olhar, aquele arregalar de olhos que traía admiração, e que, de sua maneira inocente, ela confessara ao informar-lhe que estava extremamente enfadada com a conduta decorosa imposta por sua viuvez. Talvez fosse filha e viúva de comerciantes respeitáveis, mas a experiência tornava fácil, para o Sr. Stacy Calverleigh, detectar nela os sinais do Acessível.

Era possível que tivesse ido a Bath em busca de diversão, e que, quando lhe lançou aquele olhar tantalizador por baixo das pestanas trêmulas, não tivesse nada mais sério em sua mente do que um flerte; mas ele achava improvável. Ela devia ter os instintos de uma donzela comum, mas achava que vinha de pais da classe média e que estaria excessivamente imbuída das noções maçantes, pretensiosas entre os membros deprimentes e cada vez em maior número dessa classe para encorajar a corte de qualquer cavalheiro incapaz de, ou que não estivesse disposto a, lhe oferecer a segurança do casamento.

Ele teria preferido, é claro, casar-se com uma mulher de sua própria classe social, mas as exigências de sua posição tornavam impossível ser excessivamente rigoroso em sua escolha. De qualquer maneira, ela parecia ser uma criatura simples que poderia ser transformada em uma mulher de qualidade. Sua simplicidade a levara a Bath, o que era ao mesmo tempo uma sorte e um tanto melindroso. Revendo as várias pessoas que conhecera em Bath, não lhe ocorreu nenhum rival. Mas nas semanas passadas, os olhos dos residentes tinham observado com interesse sua corte a Fanny, e por menos que desse importância à censura de gente como a Sra. Ancrum ou Lady Weaverham, ficaria em maus lençóis se suas atenções chegassem aos ouvidos da Sra. Clapham. Se decidisse que valia a pena transferi-las a ela, seria obrigado a buscar uma saída de uma situação obviamente constrangedora. Bem, haveria tempo suficiente para saber qual a melhor maneira de lidar com o problema que tivesse de encarar esta sempre fora a sua norma e, de maneira geral, sempre dera bons resultados. Nesse meio-tempo, o mais importante e urgente era investigar mais precisamente a situação financeira da Sra. Clapham.

De sua janela, pôde ver quando ela retornou a White Hart; e, portanto, assim que a viúva começava a subir a escada, ele estava descendo. Ao vê-la, se deteve e, com um pedido de desculpas assustado, recuou para a metade do patamar.

— Oh, por favor, não... Ora, mas não é o senhor... o Sr. Calverleigh! — exclamou ela. — Não me diga que está hospedado aqui também!

Ele riu.

— Não devia? Receio ter de admitir que estou! Lamento que faça objeção a isso, mas eu já estava aqui antes, como sabe! O que fazer?

Ela emitiu um som jovial.

— Como se eu tivesse pretendido algo tão descortês! Está caçoando de mim, senhor! Não, na verdade, estou contente por estar hospedado aqui, pois não conheço mais ninguém em Bath. Estava ainda há pouco, há não mais de alguns minutos, dizendo à Sra. Winkworth como gostaria de conhecer alguém que pudesse me dizer como andar pela cidade ou aonde ir para comprar um guarda-chuva, que pelo o que vi é do que vou precisar!

— Mas como, veio a Bath sem um guarda-chuva? Ah, isso não fica bem! Certamente vou orientá-la à loja de guarda-chuvas mais próxima! Também vai querer assinar o livro de associados do Sr. King, creio eu.

— Devo fazer isso? Vai me achar uma perfeita simplória, mas não entendi direito. Quem... quem é o Sr. King?

— É o mestre de cerimônias do New Assembly Rooms, os Upper Rooms, como são chamados. Lá são oferecidos bailes, concertos, e carteados.

— Bailes! Oh, não, não acho que devo! *Ainda* não! Sabe, ainda não completou um ano que o Sr. Clapham faleceu, e apesar de eu ter tirado o luto, porque ele nunca gostou que eu usasse preto, não gostaria de demonstrar desrespeito.. Tenho certeza de que não seria conveniente eu ir a bailes. Mas assinarei o livro, se for apropriado, o que o Sr. Clapham gostaria que eu fizesse, pois *nunca* ele se comportou de maneira mesquinha, nem mesmo quando não lucraria nada ao dar seu dinheiro! Por isso me diga... oh, tem tanta coisa que quero saber! — Fez uma pausa, depois prosseguiu timidamente: — Pensei se... Gostaria de tomar um chá conosco, em nossa sala privada? Ficaríamos muito felizes... não ficaríamos, Sra. Winkworth? — Um pensamento pareceu lhe ocorrer e acrescentou: — A menos, é claro... não, não foi o que eu quis dizer! Quis dizer... quis dizer que talvez seja comprometido. Ou... se por acaso for um homem *casado*, ficaríamos honradas em receber a Sra. Calverleigh também!

— Não, não sou casado — replicou ele. — Seria um prazer tomar um chá com a senhora!

Com o rosto iluminado, ela disse:

— Ah, então, por favor, venha quando quiser! Hoje à noite?

Astuto demais para aceitar o primeiro convite, desculpou-se, mas depois de um pouco de hesitação, permitiu que o convencesse a aceitar para a noite seguinte. Achou ter percebido uma certa aprovação na expressão da Sra. Winkworth, e se despediu das duas mulheres, sentindo que essa nova aventura tivera um começo promissor.

O chá foi muito bem-sucedido. Encontrou-a sentada de um lado da lareira, vestida toda de cinza, sem outros ornamentos que não pérolas e um belo anel de diamante, que ele pensou ter valor sentimental, já que ela o olhava de vez em quando com uma afeição tristonha.

Não foi difícil fazê-la falar, pois era predisposta a conversar e se abrir. Sua língua era solta, mas ele foi capaz de selecionar diversas informações em sua conversa. Soube que ela passara a vida toda em Birmingham, até que o Sr. Clapham comprou uma casa algumas milhas distante da cidade, e a deu a ela, pois sabia que ela sempre desejara uma casa no campo. Bem, *casa*...! Era mais uma propriedade.

— Mas o Sr. Clapham era assim — ela explicou. — Era idoso, sabe, mas eu era excessivamente ligada a ele.

— E só podia ser — interferiu a Sra. Winkworth bruscamente. — Do jeito que a idolatrava!

— Oh, quer dizer que me mimava! — A Sra. Clapham fez um beicinho. Riu e olhou arrependida para Stacy. — Ela está sempre me dizendo isso, criatura indelicada! Mas receio que seja verdade. Sempre fui terrivelmente mimada, sabe, fui filha única do papai, e mamãe morreu quando eu era muito pequena. Depois, quando ele morreu, o Sr. Clapham foi *muito* bondoso, providenciando tudo, cuidando de todos os meus negócios, tentando me fazer entender coisas horríveis como *títulos de dívida pública*, só que nunca entendi, e acho que nunca vou entender, exceto que papai tinha uma grande quantidade deles. Negócios me dão dor de cabeça! Por isso, quando o Sr. Clapham me pediu em casamento, fiquei realmente agradecida. Ah, ele era tão bom comigo! Dizia que nada era bom demais para mim, e que não tendo ninguém de quem cuidar há tantos anos, pois sua irmã que cuidava da casa para ele morreu, e ele ficou sendo o único que restara, *gostava* de me dar coisas. Se eu gostasse de alguma coisa, ele a comprava, sem me dizer nada, e no dia seguinte, surpresa! Oh, gostaria de lhe mostrar meus rubis! São minhas joias favoritas, mas a Sra. Winkworth me obrigou a trancálos no cofre do banco antes de virmos para Bath, porque não é apropriado usar pedras coloridas até passar o período do luto, e ela acha que seriam roubados se eu os guardasse no hotel.

— Querida senhora, como fala! — disse a Sra. Winkworth, fazendo uma carranca.

Ela mostrou-se arrependida no mesmo instante.

— Nunca aprendi a conter a língua! É muito ruim! Papai dizia que eu falava como uma matraca, mas o Sr. Clapham gostava do meu blablablá tolo. Mas tem razão, não paro de falar! Não quero mais falar. Conte-nos sobre o senhor! Mora em Londres ou no campo?

— Oh, em Londres... embora tenha sido criado no campo.

— Achei que sim — comentou ela de maneira espontânea. — Pretendo morar lá, pois tenho certeza de que não vou suportar continuar nas Towers sem o Sr. Clapham. Ele me levou lá uma vez, e gostei demais. Ficamos em um hotel muito confortável. Não me lembro do nome, mas o Sr. Clapham sempre ficava lá quando era obrigado a ir a Londres, porque dizia que serviam a melhor comida de todos os hotéis!

— Então acho que foi o Clarendon.

Ela bateu palmas.

— Sim, era esse! Como foi inteligente em adivinhar! Só que eu não viveria em um hotel. Pretendo comprar uma casa.

— *Alugar* uma casa, senhora — corrigiu a Sra. Winkworth.

— Bem, talvez... se é isso que fazem em Londres — replicou a Sra. Clapham, em dúvida. Olhou para Stacy. — É assim? O senhor aluga a *sua* casa?

Ele sorriu e replicou, com franqueza:

— Não, tenho apenas um apartamento.

— Oh! — Ela pensou por um momento. — Acho que um apartamento dá menos trabalho para o senhor... sendo um cavalheiro.

— Muito menos trabalho! — concordou ele, com uma careta cômica.

— Sim, mas... mas uma casa nossa é mais agradável, acho. Mais como um lar!

— Não a minha casa! — disse ele com humor.

— Mas o senhor disse que só tinha um apartamento!

— Em Londres! Tenho uma casa em Berkshire. Minha família a possui há gerações. Acho que entende: muito histórica, muito inconveniente e precisa de um exército de empregados para mantê-la em ordem. Boa demais para mim! Eu a venderia, se pudesse.

— Não pode? Se não quer morar nela, por que não?

Ele agitou a mão com um horror cômico.

— Vender Danescourt? Cara senhora, que nenhum membro da minha família a ouça sugerir tal coisa! Juro que considerariam quase uma blasfêmia!

Achou que tinha dito o bastante (e com habilidade suficiente) para impressioná-la, e logo se despediu. A Sra. Winkworth quase lhe deu um sorriso de aprovação, o que demonstrou a ele que a confissão franca de suas dificuldades financeiras tinha exercido o efeito calculado sobre ela.

Capítulo 14

A RELAÇÃO, QUE SE INICIARA tão promissoramente, amadureceu depressa, mas as dificuldades previstas pelo Sr. Stacy Calverleigh logo começaram a aumentar. Entre as paredes do White Hart, era fácil fazer a corte; fora do hotel, tornou-se perigoso. Ele sabia que seria assim; e seus pressentimentos foram confirmados quando (a pedido dela) acompanhou a Sra. Clapham ao balneário, e instantaneamente atraiu a atenção nada bem-vinda. Havia sido impossível evitar a aparição pública. "Oh, Sr. Calverleigh!", tinha falado a viúva, com uma afetação de timidez. "*Por favor,* venha comigo! Não conheço ninguém e isso é tão constrangedor!"

Ele tinha sido obrigado a acompanhá-la e, até mesmo, a apresentá-la a damas de suas relações que ele não podia evitar; mas apesar de achar que tinha se saído muito bem ("Senhora, deixe-me apresentar a Sra... Sra. Clapham. É sua primeira vez em Bath e... está hospedada no White Hart!"), estava ciente de ter-se tornado objeto de todo tipo de conjetura curiosa. Deu-se conta, tarde demais, de como tinha sido bobo ao se dedicar tão exclusivamente à Srta. Fanny Wendover, e fez tudo o que pôde para minorar a suspeita ao responder a pergunta de uma matrona, famosa por suas maneiras abruptas, de "Quem é essa Sra. Clapham?", com seu ar atraente de franqueza pueril:

— Não faço a menor ideia, senhora, mas é *perfeitamente* respeitável, acho! Sim, sei o que está pensando, mas ela não merece ser desrespeitada! Sei que talvez se vista com certo exagero, mas... mas é extremamente amável!

A expressão galhofeira que acompanhou essas palavras dizia tudo, mas ele não teve certeza de ter sido compreendido. Deu graças a Deus pelos escrúpulos da Sra. Clapham proibirem-na de frequentar bailes, e desejou que isso incluísse concertos. Mas a Sra. Winkworth dissera que concertos eram irrepreensíveis, e ele foi obrigado a aceitar, com todos os sinais de prazer, o convite para acompanhar as duas mulheres a um evidentemente irresistível que prometia a apresentação, por quatro instrumentistas reputados, do Quarteto em Sol Menor, de Mozart. O Sr. Stacy Calverleigh não era musical e tampouco, a julgar por suas observações infelizes, a Sra. Clapham, mas quando entrou na sala de concerto de braço dado com a viúva, seus olhos suspeitos tiveram a impressão de que nenhum residente de Bath com que mantinha relação partilhava de sua indiferença em relação à música clássica. A sala estava lotada. Percebeu, quando acompanhava as duas mulheres passando pelos assentos até as cadeiras oferecidas a pessoas tão ricas quanto a Sra. Clapham, que toda a população distinta de Bath estava presente. Ali estavam a Sra. Grayshott com os filhos, e, ao relancear os olhos na sua direção, Stacy se defrontou com um olhar demorado e grave de Oliver. Isso o enfureceu internamente, pois percebeu nele desprezo e reprovação. Pensou que não ia demorar para o intolerável frangote encontrar uma maneira de se comunicar com Fanny; e se perguntou se havia motivo para recear que, quando se vissem, ela fizesse uma cena desagradável. Passou a maior parte da noite tentando descobrir uma maneira de afastar a Sra. Clapham de Bath. Somente quando saíram dos Rooms para uma chuva miúda, lhe ocorreu uma possível solução. Então, quando a Sra. Clapham, de maneira desesperançada, perguntou se estava *sempre* chovendo em Bath, ele expressou surpresa por ela não ter preferido ir para Leamington Priors, em vez de Bath. Sem dúvida ela devia saber que se tratava de um spa que desfrutava de um clima notoriamente agradável, e que oferecia aos visitantes, além das águas benéficas, todo tipo de amenidades, dos Pleasure Gardens as Assembly Rooms, tão elegantes quanto quaisquer outros na região. Não, a Sra. Clapham, estranhamente, nunca tinha estado lá, apesar de ficar tão perto de Birmingham. Acusou-o brejeiramente de querer se livrar dela.

— *Isso*, senhora, é um absurdo que não merece e não terá resposta! — replicou ele. — Para falar a verdade, tenho uma séria intenção de ir lá!

— Penso se... — disse a Sra. Clapham com recato. — Será que beber as águas de lá me faria bem?

Foi uma pergunta retórica, pois nunca tendo visitado o spa, ele não fazia a menor ideia de por que as Águas de Leamington eram consideradas benéficas, e não poderia responder à pergunta. Tampouco, quando procurou, no dia seguinte, um guia para turistas das principais estações de águas e de banhos de mar, ficou mais bem informado. O guia não era reticente no assunto: apresentou-lhe uma lista das doenças para as quais as águas eram consideradas eficazes, mas como consistiam de distúrbios confrangedores, tais como constipação intestinal obstinada, tumores escrofulosos, inchaços do joelho, e verminoses, o Sr. Calverleigh só pôde torcer para que a Sra. Clapham não investigasse a fundo a questão.

Ele disse à Sra. Winkworth que Bath era um viveiro de escândalos, alertando-a, com sua risada pronta, que bastava um homem solteiro oferecer o braço a uma mulher solteira ao percorrer uma única rua para desencadear comentários de que ele a estava cortejando. Isso, ele esperava, frustraria qualquer fofoqueiro que tentasse convencê-la de que ele era um namorador atrevido e leviano.

A Sra. Winkworth tinha se abrandado em relação a ele, e deixara de lhe dirigir olhares desconfiados. Até mesmo pediu desculpas por ter sido, como ela mesma disse, um pouco dura quando o havia conhecido.

— O senhor não se admiraria de minha atitude se soubesse quantos oportunistas e flagrantes caçadores de dotes tive de afastar, Sr. Calverleigh — explicou ela. — Às vezes desejo não ter concordado em viver com Nancy, quando Clapham morreu, mas a conheço desde que era pequena, e não tenho coragem de lhe dizer não. Aliás, como ninguém nunca teve, uma pena! Não que ela não seja uma coisinha doce, mas permite que qualquer tratante se aproxime, já que não tem nenhum senso prático. E quanto a levar jeito para gerir negócios... nem é preciso falar!

— Acredito que seus contadores e advogados providenciarão para que ela não desperdice a fortuna — comentou Stacy.

Mas a Sra. Winkworth bufou:

— Sim, acho que é o que fariam, se ela tivesse algum!

Parecia que o Sr. Clapham tinha morrido deixando tudo o que possuía para a sua amada esposa em um testamento redigido em um pedaço de papel qualquer. Uma aberração que a Sra. Winkworth atribuía em parte à sua morte súbita, e em parte à sua estupidez.

— E desafio qualquer um a me indicar um homem de negócios mais obstinado! — continuou ela. — Bem, mas, como dizem, ninguém é mais tolo do que um velho tolo.

Inevitavelmente, foi a Srta. Butterbank quem levou a Sydney Place a notícia da chegada da Sra. Clapham a Bath. Foi capaz de dizer à Srta. Wendover quantas vezes o Sr. Stacy Calverleigh havia sido visto na companhia da viúva, quantos baús de roupas ela trouxera, e foi, até mesmo, capaz de revelar, com um sussurro indignado, que ela jantara duas vezes com ele na *table-d'hôte*, e que *diziam* que ele tomava chá com ela, em sua sala particular, todas as noites.

— O que não consigo acreditar! — disse Selina a Abby. — Não que eu esteja dizendo que a pobre Srta. Butterbank não é uma mulher confiável, mas pode ter certeza de que foi mal informada.

Abby tinha pouco tempo livre para fazer visitas, mas encontrara, por acaso, a Sra. Grayshott no farmacêutico, alguns dias antes, e havia escutado dela um relato menos empolado do caso.

— Uma viúva rica! — exclamara ela. — Nada poderia ser melhor! Queria que ele pudesse fugir com ela amanhã!

Abby não tinha mencionado o assunto com Selina, mas agora o comentou:

— Acredito que seja verdade... que Calverleigh agora esteja fixando seu interesse nessa Sra. Clapham. Pelo menos, a Sra. Grayshott me falou nisso um ou dois dias atrás, mas ela não pode estar tão bem informada quanto a Srta. Butterbank, pois não mencionou o chá nem a *table-d'hôte*. Querida, por que está tão consternada? Não vai continuar querendo que ele se case com Fanny, é claro!

Não, Selina não queria isso, mas era tão terrível, tão aflitivo pensar que um rapaz de maneiras tão agradáveis acabasse se revelando um monstro de duplicidade! Nunca fora tão enganada em toda a vida!

— E quando penso na pobre Fanny... se *for* verdade, não que eu esteja completamente convencida, porque provavelmente isso não passa de calúnia, e imploro que não diga *uma palavra* disso a ela!

— É claro que não! Mas vai demorar para descobrir, pobrezinha! Talvez não lhe provoque um choque tão grande quanto receamos. Deve ter notado, Selina, que entre todos os buquês e cachos de uvas que foram enviados por seus admiradores, somente um buquê tinha o cartão do jovem Calverleigh, e ele só veio uma única vez ver como ela estava. Se você não reparou, estou convencida de que ela sim. Fanny não fala nada, mas é doloroso ver como procura ansiosamente o cartão de cada buquê que é levado ao seu quarto, e a sua expressão quando descobre que é *somente* de Oliver... ou Jack Weaverham... ou Peter Trevisian!

A Srta. Abigail Wendover parecia cansada, e com razão. A doença repentina de Fanny havia sido grave; a febre persistira por mais tempo do que, até mesmo, o Dr. Rowton, de maneira pessimista, havia previsto; e embora já pudesse se deitar no sofá da sala por algumas horas, diariamente, e até mesmo receber visitas de suas amigas mais íntimas, sua temperatura ainda tendia a aumentar ao cair da tarde, e era evidente que estava bastante enfraquecida. O grosso dos cuidados caíra nas costas de Abby, pois Fanny não conseguia suportar a assistência com gestos bruscos da Sra. Grimston. Queixava-se de que as mãos da criada eram rudes, que o chão tremia cada vez que ela pisava, que não conseguia chegar perto sem bater na cama, e que nunca parava de resmungar e reclamar. Essas queixas, se reais ou imaginárias, tornavam-na irritadiça, irrequieta e recalcitrante. Ela regredira à infância, gritando:

— Quero *Abby*! — E Abby, como sempre fizera, respondia instantaneamente.

Era razoavelmente dócil com sua tia, mas a atenção constante junto com um certo grau de apreensão estavam começando a deixar suas marcas. Selina, lastimando a fragilidade de sua própria constituição, que a impedia de dividir a tarefa de cuidar de Fanny, disse a Abby que ela estava parecendo realmente acabada e que implorava que se deitasse no sofá por pelo menos uma hora.

Apesar de parecer que Abby não tinha tempo de pensar em seus próprios problemas, eles sempre estavam ali, no fundo de sua mente, até ela se retirar para seu quarto, quando então vinham à tona e a mantinham acordada, virando-se na cama, quase tão inquieta quanto Fanny. Dizia a si mesma que havia sido muito bom Miles Calverleigh ter deixado Bath, mas a verdade melancólica era que sentia tanta falta dele que chegava a doer. Não recebera nenhuma notícia; ele estava ausente há mais tempo do que pensara que estaria; e o medo de que não pretendesse retornar a Bath era um peso esmagador em seu ânimo. Pegava-se contínuamente se perguntando onde ele estaria, o que estaria fazendo, e desejando poder saber se, pelo menos, nenhum acidente tinha-lhe ocorrido.

Não, nenhum. Ele estava em Londres, mas apesar de Abby ter cogitado sobre uma visita à sua tia, várias ao centro da cidade, e algumas conferências demoradas com seu advogado, era esperado que pelo menos uma de suas atividades lhe fosse desconhecida.

Lady Lenham recebeu-o com uma pergunta mordaz sobre quando ele pretendia se arrumar.

— Não sei. Devo? — replicou ele, beijando-a levemente no rosto.

— Não adianta esperar que o traga de volta à sociedade se não estiver disposto a se embelezar um pouco.

— Então, não vou esperar — disse ele, amavelmente. — Nunca fui um de seus dândis e é tarde demais para mudar meus hábitos, e se acha que eu ficaria bem em um casaco de cintura de vespa e com as pontas da gola atingindo a metade de minhas bochechas, está perdendo o controle de sua imaginação, Letty. Pode ter certeza!

— Tudo tem um motivo — retorquiu ela. — Por onde andou durante todas essas semanas? Não me diga que se meteu em alguma trapalhada de novo!

— Não, não, tenho me comportado com muito decoro! — garantiu-lhe ele. — Qualquer um teria, em Bath. Um lugar diabólico!

Ela o olhou espantada.

— Esteve em *Bath*?

— Exatamente. Levei o sobrinho de Leonard Balking, você sabe.

— Sim, me contou que ia fazer isso, mas o que diabos o manteve lá? — perguntou ela com desconfiança.

— Apenas finanças!

— Ah! Entendi, um namoro! Bem, e o que pretende fazer agora?

— Estabelecer-me. Você me disse que era isso o que eu devia fazer, lembra-se?

— O quê? Está querendo me pregar uma de suas peças? Quem é ela?

— Abigail Wendover — replicou ele calmamente.

A tia arfou alto.

— Está falando sério? Uma das *Wendover*? Miles, ela não aceitou sua proposta, aceitou?

— Não, mas vai aceitar.

— Bem, ou você alimenta fantasias ou ela é muito, mas muito diferente do resto da família!

— É claro que é! Não acha que eu me apaixonaria se não fosse, acha?

— Não, e não acho que a família dela aprovaria nem por um instante!

— Por Deus, Letty, e por que eu me interessaria pela aprovação deles?

Ela riu.

— Você não muda, Miles! Sempre foi um cínico e sempre será! Torço para que tenha êxito com a sua Abigail Ela é a irmã mais nova, não é? Nunca a vi, mas me dou com Mary Brede, e evito James Wendover e sua esposa odiosa há anos.

— Sim, é o que pretendo fazer — concordou ele.

Sua visita seguinte foi a um cavalheiro um tanto corpulento que residia na Mount Street e que o ficou olhando surpreso por um momento, sem acreditar no que via, até exclamar:

— *Calverleigh*! — E avançou para apertar sua mão. — Ora, ora, ora. Depois de todos esses anos! Mal o reconheci, seu velho maroto!

— Não, também precisei olhar duas vezes para você. Está gordo feito um barril, Naffy!

— Bem, pelo menos ninguém me tomaria por um mouro! — retorquiu o Sr. Nafferton.

Depois dessa troca de elogios, os dois homens de meia-idade se instalaram com uma garrafa entre eles, se permitindo reminiscências que se fossem ouvidas pela esposa do Sr. Nafferton, a teriam assustado e diminuído consideravelmente o crédito dele com seu herdeiro.

— Deus, que surpresa revê-lo! — disse o Sr. Nafferton, um pouco tristonho. — Aqueles sim foram dias inesquecíveis!

— Noites, principalmente — corrigiu o Sr. Calverleigh. — Quantas vezes *você* acabou sendo levado para um bar ou bordel por uma garota? *Eu* perdi a conta! A propósito, que fim levou a Grã-Fina?

— Dolly! E pensar que me esqueci de que ela lhe pertencia! — o Sr. Nafferton soltou um risinho. — Não vai reconhecê-la! Estabeleceu um bordel há mais de 12 anos! Anda pelo parque em uma caleche elegante, com uma ou duas de suas meninas bonitas, e parece uma duquesa! E também se comporta como uma! Na sua casa não entra menina sem classe: todas são prostitutas de alto nível! Ou assim me disseram — acrescentou rapidamente.

O Sr. Calverleigh sorriu largo, mas comentou simplesmente:

— Tornou-se cafetina, não? Sim, ela sempre foi perspicaz. Onde fica o bordel?

De posse dessa informação, sua visita seguinte foi à casa em Bloomsbury, onde apresentou seu cartão. A Srta. Abigail Wendover certamente não aprovaria essa excursão.

O Sr. Calverleigh foi introduzido em um salão, e ainda estava inspecionando a elegância dos móveis e aprovando-a quando a mulher a quem fora procurar entrou com seu cartão na mão, e exclamou:

— *É* você! Meu Deus! Não acredito!

O Sr. Calverleigh, com o riso nos olhos, deu dois passos largos na direção dela e a abraçou com prazer.

Ela devolveu o abraço, mas disse:

— Bem, chega! Devo informá-lo de que agora sou uma mulher respeitável!

O Sr. Calverleigh, repreensivelmente, riu com alegria.

— Bem, sabe o que quero dizer! — explicou ela, um pouco ressentida.

— Sim, é claro que sei. Quem lhe deu a grana, Dolly?

— Ah, ele era um grande tolo! Não o conheceu, pois foi muito depois do seu tempo. Nunca gostei muito dele, mas era cheio do dinheiro, e tenho de admitir que não regateava. O que quero dizer é que foi muito generoso comigo — emendou, de repente atacada de um acesso de recato alarmante.

O Sr. Calverleigh não se impressionou.

— Não, foi *isso* o que quis dizer? Deixe de pose! Lembra-se da noite em que um grupo nosso fez uma farra em Tothill Fields e você quebrou uma garrafa de Stark Naked na cabeça do sujeito que estava tentando arrancar meus olhos?

— Não, não me lembro! — respondeu ela, ríspida. — E se você não tivesse entrado numa briga com um boxeador e dois carroceiros, porque estava bêbado feito um gambá, eu não teria precisado me rebaixar! *Se* é que fiz alguma coisa desse tipo, do que absolutamente não me lembro!

— Deve ter sido outra pessoa — disse o Sr. Calverleigh, dócil. — Como era o nome daquele pedaço de mau caminho de cabelo cor de cânhamo que Tom Plumley carregou?

— *Aquela* gorda flácida! — exclamou ela, com escárnio. — Ora, aquela não tinha coragem nem para matar uma barata! Agora, abra o jogo, Miles! Não vou dizer que não estou contente em revê-lo. Bem, é como respirar o ar dos velhos tempos, mas aí está o problema! Vê-lo me faz perder a reserva e começar a falar bobagens, o que é uma coisa que não faço há anos! Além do quê você não veio aqui para falar de farras e festas! E se, Sr. Calverleigh — acrescentou ela com mais uma transição para o refinamento, mas com um certo brilho nos olhos perspicazes —, veio em busca de uma garota, aviso que não encontrará nenhuma garota barata *neste* estabelecimento, somente jovens distintas.

— Isto é ótimo, Dolly! — aprovou ele. — Levou muito tempo para aprender a falar assim?

— Basta! O que quer? — perguntou ela, ignorando o gracejo.

— Exatamente o que você disse, é claro. Uma jovem distinta!

Capítulo 15

Os Leavening tinham alugado apartamentos em Orange Grove. Talvez esta não fosse uma situação ideal, admitiu a Sra. Leavening, quando Selina ressaltou-lhe as várias desvantagens, mas era um lugar bonito, acessível, sem necessidade alguma de ter de chamar um carro toda vez que quisesse ir ao balneário, ou fazer algumas comprinhas. Quanto aos sinos da abadia, não tinha dúvidas de que logo se acostumariam e passariam a nem mesmo escutá-los.

— Bem, querida — disse ela a Selina, plácida —, quando você chegar à nossa idade, terá aprendido que não se encontra nada exatamente como se quer, portanto, se tiver um pouquinho de bom senso, aceitará o melhor que lhe oferecem. — Soltou um risinho e acrescentou: — O Sr. Calverleigh vai rir quando souber! Ele diria, só porque eu gosto de olhar pela janela o que se passa na rua, que eu nunca ficaria feliz a não ser no centro da cidade!

Abby, até esse momento, sentira nada além de um interesse cortês nos planos dos Leavening, mas essas palavras a afetaram intensamente.

— Se ele chegar a saber! Ele pretende retornar a Bath, senhora?

Ela falou com uma indiferença estudada, mas a Sra. Leavening não se deixou enganar. O brilho zombeteiro em seu olhar fez Abby corar, mas tudo o que respondeu foi:

— Bem, querida, como seu apartamento na York House continua sendo mantido para ele, supõe-se que sim!

Esse foi o único raio de sol por muitos dias que atravessou as nuvens que circundavam a Srta. Abigail Wendover. Estava passando por um tempo difícil, do qual Miles Calverleigh não era o único responsável, mas também suas queridas irmã e sobrinha.

A gripe deixara Fanny irritadiça e deprimida. Foi desnecessário o Dr. Rowton dizer que tal humor extraordinário era imputável à sua doença, e que já era esperado. Abby sabia disso, mas nem seu bom senso nem a segurança de seu médico tornaram-lhe mais fácil suportar pacientemente as exigências extremamente exaustivas feitas ao seu ânimo por uma convalescente que, quando não mergulhava na melancolia que afetava a todos à sua volta, impertinentemente via defeito em tudo, do chá muito forte levado ao seu quarto no café da manhã, aos livros maçantes que Abby escolhera com tanto cuidado na Meyer's Library; ou ficava olhando, cheia de ressentimento, por uma janela molhada pela chuva para o céu cor de chumbo.

— Se pelo menos parasse de chover! — dizia com um suspiro. — Se eu pudesse sair!

A coitadinha da Fanny, dizia Selina, estava contrariando seu ego alegre; declaração que inflamava uma centelha de diversão nos olhos cansados de Abby. O Dr. Rowton disse a Abby, em sua maneira direta, que quanto antes parasse de mimar Fanny melhor seria para ela própria, e para sua sobrinha também; mas o Dr. Rowton não sabia que havia outro motivo mais profundo do que a gripe para os caprichos de Fanny. Abby sabia, e mesmo quando sentia vontade de dar um tapa em sua aborrecida protegida, seu coração a impedia. Ela própria estava sofrendo da mesma doença, e se tivesse 17 anos, e não 28, sem dúvida teria se abandonado ao desespero, exatamente como Fanny estava fazendo.

Podia ser que a depressão de Fanny estivesse impondo uma forte tensão sobre os nervos de Abby, mas foi Selina que acabou com eles e a fez perder o autocontrole.

Selina havia visto a Sra. Clapham, e percebeu que era tudo verdade. Tinha-a visto no balneário, aonde uma pontada do reumatismo a levara (enfrentando corajosamente as condições climáticas em sua carruagem com a capota erguida) naquela manhã. No começo, não sabia quem era, afinal como poderia? Estava simplesmente pensando como o chapéu que ela estava usando era elegante (embora, depois, tenha percebido que tinha plumas demais e era de um tom desagradável de púrpura, além de ser inapropriado para uma viúva), quando a querida Laura Butterbank havia-lhe sussurrado que era a Sra. Clapham.

— O que foi um choque extremamente desagradável, como pode imaginar, e quase provocou um de meus espasmos aflitivos. Felizmente eu estava com o frasco de sais em minha bolsa, pois justo quando estava pensando que não tinha gostado nada da aparência dela (não que eu tenha visto seu rosto, pois estava de costas para mim, mas sempre dá para perceber), quem é que eu vejo se não o jovem Calverleigh, dirigindo-se a ela, com aquele seu sorriso falso na cara, encantado e cheio de cordialidade, como se não tivesse passado semanas cortejando Fanny! *E*, Abby, ele teve a impudência de me *ignorar*! Não adianta dizer que não me viu, porque estou certa de que viu, pois tomou muito cuidado em não olhar de novo na minha direção, além de sair quase que imediatamente com aquela criatura vulgar. Quando me lembro da maneira dócil como ele se introduziu nesta casa, penetrando aos poucos... pelo menos foi assim até você chegar e tratá-lo com desdém, e embora eu, na época, tenha achado um pouco grosseiro de sua parte, você estava com toda a razão, o que admito *francamente*... bem, querida, fiquei terrivelmente abalada, e tremia tanto que não sei como cheguei à carruagem, e se não fosse o Sr. Ancrum, que me ofereceu o braço, provavelmente nunca teria conseguido.

Ela estava obviamente muito abalada. Abby fez o que pôde para abrandar sua aflição, mas coisa pior estava por acontecer. Aquela Mulher (título sob o qual Abby não teve a menor dificuldade de reconhecer a odiosa Sra. Ruscombe) havia tido a desfaçatez de se aproximar, com aquele seu sorriso meloso falso, para se solidarizar com a decepção humilhante da coitadinha da Fanny. E no desespero do momento, não foi capaz de proferir uma resposta à altura. Nada lhe ocorreu!

Infelizmente, respostas em excesso lhe ocorreram durante os dias seguintes e sempre que estava sozinha com Abby, lembrava-se exatamente do que a Sra. Ruscombe dissera, acrescentando ao episódio as diversas coisas demolidoras que devia ter-lhe dito, e lembrando Abby das várias ocasiões em que a Sra. Ruscombe tinha-se comportado de maneira abominável. Não conseguia pensar em mais nada e quando, pela terceira vez na noite, perdida em pensamentos, rompia o silêncio dizendo, como se estivessem no meio de uma discussão, "E *mais* uma coisa...!", a paciência de Abby a abandonava, e ela exclamava:

— Pelo amor de Deus, Selina, não recomece! Como se já não fosse ruim o bastante ficar ouvindo Fanny dizer "Se pelo menos parasse de chover!" uma dúzia de vezes ao dia! Se não quer me deixar histérica, *pare* de falar sobre a Sra. Ruscombe! Sei de cor o que ela lhe disse, e quanto ao que você *poderia* ter-lhe dito, sabe muito bem que jamais diria coisas desse tipo!

Arrependeu-se imediatamente, é claro. Na verdade, horrorizou-se com sua perda de controle. Pedindo perdão a Selina, disse que provavelmente estava exausta demais.

— Sim, querida, sem dúvida tem de estar — replicava Selina. — É uma pena que não descanse, como tenho *insistido* para que faça.

Selina não estava ofendida, ó céus, não! Só um pouco magoada, mas não queria falar sobre isso. Tinha certeza de que Abby não tivera a intenção de magoá-la. Era só que lhe faltava um pouquinho de sensibilidade, mas não queria falar mais sobre aquele assunto tampouco.

Ela também não, mas o seu silêncio sobre esse ou qualquer outro tópico foi eloquente o bastante, e logo forneceu a Abby tudo o que era preciso para que a fizesse desejar apaixonadamente que Miles Calverleigh retornasse e a tirasse sem demora daquela casa doente.

Mas não foi Miles Calverleigh que fez uma visita inesperada a Sydney Place certa manhã, logo antes do meio-dia. Foi o Sr. James Wendover, carregando uma pequena valise e ostentando a expressão ressentida de alguém forçado, pelo comportamento irrefletido de seus parentes, a sofrer o desconforto de uma viagem noturna a Bath na diligência.

Foi Fanny, sentada desconsolada à janela da sala quem o viu primeiro. Quando a caleche estacionou, a esperança de que tivesse trazido Stacy Calverleigh finalmente para ela subiu por seu peito durante um momento extático, antes de cair como um prumo ao ver a figura magra, vestida sobriamente, do Sr. Wendover. Ela exclamou, sobressaltando Abby:

— É o meu tio! Não o deixem chegar *perto* de mim!

Com essas palavras dementes, correu para fora da sala, deixando Abby tendo de se desculpar da melhor maneira possível.

Prevenida, Abby não traiu nem perturbação nem espanto quando o Sr. Wendover entrou na sala, embora dissesse, ao se levantar da cadeira:

— Que surpresa, James! O que o traz a Bath?

Cumprimentando-a de maneira mecânica replicou, em tom acre:

— Suponho que saiba muito bem o que me trouxe, Abby! Tenho de acrescentar que foi muito inconveniente, *muito* inconveniente, mas como aparentemente vocês enlouqueceram, fui obrigado a fazer a viagem! Onde está Selina?

— Provavelmente bebendo as águas, no balneário — respondeu Abby calmamente. — Ela não vai se demorar, acho. Veio na diligência do correio? O que o atrasou tanto?

— Não atrasou. Cheguei a Bath pontualmente às dez e já cumpri *parte* da minha missão. Por que foi necessário eu fazer isso, deixo que sua consciência responda, Abby! Se é que — acrescentou, áspero — tem uma consciência, do que, às vezes, sou forçado a duvidar!

— Certamente parece como se eu não tivesse. No entanto, me consolo com a reflexão de que, pelo menos, não sou tão estúpida quanto o resto da minha família! — comentou Abby, vívida. — Acho que veio ver se pode pôr fim ao namoro infeliz de Fanny com o jovem Calverleigh. Se tivesse me avisado da sua intenção, teria se poupado da viagem. Perdeu seu tempo, meu caro James!

Seus olhos dardejaram e ele disse com uma risada seca, triunfante:

— Perdi? Perdi mesmo? Já estive com o jovem janota e lhe deixei muito claro que se ele tentasse convencer minha tola sobrinha a um casamento clandestino, estaria cometendo um erro, um erro *muito* grave! Informei-lhe que não hesitaria nem por um instante em tomar as providências para anular esse casamento e que em absolutamente nenhuma circunstância desembolsaria um centavo da fortuna de Fanny se ela contraísse uma união sem meu consentimento! Também lhe informei que teria de esperar oito anos para ter qualquer benefício dessa fortuna!

— Já disse que você perdeu seu tempo — observou Abby. — Eu também me assegurei de que o jovem fosse avisado a respeito dessas circunstâncias. Não acho que acreditou em mim, e estou certa de que não deu muita importância a todo esse seu escarcéu.

Não tenho boa opinião sobre a inteligência dele, mas acho que é suficientemente astuto para ter sondado como você era antes de se empenhar em conquistar Fanny. Deus meu, se ele tivesse conseguido fugir com Fanny, você teria feito qualquer coisa para abafar o escândalo, e ele, pode ter certeza, sabia muito bem disso!

Um rubor de raiva subiu à face do Sr. Wendover.

— Mesmo? Realmente! Está muito enganada, minha querida irmã! Sei que se acha zelosa com cada pretendente, mas, na minha *humilde* opinião, é tão idiota quanto Selina! Não tenho nenhuma dúvida de que ele não deu a menor atenção ao que você lhe disse. Só um crédulo tolo não teria percebido como você é! Quando, entretanto, ele foi confrontado por *mim*, o caso mudou de figura! Fico feliz em poder lhe informar que esse caso lamentável se encerrou!

— Sim, se encerrou quando Fanny adoeceu. Você, na verdade, não teve nada a ver com isso. Segundo o que se diz, Stacy Calverleigh, durante as duas últimas semanas, tem cortejado uma viúva rica, uma conquista muito mais atraente do que Fanny, posso lhe garantir! Ainda não tive a felicidade de conhecê-la, mas acho que ela está muito mais inclinada a sucumbir à atração dele.

A surpresa foi tanta que sua raiva esfriou instantaneamente.

— Não está falando sério! Isso é verdade? Não me diga! Nada melhor poderia ter acontecido! Você disse uma viúva? Bem, dizem que ele está na penúria... completamente destruído! E Danescourt está arruinada! Nunca fiquei tão chocado na vida! Fanny tem de ser congratulada!

— É verdade. Mas receio que não poderá fazer isso. Ela ainda não se restabeleceu. Na verdade, acho que seria mais prudente ela não descer hoje, no caso de ainda ser contagioso.

James, como ela bem sabia, partilhava o pavor de Selina de contrair qualquer enfermidade contagiosa, e portanto concordou prontamente que seria melhor Fanny permanecer no quarto.

Afirmou que não havia necessidade de vê-la naquele momento; uma observação não calculada para granjear a estima de sua irmã. Prosseguiu por vários minutos criticando o caráter de Stacy Calverleigh, mas de repente se calou e a expressão alegre em seu rosto se desfez. Pôs-se a andar pela sala, e tentou, duas vezes, dizer algo, mas aparentemente pensou melhor, e finalmente parou diante da cadeira de Abby e disse, solene:

— Abby! Tem uma coisa que devo lhe dizer!

Ela adivinhou o que estava por vir, mas simplesmente franziu a testa, curiosa.

— Uma coisa de mais importância do que o banal caso de Fanny, algo muito mais importante! Isso me chateou muito. Deixou-me irritável por dois dias. Deve saber que sempre fui sujeito a distúrbios do fígado, e nada provoca mais um de meus ataques do que levar um choque! Sofri um choque grave, irmã, quando tomei conhecimento de que não somente o jovem Calverleigh estava em Bath, mas também seu tio! Achei que isso era impossível!

— Por quê? — perguntou Abby.

Ele pareceu achar difícil responder, pois depois de olhar para ela por um momento, falou, de forma pouco convincente:

— Aqui! Em Bath! Achei que estivesse na Índia!

— Bem, estava, mas agora retornou à Inglaterra. Creio que é comum as pessoas fazerem isso.

— Comum! Para *algumas* pessoas! E aqui... de todos os malditos lugares, veio logo para cá! Posso ser obrigado realmente a me encontrar com esse sujeito...!

— Não deixe que isso o atormente! — disse ela, com uma voz falsamente gentil. — Não quero parecer insensível, mas se tiver um problema de fígado não poderá ficar confinado nesta casa. Espero, já que não há possibilidade de se encontrar com Miles Calverleigh, que *essa* provação, pelo menos, nos seja poupada. Acontece que ele *não* está em Bath.

— Não está? — perguntou ele, impaciente. — Então, onde está?

— Não faço a menor ideia de onde possa estar — replicou ela com indiferença.

Ele a olhou com os olhos estreitados, demonstrando desconfiança:

— Ele pretende retornar?

— Oh, espero que sim! — Abby sorriu de uma maneira que o avisou do perigo.

— Espera que sim! Então, é verdade, não é? Não somente o sujeito teve a desfaçatez de fazê-la objeto de seus *galanteios*, como você o encorajou! Você não *superou* essa instabilidade de caráter que meu pai temia que um dia a levasse a cometer uma imprudência grave. Você ainda tem o que Cornelia sempre achou ser amor pela singularidade. Você ainda...

— Sabe, James, acredito mesmo que você seria mais feliz se desse menos atenção aos relatos que a Sra. Ruscombe manda regularmente para Cornelia — interrompeu ela. — Se você morasse aqui, não lhes daria a menor atenção!

Ele enrubesceu.

— Se você me disser que não há nenhuma verdade na informação que ela achou seu dever transmitir a Cornelia, naturalmente aceitarei a sua palavra.

— A única coisa que tenho de lhe dizer é o que já disse: está perdendo seu tempo! Não sou criança, e o que faço é problema meu! Agora, por favor, vamos mudar de assunto, senão vamos acabar brigando.

Ela falou com calma, mas estava com muita raiva. Ele pareceu perceber isso, pois quando deu outra volta na sala, falou com o tom de voz mais moderado:

— Não pretendo aborrecê-la. Lembre-se de que apesar de não ter nenhuma autoridade sobre você, sou seu irmão! O que você faz sempre me diz respeito. Peço que me diga: sente alguma coisa por esse homem?

Ela olhou para ele calada, mas foi o rosto de Miles Calverleigh que viu, não o do irmão. Um sorriso insinuou-se em seu olhar; desviou-o do Sr. Wendover, e ficou olhando para o fogo.

— Ah, sim! — respondeu baixinho.

Ele resmungou.

— E ele? Ele teve o descaram... ele lhe fez uma proposta? — Ela assentiu com a cabeça e ele resmungou de novo. — Pobre garota! Sinto sinceramente pena de você! Fique tranquila que nenhuma palavra do que me contar sairá um dia de minha boca! Não pode se casar com Calverleigh. Deus do céu, seria de se pensar que na sua idade... — Interrompeu-se e continuou com o que pretendia ser um sorriso indulgente: — Bem, você não é tão velha, afinal, e podemos nos achar apaixonados em qualquer idade, não? Mas tem idade bastante para refletir antes de se entregar a uma loucura... a um ato de tal insensatez que arruinaria a sua vida! Permita-me falar-lhe francamente, se bem que não tenha muito prazer em minha tarefa. Reconheço que a considere com repulsa: na verdade, nunca pensei que um dia seria obrigado a discutir esses assuntos com qualquer uma de minhas irmãs! Calverleigh é um sujeito irresponsável. Sua reputação...

— Péssima, não era? — concluiu ela.

— Sim, querida irmã, era! Não vou corromper seus ouvidos com os detalhes de sua carreira... Abigail! Acha isso motivo de *riso*?

— Oh, desculpe! — Ela tentou reprimir o riso. — É muito descortês rir na cara de alguém, mas não consigo evitar! De repente pensei em como Miles Calverleigh gostaria de ouvir seu discurso tão bombástico, e me perguntei o que ele diria! Embora faça uma ideia disso. Seria certamente ultrajante, portanto talvez seja bom ele não estar aqui, pois o chocaria tanto... o bastante, creio eu, para desencadear uma crise de fígado! Não corrompa mais meus ouvidos, James! Lembre que já não uso andadeiras há muito tempo! E não dou a mínima para a reputação do Sr. Calverleigh.

— Você está histérica! Não sabe o que está dizendo! Ele é um homem sem princípios, sem respeito por nenhuma das virtudes que *você* foi ensinada a reverenciar!

— Oh, desrespeito total por *elas*! — disse ela, cordial. — Também não tem nenhuma consideração com as obrigações familiares, e estou chegando rapidamente à conclusão de que ele tem toda razão.

— Tomo em consideração todas as coisas extravagantes que está se deleitando em dizer, mas uma conversa tão irrefletida e desvairada não lhe fica bem. Quando afirma não dar a mínima para a reputação de Calverleigh, não percebe o que está dizendo, pois não sabe nada sobre isso. Seria um choque se soubesse.

— Bem, você também não sabe nada sobre isso, sabe? — falou ela. — Não pode saber de muita coisa de antes de ele ser mandado para a Índia, pois era mais jovem do que ele, que tinha apenas 20 anos na época. E não pode saber nada sobre ele dessa data em diante.

Ele se viu forçado a dar outra volta na sala, as mãos juntas nas costas, os dedos se mexendo convulsivamente. Parando mais uma vez, respirou fundo:

— Abby! Há circunstâncias que tornam impossível qualquer união entre você, uma Wendover, e um Calverleigh... Inconcebível! Não posso dizer mais nada. Precisa acreditar em mim quando lhe digo que *é* assim!

— Não diga mais nada — retrucou ela, com calma. — Sei o que aconteceu... vinte anos atrás.

— *O quê?* — Por um momento, pareceu horrorizado, depois, incrédulo. — Não pode saber!

— Ah, sim, posso! Ele fugiu com Celia, não foi? Mas foi tudo abafado, à maneira da nossa família, e ela, enfim, se casou com Rowland.

— Quem lhe contou isso? — perguntou ele, estupefato.

— Ora, ele, é claro... Miles Calverleigh.

Seu queixo caiu. Pareceu ter dificuldade de falar, e gaguejou:

— *Ca-Calverleigh* lhe con-contou? O próprio *Cal-Calverleigh*? Deus do céu! — E as palavras lhe falharam. Enquanto ela o observava, se divertindo, de certa maneira, ele puxou o lenço do bolso e enxugou a testa. Recuperando um pouco do controle sobre as próprias emoções, disse: — É mais grave do que imaginei! Ele deve ter perdido toda a vergonha! Perdido todo vestígio de decoro!

— Não creio que já tenha tido qualquer vestígio de decoro para perdê-lo — disse ela, pensativa. — Quanto à vergonha, não sei, mas ele não se envergonha de ter fugido com Celia. E não vejo muito motivo do que se envergonhar. Foi imprudente... e, é claro, impróprio... mas ele era muito jovem, e quando o pai de Celia obrigou-a a ficar noiva de Rowland, acho que lhe pareceu que não havia outra alternativa. Não o culpo. Quem eu culpo, e desprezo, do fundo do meu coração, são papai, Morval e Rowland.

Ele olhou fixamente para ela e, baixando a voz, revelou, em tom apocalíptico:

— Você não sabe de tudo! Eles só foram alcançados *no dia seguinte*!

Ela tentou não rir, mas sua expressão foi demais para ela. Completamente estarrecido com tal depravação, ele disse bruscamente:

— Céus! Começo a achar que combinam, você e esse salafrário!

— Sim, James, também começo a achar! — concordou ela, sem conseguir conter um acesso de riso.

Talvez tenha sido uma sorte serem interrompidos nesse momento por Selina, que entrou na sala para recebê-lo com saudações efusivas. Para ela, os vínculos familiares eram extremamente importantes. Sua afeição, embora não profunda, era sincera e duradoura, e estava genuinamente feliz por ver James, esquecendo-se, ao abraçá-lo, de que a última carta que recebera dele provocara-lhe uma considerável indignação.

— James! Que surpresa! Não fazia a menor ideia... e só temos fricassé de coelho e cebolas para o jantar! Se eu soubesse! Mas Betty ou Jane podem ir à cidade buscar algumas perdizes, ou quem sabe um pernil de veado, que Fletching prepara muito bem, e é uma coisa de que sempre gostou.

Mas James não ia ficar para jantar com suas irmãs. Retornaria a Londres na diligência do correio.

Consternada, Selina titubeou:

— Não vai ficar? Mas, James...! Trouxe a valise! Mitton a levou ao seu quarto, e pretende desfazê-la assim que a cama estiver feita!

— Peça que a traga de volta, por favor. *Era* a minha intenção passar a noite aqui, mas o que fiquei sabendo desde que entrei nesta sala me escandalizou tanto... posso afirmar que me deixou atônito!... que prefiro retornar a Londres!

— Deus meu! — Selina lançou um olhar inquiridor a Abby. — Não está se referindo a... ah, mas Abby contou, *certamente*, que acreditamos que não há perigo a temer agora, não? Não houve continuidade. O *traste* só fez *uma única visita* desde que a querida Fanny adoeceu, e com meus próprios olhos vi a Criatura que ele está cortejando!

— Não estou me referindo ao jovem Calverleigh — explicou James, formal. — Vim a Bath com a esperança de descobrir que os rumores preocupantes que ouvi não tinham fundamento. Ao invés disso, fiquei sabendo que a sua irmã enamorou-se de um homem que nunca deveria ter sido autorizado a atravessar a sua porta!

— Não, não! Ah, por favor, James, não fale assim! — pediu Selina com a voz enfraquecida. — Ele é muito respeitável, embora eu não goste da maneira como se veste... tão desleixado. Veio nos visitar com botas de cano alto!... e , é claro, ele deve ter sido um libertino deplorável quando jovem, a ponto de ser mandado para a Índia... não que eu considere direito fazer uma coisa tão cruel, pois não acho, e nunca acharei certo, e acho muito injusto dizer que ele não deveria ter tido permissão para atravessar a porta depois de todos esses anos condenado a viver na Índia, que talvez seja um lugar interessante, mas é *insalubre*, e o deixou queimado da cor de uma noz! E Abby é tanto sua irmã quanto minha!

— Se Abby perder todo o decoro, todo o senso de obrigações que deve à família, e se casar com Calverleigh, ela não será mais minha irmã!

— Não vai me dissuadir — disse Abby.

— Não, não, querida! — implorou Selina. — Por favor, não! James não quis dizer isso!

— Quando ouvir o que tenho a dizer, Selina...

— Sim, mas não agora! — replicou Selina, muito agitada. — Mitton foi buscar o xerez, e tenho de tirar o chapéu e a capa, e então estará na hora do almoço, em que sempre, sabe... comemos ovo cozido, um pedaço de carne fria... depois, quando estivermos *mais calmos* e não formos interrompidos, o que sempre é um problema quando se está desfrutando de uma discussão séria. Não, não foi isso o que quis dizer! *Desfrutando* não, pois já começo a sentir um espasmo!

James olhou para ela, um tanto constrangido, e disse com a voz mais branda:

— Está bem, vou adiar o que tenho a dizer. Não vou almoçar, mas aceito uma xícara de chá

— Sim, querido, é claro, se bem que eu tenha certeza de que lhe faria muito bem comer alguma coisa antes de partir!

— Não o pressione, Selina! Ele está com crise de fígado! — interveio Abby.

— Ah, o fígado! Então, não é de admirar...! — gritou Selina, sua expressão se iluminando. — Tenho exatamente o que precisa, querido James! Vou buscar agora mesmo, mas nada de xerez, de maneira nenhuma!

Saiu então correndo da sala, sem dar atenção à negativa exasperada de James, que afirmava se sentir perfeitamente bem.

— Cuidado, James — avisou Abby, maliciosa. — Vai se ver em apuros se provocar convulsões em Selina!

Ele lançou-lhe um olhar de repulsa.

— Poupe-me de mais leviandades de sua parte, Abigail! Não vou dizer mais nada até depois do almoço.

— Não vai me dizer mais nada em hora nenhuma — replicou Abby. — Já falou demais! Talvez não tenha reparado, mas o sol saiu há meia hora. O que *eu* vou fazer depois do almoço, querido James, é levar Fanny para dar uma volta de carruagem!

Com essas palavras, acompanhadas de um sorriso extremamente doce, ela saiu para contar a Fanny a respeito do passeio que fariam.

Fanny também estava animada e inquieta. Virou um rosto apreensivo e desconfiado para a tia e disse:

— Por quanto tempo meu tio permanecerá aqui? Não quero vê-lo!

— Não tenha medo, meu amor! — replicou Abby, animadamente. — Seu tio está tão relutante em vê-la quanto você. Eu lhe disse que sua doença ainda era contagiosa.

Fanny deu uma risada espontânea.

— Ah, *Abby*! Que mentira!

— Sim, está pesando muito na minha consciência, mas não hesito em dizer uma mentira ou duas para salvá-la do que nem eu mesma aguento. Grimston vai lhe trazer uma bandeja. Agora vou enviar uma mensagem ao estábulo.

Mas acabou sendo Lavinia Grayshott, e não Abby, quem acompanhou Fanny no passeio. No momento em que Abby estava se preparando para ocupar seu lugar do lado de Fanny na caleche, Lavinia chegou correndo e exclamou sem fôlego:

— Oh, que maravilha! Finalmente vai sair! *Agora* sim, vai melhorar logo! Oh, Srta. Abby, desculpe! Como vai? Vim ver Fanny só para lhe trazer este livro! Oh, e Fanny, cuidado ao abri-lo! Dentro há um acróstico, de Oliver!

Abby percebeu o brilho na expressão de Fanny, e também que ela ia preferir a companhia de Lavinia à sua. Perceber isso lhe provocou uma pontinha de mágoa, mas não hesitou. Disse, sorrindo, para Lavinia:

— Por que não vai com Fanny, no meu lugar? Gostaria de ir?

A resposta estava óbvia na face de Lavinia.

— Oh...! Mas e você? Não quer ir com ela?

— Não! — replicou Abby. — Tenho mil coisas a fazer, e ficaria feliz em me livrar dela! A carruagem poderá levá-la para casa, portanto, se Martha não fizer objeção, deixarei Fanny aos seus cuidados.

Martha, seguindo Lavinia mais devagar, consentiu prontamente; de modo que Lavinia pulou para dentro da carruagem. Antes que desaparecesse, Abby viu as duas cabeças juntas, e adivinhou que as confidências já tinham começado a ser trocadas. Deu um suspiro ao se virar, para entrar de novo em casa. Havia um constrangimento entre ela e Fanny, pois sua sobrinha sabia que ela era hostil a Stacy Calverleigh. Bem, talvez se abrisse com Lavinia e se sentisse melhor depois.

Capítulo 16

Finalmente aceitando o conselho de Selina, Abby retirou-se para seu quarto, para se deitar. Contrariando sua expectativa, adormeceu quase que imediatamente, e ainda estava dormindo quando James partiu. Acordou quando eram 17 horas, e a casa estava em silêncio. Esbarrou com a Sra. Grimston no patamar e soube que a Srta. Fanny estava na sala de estar, e aparentemente não estava pior por causa do passeio, e que a Srta. Selina subira para descansar logo após a partida do Sr. James. Essas palavras soaram de maneira sinistra, mas como não foram seguidas de nenhuma menção a espasmos ou palpitações, e não se ouvia nenhum som de aflição vindo do quarto de Selina, Abby esperou que tivessem sido inspiradas por nada além da antipatia da Sra. Grimston por James. Abby desceu a escada e encontrou Fanny com a cabeça inclinada sobre o romance que Lavinia lhe trouxera. Ela ergueu o olhar e Abby se impressionou imediatamente com sua palidez, e com seu sorriso forçado.

— Está cansada, querida? — perguntou ela.

— Não, obrigada. Não, de jeito nenhum! Estou lendo o livro que Lavvy me trouxe. É uma história muito excitante! Não consigo largá-lo!

Mas não pareceu a Abby, enquanto se ocupava de um bordado e observava de soslaio a sobrinha, que o livro a estivesse absorvendo. Ela o estava usando como um escudo. A suspeita de que a língua indiscreta de Lavinia houvesse se soltado passou pela cabeça de Abby. Quando guardou seu trabalho, perguntou:

— Vai se sentar para jantar, Fanny?

— Oh! — Fanny levou um pequeno susto. — Já está na hora do jantar? Sim... não sei... Ah, sim! Não estou doente!

Abby sorriu para ela.

— É claro que não está, mas saiu hoje pela primeira vez, e eu não ficaria surpresa em saber que Lavinia falou sem parar! Uma menina adorável, mas uma senhora tagarela!

Agora teve certeza de que Lavinia havia comentado. Fanny ergueu o queixo e seu olhar foi ao mesmo tempo desafiador e defensivo.

— Ah, não presto atenção! — disse ela, com uma risada pateticamente não convincente. — Ela está sempre deslumbrada, mas... mas muito divertida, sabe.

Sim, pensou Abby, Lavinia falara sobre a perfídia de Stacy, e embora ela não tivesse acreditado, estava com medo de que fosse verdade.

Seu impulso foi pegá-la em seus braços, acarinhá-la e confortá-la, como tinha feito tantas vezes, mas uma compreensão mais profunda a fez hesitar.

— Com licença, Srta. Abby — disse Fardle agourentamente, da porta. — Gostaria de dar uma palavrinha com a senhora, se puder!

— Ora, é claro! — assentiu Abby, com uma despreocupação que estava longe de sentir. Acompanhou Fardle para fora da sala e perguntou: — O que foi?

A criada dedicada da Srta. Wendover mais velha fitou-a com um olhar trágico e fez uma declaração surpreendente.

— Achei que era o meu dever lhe contar, Srta. Abby, que não estou gostando da aparência da Srta. Selina, não estou gostando nada!

— Oh! Ela está passando mal? Vou subir para vê-la.

— Sim, senhorita. Não sou do tipo de fazer tempestade em copo d'água, como se diz — falou Fardle, de maneira inexata —, mas tive um choque quando vesti a Srta. Selina há pouco menos de dez minutos. Não me cabe dizer o que a abalou, Srta. Abby, e espero saber qual o meu dever, e que acredito que foi o Sr. James que a deixou assim. Tudo o que sei é que nem bem ele saiu, ela subiu para o seu quarto, dizendo que ia descansar, o que seria de se esperar. Mas quando subi, ela não estava na cama, nem tinha estado, como verá por si mesma, Srta. Abby. E não falou uma palavra, a não ser para dizer que não ia descer para jantar e que não queria que lhe levassem uma bandeja. O que não é seu jeito, Srta. Abby, e que só pode nos fazer temer que está entrando em declínio.

Ao fazer essa sugestão encorajadora, introduziu Abby no quarto de Selina.

Gentil, mas também firme, Abby fechou a porta deixando Fardle do lado de fora. Olhou para o outro lado do quarto onde estava Selina, sentada imóvel do lado do fogo, com um xale ao redor dos ombros, e uma expressão que Abby nunca vira antes em seu rosto.

— Selina! Minha querida! — Abby se aproximou depressa. Caiu de joelhos diante da irmã e pegou suas mãos.

O olhar aturdido de Selina virou-se para ela, e a alarmou mais do que fariam se estivessem cheios de lágrimas.

— Estive pensando — falou ela. — Pensando, pensando... A culpa foi minha. Se não a tivesse convidado para a nossa festa, ela não teria escrito essas coisas para Cornelia.

— Bobagem, querida! — Abby afagou delicadamente as mãos da irmã. — Você me prometeu que nunca mais falaria Dessa Mulher!

Esperava conseguir um sorriso de Selina, mas ela depois de olhá-la sem compreender, falou:

— Foi porque eu estava com raiva! Foi por isso que disse que ia se casar com ele, não foi? Mas eu não tive a intenção, Abby, não tive!

— Boba, sei que não!

Os dedos finos de Selina fecharam-se ao redor dos seus como garras.

— James disse... Mas eu respondi que não era nada disso! Ele a provocou, não foi? Imagino como deve ter sido. Eu lhe disse. Disse que não havia como... Disse que você nunca nem sonhou em se casar com o Sr. Calverleigh. E não se casaria, casaria, Abby?

Encarando os olhos tensos e inquiridores de Selina, Abby hesitou antes de responder:

— Querida, por que ficar assim? Achei que *queria* que eu me casasse, não?

— Não com o Sr. Calverleigh! Nunca *quis* isso, a não ser para o seu bem, mas achei que caso se casasse com o Sr. Dunston... tão gentil... um bom partido em todos os sentidos... e todo mundo ficaria satisfeito, e você não teria se afastado de mim, não *completamente*, porque eu poderia vê-la todos os dias...

— Selina, eu nunca me afastarei de você — prometeu Abby calmamente. — Isso é só uma agitação dos nervos! Deixou que James a abalasse! Apesar das botas de cano alto e das maneiras negligentes, você não desgosta do Sr. Calverleigh. Foi você a primeira a dizer como tinha sido injusto condená-lo por pecados da juventude!

— Mas eu não sabia que você pretendia se casar com ele — explicou Selina, simplesmente.

— Bem, nem eu, na época. Ora, minha querida, não há razão para este desespero!

Mas depois que Selina, sem largar sua mão, enumerou os males que resultariam daquele casamento, pareceu haver todos os motivos para desespero. A lista era comprida e abrangia um amplo universo, que incluía a mortificação que a família sofreria com o casamento de um de seus membros com uma ovelha negra; o escárnio da Sra. Ruscombe; a impossibilidade de Selina permanecer em Bath, onde era tão conhecida; o mal que causaria a Fanny, prestes a debutar; a infelicidade de Fanny ao ser separada da tia querida; ou sua própria infelicidade ao ser renegada por James, Jane e talvez Mary.

Nesse ponto, Abby foi obrigada a objetar.

— Mas não seria, sua boba!

— James me avisou. Ele me deu tanta raiva! Porque eu lhe disse que nunca abandonaria você, independentemente do que fizesse, que eu nunca, mas nunca faria isso! E ele respondeu que se eu a apoiasse estaria me separando da família... tão *terrível*, Abby!... De modo que eu deveria refletir bem antes de fazer minha escolha, só que não *há* escolha, que coisa mais tola de se dizer, e como ele pode supor que se eu tivesse de escolher, escolheria qualquer um que não fosse você? E quanto a ver a cara de James de novo, eu disse que se ele fosse grosseiro com você, ele não precisava mais ver a *minha* cara, o que é verdade, só que não suporto pensar nisso, porque sempre fomos tão felizes, e mesmo que não nos vejamos com muita frequência, eles são a nossa *família*!

Abby se comoveu tanto com essa defesa inesperada que as lágrimas lhe vieram aos olhos.

— Oh, minha querida! Como foi valente... como foi leal! Realmente me ama tanto assim?

— Mas é claro que amo!

Abby beijou-a.

— Melhor das minhas irmãs! — ela sorriu com ternura. — Mas quanto a James...! Como *se atreveu* a falar com você dessa maneira? Queria muito ter estado presente!

— Ah, não, Abby! Teria sido muito, muito pior! E não posso culpá-lo. Não depois do que me contou!

— Contou o quê? — perguntou Abby.

Selina desviou o rosto, tremendo.

— Celia...!

— Ele lhe contou isso, contou? Mas é mesmo um estúpido! — exclamou Abby, furiosa.

— Ele se sentiu obrigado a me contar e, é claro, entendo... porque eu disse que achava que o Sr. Calverleigh só tinha sido desregrado quando era jovem, que não é algo que eu *aprove*, mas ainda assim...! Então ele teve de me contar a verdade, e me abalou profundamente, e não consigo parar de pensar que preferia que não tivesse me contado, pois teria sido muito mais confortável, se bem que errado, mas eu não teria sabido que era!

— Tire isso da cabeça! Se não me preocupa, não precisa preocupá-la! Para falar a verdade, seria um pouco constrangedor se as pessoas soubessem, mas não sabem, e de qualquer maneira, Celia não era *mulher* de Rowland quando aconteceu!

Selina olhou para a irmã horrorizada.

— Abby, você não *pode*! Um homem que... Abby, *reflita*! Não, não, *prometa* que não vai fazer isso! — As lágrimas começaram a correr por sua face. — Ah, Abby, não me deixe! Como eu poderia viver sem você?

— Cale-se, Selina! Não está nada decidido ainda. Não comece, eu lhe peço, uma de suas... de suas preocupações exageradas! Venha, deixe-me deitá-la! Você está exausta. Fardle trará seu jantar e...

— Coelho e cebolas! — Selina irrompeu em soluços de desespero. — Eu não poderia! Não poderia!

— Oh! — Um sorriso retorceu os lábios de Abby. — Não, também acho que não.

Talvez isso tenha sido afortunado, pois nenhuma oportunidade foi-lhe oferecida para comer esse ou qualquer outro prato. Os soluços de Selina foram o prelúdio de um de seus terríveis acessos de histeria, e como esses foram seguidos de espasmos e palpitações, levou muito tempo até Abby poder deixá-la. Quando Selina finalmente exausta caiu no sono, a única coisa que a irmã, igualmente exausta, queria era ir para a cama.

A manhã trouxe a confirmação de sua suspeita de que Lavinia realmente andara fofocando. A Sra. Grayshott foi ver Abby em Sydney Place.

— Eu não poderia fazer nada menos do que lhe contar, Abby, e pedir seu perdão! Nunca me aborreci tanto com Lavinia! E o pior é que ela fez de propósito, e não se arrepende! Contou-me o que fizera no instante em que chegou em casa, ontem, sabendo, é claro, que eu não aprovaria, mas alegando que era amiga de Fanny e que sabia ter feito bem em avisá-la.

— Talvez tenha. Não sei. Não acho que Fanny tenha acreditado.

— Não, Lavinia também me disse que não. Mas Oliver acha que mesmo que não acredite, o choque ao descobrir que é verdade seria menor para a pobre menina. Mas Lavinia não devia ter-se intrometido! Querida, como parece cansada!

— *Estou* um pouco cansada — admitiu Abby. — Minha irmã não está muito bem hoje, portanto...

Deixou a frase sem conclusão, mas dissera o bastante para fazer a Sra. Grayshott retornar a Edgar Buildings em um estado de tal agitação e indignação impotente, que disse a seu filho, com um rancor que não lhe era comum, que quanto mais cedo as várias doenças da Srta. Wendover a matassem, melhor seria para Abby.

Nem bem deixara Sydney Place, uma carta selada foi entregue na casa. Era endereçada a Fanny, e foi-lhe entregue na sala por Mitton. Ela a pegou com mãos trêmulas, fez menção de abri-la, mas então, com uma desculpa mal articulada, saiu da sala.

Não voltou. Abby, que adivinhara que a missiva tivesse sido enviada por Stacy Calverleigh, esperou cada vez mais inquieta por uma hora, e então subiu para o quarto de Fanny.

Ela estava sentada à janela. Olhou para Abby, mas não falou nada, e sua face estava tão impassível que Abby hesitou. Em seguida, percebeu o sofrimento impotente nos olhos de Fanny e se aproximou dela, sem falar, e a abraçou com força. Fanny não resistiu, mas talvez por um minuto ficou tão rígida quanto uma estátua. Afagando seu cabelo sedoso, Abby disse:

— Não importa, minha querida, não importa!

Quase se amaldiçoou pela inadequação daquelas palavras tolas; mas um tremor percorreu Fanny, que se rendeu a um soluço, virou-se nos braços de Abby e se apertou contra ela, abalada pelas emoções enclausuradas dos últimos 15 dias.

Demorou até poder se acalmar, e seu pranto entrecortado foi, gradativamente, se reduzindo a soluços patéticos, e ela relaxou no abraço de Abby, descansando a cabeça em seu ombro, os cílios molhados nas bochechas. Quando Abby fez menção de buscar um pouco de água, foi interrompida:

— Oh, não! Está tão bom assim! — Depois acrescentou: — Você sabia, não sabia?

— Sim, mas não sabia como lhe contar.

— Lavinia me contou. Não acreditei nela. Mas era verdade. Foi somente a minha fortuna, não foi?

— Receio que sim, querida.

Outro silêncio se impôs, antes de Fanny dizer:

— Fui muito idiota. Malvada também. Eu pretendia fugir com ele.

— Mas não acho que faria isso.

— Não sei. — Fanny suspirou. — Às vezes eu achava que não, mas quando estava com ele... — Sua voz falhou, e precisou de um momento para voltar a falar. — Aí fiquei doente, e ele não veio me ver, nem me escreveu, mesmo quando outras pessoas vieram. Tentei me convencer de que era por que estava com medo de você não permitir que ele me visse, mas acho que eu sabia... Só que continuei a ter esperança, e quando Lavinia me contou sobre a Sra. Clapham, de início achei que *não podia* ser verdade, depois não tive tanta certeza, e então... e então a carta chegou. — Um arrepio percorreu-a. — Abby, me deu *nojo!* Nojo *realmente*!

— Ele disse que tinha mudado de ideia?

— Não. Acho... acho que isso eu teria suportado. As pessoas deixam de amar, não é? Se ele tivesse me dito que havia conhecido alguém de quem tinha gostado mais do que de mim... Mas não. Antes de adoecer, eu era uma menininha idiota, mas cresci, e nunca mais me deixarei enganar.

Abby não tentou sorrir.

— Espero que ninguém nunca mais tente enganá-la, querida.

— Não, pois acho que não vou me apaixonar nunca mais. Meu tio procurou-o ontem, não procurou? Abby, não foi *você* que mandou chamá-lo, mandou?

— Não só não mandei chamá-lo como brigamos antes de completar dez minutos de sua chegada.

— Achei que não teria feito isso. Ah, Abby, me perdoe! Fui terrivelmente rabugenta e grosseira, mas não tive intenção! Eu a amo mais do que a qualquer outra pessoa no mundo!

— Então vou me esforçar ao máximo para perdoá-la!

Esse gracejo foi recebido com um risinho lacrimoso.

— Estou tão feliz por ainda ter você! Para sempre, Abby! — Levou a mão de Abby ao rosto e a aconchegou ali. — Amo tia Selina, também, é claro, mas... mas por um senso de dever. Eu não suportaria continuar vivendo aqui se *só* houvesse tia Selina.

Abby ouviu isso com sentimentos mistos. Apesar de aquecerem seu coração, aquelas palavras também a oprimiram. A imagem de Miles Calverleigh foi ficando cada vez mais distante.

— Queimei a carta — confessou Fanny abruptamente. — E a mecha de cabelo. Acha que devo lhe escrever dizendo isso?

— Ah, eu não o faria! É muito mais digno não lhe dar absolutamente nenhuma atenção!

— Sim... só que... — Ofegou. — Ele disse que guardaria a minha até o dia de sua morte, como recordação da única garota que amara verdadeiramente! Foi *isso* que me deu nojo!

— Não me surpreende, pois também me dá nojo.

— E finge estar me deixando pelo meu próprio bem, porque se deu conta, já que conversou com meu tio, de que não pode ter esperança de conseguir o seu consentimento, e seria muito errado nos casarmos dessa maneira, e que receia que eu me arrependa, e... Abby, foi falsa, cada palavra que escreveu! Nunca imaginaria que ele fosse capaz de me escrever esse tipo de coisa! E pensar que fui idiota o bastante para me deixar enganar! Ele sabia, desde o começo, que meu tio não daria seu consentimento, e que você tampouco, e foi por isso que quis que eu fugisse com ele! — Ergueu o corpo, os olhos e bochechas inflamados de indignação, e suas mãos se fecharam. — Eu o odeio! Não consigo entender como fui me apaixonar por ele!

Abby ficou feliz em encorajá-la, no estado em que estava. Fanny soltou a raiva por vários minutos, mas esse humor não perdurou. De repente, se jogou de volta aos braços de Abby em um novo acesso apaixonado, sofrido, lamentando-se:

— O que vou *fazer?* Ah, Abby, estou tão infeliz! O que vou *fazer*?

— Bem, acho que o melhor a fazer é seguir o conselho do Dr. Rowton — replicou Abby.

— Ir embora? Ah, não! Não quero ir! Não posso! Não vou!

— Para ser franca, na primeira vez que ele me falou que você devia ir para uma região à beira-mar, para se restabelecer, admito que tive dúvidas, pois, na minha opinião, não existe nada mais melancólico do que o mar em novembro. Mas quando ele sugeriu Exmouth, me lembrei de como os Trevisian ficaram encantados com o lugar; como sabe, estiveram lá em dezembro. Hospedaram-se no Globe, e Lady Trevisian quase convenceu sua tia a ir para lá, quando esteve tão mal no inverno passado, pois disse que se sentiam tão confortáveis ali quanto em casa. O clima é excelente, também, e há vários passeios encantadores, além de inúmeras expedições interessantes a fazer. Eu me perguntei se, caso decidíssemos ir, a Sra. Grayshott permitiria Lavinia de nos acompanhar. Acha que permitiria?

A isca não foi mordida. Fanny foi veemente em suas súplicas para não sair de Bath.

— Todo mundo vai achar que é porque fui *rejeitada*!

— Bem, quando penso que o pobre Mitton está exausto de ter de ir até a porta da frente para receber flores, frutas e livros de seu exército de admiradores, meu amor, acho muito mais provável que pensem que foi você que o *rejeitou*!

Não insistiu no assunto, mas sentiu um certo conforto por acreditar que o orgulho de Fanny havia sofrido um golpe quase tão forte quanto o seu coração.

Fanny quis ser agradável, não se mostrar rabugenta nem deixar verem que estava sofrendo, mas apesar de todo esforço de parecer animada, permaneceu deprimida e, como sua tia mais velha, não se abstinha de discutir seu estado com Abby. Torcendo para que ela vencesse logo esse desespero, Abby escutava pacientemente, distraindo sua mente sempre que tinha uma oportunidade, mas nunca deixando de ser solidária.

Selina, por outro lado, não fazia nenhuma tentativa de parecer animada, ficou de cama por três dias após a visita desastrosa do irmão, e quando se levantou, queixava-se das mais diversas dores e incômodos. Talvez somente Fardle e a Sra. Grimston atribuíssem seu estado lacrimoso a nada além de um dos distúrbios que a atacavam com tanta frequência. Passava quase o tempo todo no sofá, sobressaltando-se com uma porta batida a distância ou com a buzina do carteiro na rua; enfurecendo a cozinheira ao dizer, pela manhã, que queria um determinado prato, e comendo três colheradas com esforço quando era servido no jantar; e usando de todos os meios que conhecia para manter Abby ao seu lado.

— Deixe-me usufruir de sua companhia enquanto ainda posso! — dizia ela, com lágrimas nos olhos.

Entre a irmã e a sobrinha, a posição de Abby não era nada invejável, e poderia ter-lhe provocado um distúrbio emocional se não fosse o Sr. Oliver Grayshott, que ia visitar Fanny, com Lavinia, quase todos os dias, para diverti-la com jogos de salão caso o tempo estivesse inclemente, e, quando o clima estava ameno, acompanhá-la em passeios de carruagem, ou levá-la para caminhar nos Sydney Gardens. Era evidente que ela parecia sempre mais animada depois dessas visitas, e se Abby passou a temer cada vez mais as duas palavras "*Oliver disse*", também se confortava ao saber que o que Oliver dizia distinguia-se pelo bom senso. Foi um pouco irritante perceber que Fanny aceitava um conselho de Oliver em vez do seu — particularmente quando o conselho era exatamente o mesmo que dera à sobrinha —, mas reprimiu tais sentimentos ignóbeis. Pensava em qual seria o desfecho de uma amizade tão íntima. Fanny não estava apaixonada por Oliver. Continuava a enxergá-lo como irmão, e quase certamente recorria a ele em busca de orientação; mas Abby não conseguia deixar de achar que ele era um homem muito sossegado para atraí-la. Ainda assim, nunca se sabia. Talvez em um ou dois anos, sua confiança e simpatia se transformassem em amor. Havia tantos casos de mulheres enérgicas que encontravam a felicidade com um marido muito mais sóbrio do que elas. Não havia dúvida de que Oliver amava Fanny, embora a tratasse da mesma maneira que tratava Lavinia. Somente quando olhava para ela traía-se inconscientemente. Era sempre possível perceber, pensou Abby, e logo tentou definir quando havia sido a primeira vez que percebera nos olhos tão diferentes de Miles Calverleigh aquele mesmo brilho interior.

Capítulo 17

NESSE ÍNTERIM, A ESTRELA DO Sr. Stacy Calverleigh estivera em ascendência, e isso apesar de seus desconfortavelmente parcos recursos. Havia sido obrigado a suspender o pagamento ao White Hart por várias semanas; e sabia que somente sua intimidade cada vez maior com a rica Sra. Clapham estava impedindo que o proprietário do estabelecimento lhe comunicasse que apreciaria que saldasse sua conta. Seus esforços para persuadir a viúva a se mudar para Leamington tinham fracassado, e ele tinha-se visto obrigado a aparecer em público com ela mais vezes do que seria prudente; mas esses eram males pequenos quando comparados ao encorajamento coquete às suas investidas por parte dela. Stacy não gostara do encontro com o Sr. James Wendover, mas havia sido rápido em tirar proveito da situação. Com grande dificuldade, redigira uma carta a Fanny, e quando refinou bem suas frases e as copiou para o papel definitivo, realmente achou que, renunciando a ela, estava agindo tão nobremente quanto acreditava que ela acharia. Sentiu um pouco de receio que ela lhe mandasse uma resposta apaixonada ou, até mesmo, que o abordasse em público, e silenciosamente amaldiçoou a obstinação da Sra. Clapham em se recusar a se retirar de Bath; mas quando não recebeu nenhuma carta de Fanny e foi saudado apenas com um leve e distante movimento da cabeça quando a carruagem dela parou por causa do trânsito na Cheap Street, sua mente relaxou e se sentiu livre para propor casamento à Sra. Clapham.

Não lhe ocorrera que poderia ter uma recusa como resposta, nem que a reação dela o alarmasse.

— Casar-me com você? — A Sra. Clapham riu. — Eu? Deus do céu, não!

Ele considerou isso modéstia, e se impacientou, mas falou com a voz mais sedutora que pôde:

— Acho que foi seu humor que fez com que eu me apaixonasse loucamente por você. E eu que estava convencido de ser completamente insensível!

A réplica da Sra. Clapham foi desconcertante:

— Bem, pelo que sei, não era tão insensível, se insinuando para a garota bonita que o cumprimentou na Cheap Street, antes de eu chegar!

Foi a maneira como ela falou que o perturbou mais do que suas palavras. Sempre existira o risco de ela vir a descobrir como tinha-se ligado a Fanny, e sabia como lidaria com isso. Mas não estava preparado para a mudança em sua voz, e em sua conduta, o que o espantou. Até então, havia suposto que era uma *ingénue* tola e frívola, mas ela não estava parecendo nada ingênua, e sua voz não só ressoava decididamente mordaz, como perdera, de certa maneira, sua distinção. Ficou desconcertado, mas só por um momento. Percebeu que ela estava desconfiada de ter uma rival, e que sentia ciúmes. Ele riu, jogando as mãos para cima.

— O que, a pequena Fanny Wendover? Oh, Nancy, Nancy, sua bruxa adorável e absurda! Querida, sabe a idade dela? Dezessete! Ainda nem deixou a escola!

— Maior a sua vergonha!

— Sim, realmente, se eu a *tivesse* cortejado. Ah, essas fofocas de Bath! Avisei que seria assim! Mas admito que não achei que, na minha idade, pudesse vir a me tornar suspeito de cortejar uma criança porque a notei, e lhe permiti um flerte inofensivo!

Foi até a cadeira em que ela estava e caiu graciosamente de joelhos, pegando suas mãos e sorrindo para ela.

— Tive muitos flertes, mas nunca um amor verdadeiro, até agora! — proclamou ele, afetado.

— Bem, com certeza não encontrou um em mim! Também tive muitos flertes, mas não quero um marido, por isso pode parar de bancar o bobo! Ajoelhando-se como se estivesse representando Romeu!

— Sei como sou indigno de você, mas me atrevo a achar que não é indiferente a mim! — persistiu ele.

— Levante-se, vamos! — ordenou a mulher de maneira nada romântica, retirando suas mãos.

Ele obedeceu, parecendo um perfeito tolo, e tremendo a ponto de quase perder o equilíbrio.

— Como foi isso? — gaguejou ele. — Não é possível que tenha brincado comigo! Não acredito que seja tão sem coração!

— Oh, não? — Ela se levantou e ajeitou a saia. — Agora, escute bem, Sr. Otário Calverleigh! Não lhe convém falar de corações, e não vai adiantar absolutamente nada insistir em suas artimanhas comigo, porque nada disso me toca! Tivemos um flerte agradável, e o melhor que pode fazer agora é reconhecer que foi derrotado em seu próprio jogo, e partir! Senão pode escutar coisas de que não vai gostar. Reparar em uma colegial! Mentindo para uma herdeira era o que estava fazendo, e não pela primeira vez! Bem, não gostaria de dizer nada grosseiro, *mas* — concluiu vencendo a relutância — o senhor é um partido tão bom para o casamento quanto uma pilha de lixo é boa para os ratos, essa é a verdade!

Ele ficou lívido do choque e da raiva que sentiu. Abriu a boca para falar, mas tornou a fechá-la, pois não havia nada que pudesse dizer. Virou-se e saiu da sala.

Não era de natureza sensível. Podia desprezar uma ofensa; podia ouvir com indiferença as críticas do Sr. James Wendover. Mas o desprezo do Sr. Wendover tinha sido expresso com uma dignidade gélida. Ninguém nunca havia destruído seu caráter com a vulgaridade crua da Sra. Clapham e foi preciso algum tempo para que pudesse se recuperar de sua fúria. Não tinha sido a verdade que ela dissera que tinha provocado sua fúria. Havia sido a incrível insolência ao se atrever a se dirigir a ele — um Calverleigh! — daquela maneira.

Quando sua raiva diminuiu, foi sucedida pelo medo, um medo mais mortal do que já sentira em toda a sua vida, pois não foi acompanhado de nenhum otimismo. Não lhe restava mais nenhum recurso para repelir seus credores; seria obrigado a hipotecar suas poucas joias para poder pagar ao White Hart e comprar uma passagem na diligência para Londres. Tentou pensar em alguém a quem pudesse pedir 100 libras, ou mesmo 50, mas não havia ninguém. Certamente não em Bath.

Havia chegado ao ponto de nutrir ideias desvairadas de abandonar sua bagagem e fugir sem pagar a conta do hotel, quando foi interrompido pela entrada de um dos empregados que lhe apresentou uma carta, que havia sido trazida, disse ele, por um dos empregados do York House Hotel.

Stacy não reconheceu os garranchos descuidados, mas quando desdobrou a única folha de papel, viu que era do seu tio que o convidava para jantar naquela noite, no York House.

Seu primeiro impulso foi responder com uma recusa. Depois, lhe ocorreu que poderia convencer Miles a lhe emprestar algum dinheiro, nem que fossem somente 25 libras. Ele devia estar com dinheiro, pensou, pois apesar de não ostentar nenhum dos sinais de alguém rico, se hospedara mais uma vez no hotel mais caro de Bath, o que não poderia ter feito se não houvesse pagado sua conta ao partir para Londres de forma tão repentina. Pediu ao empregado para esperar enquanto redigia uma resposta à carta do tio e ficou irritado quando soube que o mensageiro já partira, instruído de que não haveria resposta. Junto com a brevidade do convite, que poderia muito bem ser tomado como uma ordem, isso significou uma afronta, o que deixou Stacy furioso. Decidiu fazer vista grossa. As maneiras do seu tio eram deploravelmente informais, e provavelmente não tivera a intenção de ofender.

Ao chegar ao York House, foi conduzido à sala do Sr. Calverleigh, onde uma mesa já estava posta para o jantar. Decidido a agradar, esforçou-se para ser um convidado afável, sociável e, até mesmo, reverente. Elogiou os pratos; disse que era raro lhe oferecerem um Borgonha daquela qualidade; contou notícias de Bath que supostamente seriam interessantes; tentou fazer Miles falar da Índia. Miles o fitava com um olhar divertido, pouco contribuindo para a conversa, mas o superou em amabilidade.

Quando a toalha da mesa foi retirada e o brandy foi servido, Stacy disse, com seu ar de franqueza que inspirava pena:

— Devo confessar-lhe, senhor, que fiquei muito feliz ao receber sua carta! Andei gastando muito dinheiro e acabei me endividando. Apenas temporariamente, é claro, mas não tenho nenhum crédito no banco de Bath, o que me deixa em uma situação embaraçosa. Não gosto de ter de lhe pedir, mas ficaria muito grato se pudesse me emprestar um pouco, só para superar um período constrangedor, sabe!

Miles retirou a tampa do *decanter*, de sua maneira casual, e serviu os copos de brandy.

— Não, não vou lhe emprestar dinheiro — disse ele.

Falou no tom amável de sempre, mas havia algo na voz dele que Stacy nunca ouvira antes. Era quase um tom implacável, pensou. Surpreso, e ligeiramente vexado, insistiu:

— Deus do céu, senhor, não quero nenhuma quantia alta!

Miles sacudiu a cabeça. Sem saber por que, Stacy sentiu uma agitação de alarme em peito. Forçou o riso.

— Como deve saber, a minha situação é realmente difícil... até eu poder me recuperar! Não tenho nem um centavo!

— Sei que não.

A placidez com que isso foi dito fez Stacy se enfurecer. Ficou em pé de um pulo, fechando e abrindo as mãos.

— Sabe mesmo? Bem, meu prezado tio, devo lhe dizer que a menos que eu tenha tempo de encontrar meios de levantar dinheiro, receberei uma ordem de confisco dos meus bens!

— Ah, não é preciso chegar a isso.

— Não é preciso? Está *completamente* maluco? Não...

Miles riu.

— Não, não sou de jeito nenhum maluco!

— Desculpe. — Stacy reprimiu a raiva. — Não quis dizer isso! A questão é...

— Não precisa se desculpar — disse Miles, gentilmente. — Não precisa tampouco dizer qual é a questão.

— Receio, senhor — Stacy tentou falar de maneira cordial —, que devido, sem dúvida, à sua longa residência no exterior, não esteja familiarizado com... as diversas cláusulas de uma hipoteca. Devo lhe explicar...

— Você está em atraso no pagamento e não tem a menor possibilidade de conseguir recursos para saldar a hipoteca. Sente-se! — Pegou seu copo e bebeu alguns goles do brandy. — Foi por isso que mandei chamá-lo.

— Mandou me chamar? — interrompeu Stacy.

— Eu disse mandei chamá-lo? Deve ter sido um lapso de linguagem. Pedi para ter a honra da sua companhia!

— Não posso imaginar por quê — murmurou Stacy, ressentido.

— Apenas uma questão de negócios. Quero duas coisas de você: a primeira é um direito de remissão; a segunda, Danescourt, o que inclui a casa e a pequena extensão de terra desimpedida que também faz parte da propriedade. Por essas duas coisas estou disposto a abrir mão dos juros devidos na hipoteca existente e a lhe pagar 15 mil libras.

Stacy ficou de tal modo pasmo com essas palavras proferidas calmamente que sua cabeça deu voltas. Chegou a ter dúvidas se teria ouvido direito o tio, pois o que havia dito era absolutamente fantástico. Sentindo-se tonto e incrédulo, observou Miles ir até a lareira e pegar um espicho em um jarro sobre o console. Recuperou a voz, mas só conseguiu tagarelar:

— M-mas... di-direito de remissão... por que, o que significa... Droga! É uma piada?

— Não, não, nunca faço piadas quando trato de negócios! — Miles voltou para a sua cadeira com um charuto aceso entre os dedos e se sentou de novo, estendendo as pernas longas, com um tornozelo sobre o outro, como costumava fazer. Olhou para o sobrinho atônito com um certo divertimento:

— Sou um homem muito rico, sabe?

Como Stacy não sabia de nada disso, sentiu ainda mais forte que antes que havia se extraviado para um mundo da fantasia.

— Não acredito! — falou, sem pensar.

— Receio — disse Miles, apologeticamente — que se enganou ao pensar que como não tenho a menor vontade de me exibir na moda, ser admirado por minhas roupas elegantes, ou me encher de coisas que não tenho a menor vontade de possuir, minha situação pudesse ser tão incerta quanto a sua. Não deve nunca julgar pelas aparências, sobrinho!

Pareceu monstruoso a Stacy que o tio não lhe tivesse informado de sua riqueza. Exclamou, inflamado:

— O senhor me enganou! Enganou-me deliberadamente!

— De jeito nenhum. Você iludiu a si mesmo. O que não quer dizer que eu não o teria enganado, se houvesse sido necessário. Mas para falar a verdade, não tem importância para mim se me achava um nababo ou um rato de igreja. Exceto, é claro — acrescentou ele, pensativo —, que se soubesse que eu estava cheio de dinheiro, você seria uma amolação intolerável. Sabe, nunca empresto dinheiro sem garantia.

Stacy enrubesceu, mas replicou:

— Se tem realmente recursos para saldar a dívida da hipoteca... se não quer ver Danescourt sair das nossas mãos... se está disposto a me ajudar a me recuperar... podemos chegar a um acordo! Podemos... — Interrompeu-se se deparando com os olhos do tio, tão implacáveis quanto o tom que detectara em sua voz. Não havia sorriso neles, nenhuma ternura. Tampouco percebeu neles raiva, impaciência, desprezo, ou qualquer emoção que fosse. O olhar era absolutamente desapaixonado, tão duro quanto quartzo.

— Sabe, você está muito equivocado — comentou Miles, sem se abalar.

— Mas... Deus do céu! Não pode me desapossar!

— O que o faz pensar que não?

— Não faria isso! Somos Calverleigh, nós dois! O senhor é meu *tio*!

— Faz uma ideia absolutamente falsa de meu caráter se pensa que essa circunstância poderia prevalecer para eu manter Danescourt para o seu benefício. Não consigo imaginar como pensou isso.

A visão breve e vaga de ser capaz mais uma vez de fazer uso de suas propriedades para suas necessidades se esvaneceu. Miles havia falado amavelmente, mas com determinação. Stacy estava ciente de um ressentimento irracional.

— O que está pretendendo? — perguntou ele. — Até parece que se importa muito com o fato de ser um Calverleigh de Danescourt! Ou se importa?

— Oh, Deus, não! Gosto de Danescourt, só isso.

— Foi o que eu disse!

— Não é a que se referiu ou a que eu me referi. Quero Danescourt porque gosto de lá, e pela mesma razão não quero vê-la em ruínas. Se não gostasse, não moveria um dedo para salvá-la. Toda essa sua conversa sobre ser um Calverleigh de Danescourt nada significa para mim.

— Ora, não me venha com essa, tio! E mesmo que *fosse* verdade, eu sou o chefe da família, e enquanto viver serei Calverleigh de Danescourt!

— Sim, sim! — concordou Miles, em um tom confortante. — Pode continuar a se chamar Calverleigh de Danescourt, ou qualquer outra coisa que quiser. Não faço objeção.

— Como, diabos, posso fazer isso se não possuo nem mesmo a casa? — indagou Stacy, colérico. — Vou lhe vender o direito de remissão, mas não venderei a casa nem o terreno!

— Bem, quando eu mandar executá-lo, não vai ter escolha, vai? Vai ficar feliz em vendê-los para mim por qualquer quantia que eu determinar.

Stacy olhou espantado para ele, lívido.

— Faria isso? Mandar me executar... o seu próprio sobrinho!... Obrigar-me a sair do meu local de nascimento? Meu Deus, foi isso que fez durante todos esses anos? Esperou a chance de se vingar?

— Não, eu estive ocupado demais. Gostaria que tirasse de sua cabeça essa aparente convicção de que eu me acho injustiçado. Não acho, nem nunca achei. Não gostava do seu avô, tampouco do seu pai, mas muita vezes lhes agradeci o bem que me fizeram sem saber. A Índia foi perfeita para mim. E tem mais: se não tivessem me mandado para lá, eu nunca teria descoberto que levava jeito para negócios. Mas levava, Stacy, e é bom não se esquecer disso. Quando tagarela sobre o nosso parentesco, perde seu tempo. Sentimentos não têm lugar nos negócios, nem mesmo se eu tivesse algum, o que não tenho. Quanto à sua conversa de *vingança*, é puro palavrório! Não gosto mais de você do que gostava de seu pai... na verdade, menos, mas por que diabos eu ia querer me vingar de você?

— Oh, Porque sou seu filho!

— Deus meu! Deve ter assistido a melodramas demais quando menino! Até eu conhecê-lo, não nutria nenhum sentimento por você, de espécie alguma. Por que deveria? Se houvesse encontrado Danescourt como a deixei, ou se houvesse, até mesmo, percebido um esforço seu para restaurá-la, eu não teria interferido. Mas não. Tinha sido avisado, e por isso resolvi retornar, mas não estava preparado...

— A culpa não foi minha! — protegeu-se Stacy, depressa, a cor subindo ao seu rosto. — Foi meu pai o primeiro que a hipotecou! Ele estava arruinado quando morreu, e como diabos eu poderia...

— Não se justifique! Não me importa qual de vocês a deixou decair.

— Eu teria ficado muito feliz em recuperá-la, mas não tinha como!

— Não, e como não teria gasto nem um *groat* a mais do que era obrigado, se tivesse como, a venderia amanhã, se pudesse encontrar um tolo disposto a comprar um lugar que você me descreveu, por ocasião do nosso primeiro encontro, como uma maldita cabana, penhorada até a alma, e em ruínas. Vou libertá-lo dela agora.

— Seria melhor para o senhor deixá-la em minha posse! O que imagina que dirão do senhor, se... usurpar o meu lugar?

— Bem, segundo o Coronel Ongar, a minha chegada será encarada como uma bem-sucedida tropa de reforço. Parece que se fez detestável para todo o condado.

— Exatamente como o senhor, na verdade!

— Não, não, nunca fui detestável! Meramente um tratante! Meus pecados da juventude serão perdoados assim que eu remover o cadeado do portão principal e aparar aquele seu campo de feno.

— *Campo de feno*? Que diabos...?

— Na minha época, era South Lawn.

Houve um silêncio incômodo.

— Então esteve lá, não esteve? — indagou Stacy, taciturno.

— Sim, estive lá. Achei que o pobre Penn ia se debulhar em lágrimas. A Sra. Penn se debulhou. Suas lágrimas escorreram por meu pescoço, e foram matar um novilho gordo. A volta do Filho Pródigo não foi nada perto disso. Não, não creio que serei hostilizado pelo condado, Stacy.

De novo o silêncio se impôs, durante o qual Stacy sentou-se, carrancudo, à mesa.

— Quinze mil? — disse de súbito. — Uma bagatela!

— Talvez esteja se esquecendo da questão da hipoteca.

Stacy mordeu os lábios, mas insistiu:

— Vale mais... muito mais!

— Na verdade, vale muito menos. No entanto, se acredita que consegue vendê-la por mais, tente!

— Com você na posse de todo o resto da propriedade? Quem diabos compraria um lugar como Danescourt com apenas os jardins e o parque?

— Acho que ninguém.

— Você me levou a um beco sem saída, não levou? — Stacy soltou uma risada aflita.

— Certamente você está lá, mas o que tenho de fazer com isso, não sei.

— Poderia me ajudar a me restabelecer... me dê um tempo!

— Poderia. Também poderia arruiná-lo. Não vou fazer nenhum dos dois, se bem que quando vi Danescourt, senti-me fortemente tentado a deixá-lo fixar residência na prisão de King's Bench, e apodrecer lá! E é isso o que irá acontecer, caso recuse a minha oferta.

— Ah, dane-se, não posso recusar! Quando vou receber o dinheiro?

— Assim que a transferência estiver concluída. Os documentos necessários estão sendo preparados, e você os pegará com o meu advogado. Eu lhe darei o endereço. A propósito, é melhor levar alguém seu, para ver se está tudo certo.

— Certamente farei isso! E ficaria muito grato ao senhor se me adiantasse 100 libras, agora!

— Vou dar-lhe um presente. — Miles tirou um rolo de notas do bolso.

— O senhor é muito bom — elogiou Stacy, irônico. — E se não tem mais nada a dizer, desejo-lhe uma boa noite!

— Não, mais nada — confirmou Miles. — Boa-noite!

Capítulo 18

COMO A SRTA. BUTTERBANK, depois de uma noite e quase o dia todo sofrendo as agonias de uma violenta dor de dente, estava fechada na sala do dentista quando o Sr. Calverleigh retornou a Bath, a notícia de sua chegada só foi levada à Sydney Place várias horas depois de ele ter feito uma visita inesperada à Srta. Abigail Wendover.

Ele a pegou de surpresa. Não somente se apresentou em uma hora excepcionalmente prematura, como quando Mitton admitiu que achava que a Srta. Abigail estava em casa, respondeu que não precisava anunciá-lo, e subiu correndo a escada, deixando Mitton com seu chapéu e bengala, dividido entre a especulação romântica e a reprovação de um comportamento tão informal.

Abby estava sozinha, envolvida na tarefa de confeccionar uma gola com um pedaço de renda. A mesa na sala de estar estava coberta de alfinetes, moldes, folhas de papel apergaminhado, e ela acabara de pegar a tesoura afiada quando o Sr. Calverleigh entrou. Ela relanceou os olhos para cima; alguma coisa entre um arquejo e um gritinho escapou-lhe. A tesoura caiu retinindo; e ela avançou involuntariamente, com as mãos estendidas.

— Você voltou! Oh, você *voltou*! — gritou ela.

A imprudência e, de fato, a impropriedade dessa traição descuidada de seus sentimentos ocorreram-lhe tarde demais, e não pareceram em absoluto ocorrer ao Sr. Calverleigh. Antes que tivesse tempo de se recompor, estava em seus braços, sendo beijada com considerável violência.

— Minha estrela especial! — sussurrou Miles em seu ouvido.

O Sr. Calverleigh tinha os braços muito fortes, e um ombro que se ajustava convenientemente ao uso de uma mulher alta. Abby, sem fôlego, apoiou, graciosamente, a maçã do rosto nele, sentindo, por um breve momento, que alcançara a salvo o porto, depois de uma tormenta.

— Miles! — Ela o abraçou. — Oh, querido. Senti tanto a sua falta! — Mas nem bem proferiu essas palavras, todos os problemas de sua situação lhe vieram à mente, com a lembrança da decisão que tomara com tanto sofrimento, e acrescentou, tentando se desvencilhar dele: — Não! Oh, não sei o que me fez...! Não posso, Miles, não posso!

O Sr. Calverleigh, o homem de negócios bem-sucedido, não era do tipo que perdia o equilíbrio facilmente.

— O que não pode, meu amor?

Abby estremeceu.

— Casar-me com você! Ah, Miles, *não posso*!

Soltou-se dele e virou-se, tateando às cegas em busca do lenço, e tentando de todo jeito que a emoção não a vencesse.

— Ah! — disse o Sr. Calverleigh, como se estivesse aturdido. — Isso é uma indignidade! Depois de tudo o que acaba de se passar entre nós! Eu me pergunto como ousa olhar na minha cara!

Abby, na verdade, não se atrevia a olhar para ele. Estava ocupada enxugando as bochechas molhadas.

— Nunca ninguém lhe disse que é o cúmulo da falta de decoro beijar um cavalheiro, a menos que tenha a intenção de acompanhá-lo imediatamente ao altar? — perguntou o ultrajado Sr. Calverleigh.

— Não é apropriado, senhora! Tal conduta... — Interrompeu-se abruptamente, quando ela ergueu o olhar para ele, entre lágrimas e risos, e disse, em um tom de voz completamente diferente: — Então, o que foi? Deixe-me olhar para você!

Quando segurou seu rosto enquanto falava, e o ergueu, ela foi obrigada a ceder. Não se atreveu e encará-lo, entretanto, e quase se entregou ao pranto mais uma vez quando ele disse, depois de examiná-la por um momento:

— Minha amada, deixei-a tão bem! O que aconteceu aqui?

Ela afastou-se.

— Estou horrorosa? Estou... estou cansada. Fanny esteve doente. E aconteceram outras coisas. — Ela sorriu, com esforço, e fez um gesto em direção à cadeira. — Não quer se sentar? Preciso lhe falar... lhe explicar... o motivo pelo qual não posso me casar com você.

— Sim, acho que deve explicar. — Ele a levou até o sofá. — Só consigo pensar em uma única razão: que descobriu que não me ama o suficiente.

Ela permitiu, embora com relutância, que ele a levasse para o sofá e ali se sentou, ereta, com as mãos cruzadas com força no colo.

— Queria lhe dizer que... que tem de ser assim. — Ela manteve os olhos baixos. — Eu... achei que seria melhor dizer apenas isso. Nunca tive a intenção, nunca pretendi... — Interrompeu-se, como se um pensamento lhe ocorresse e ergueu o olhar, que continha uma centelha de indignação. — Gostaria de saber por que Mitton permitiu que subisse sem antes vir me perguntar se eu estava disponível para visitas, e sem nem mesmo anunciá-lo! — A voz dela trazia uma forte insinuação de hostilidade.

Ele se instalara no outro extremo do sofá, sentando-se de lado, com um braço sobre o espaldar uma posição que possibilitava que mantivesse os olhos no perfil dela. Ele parecia estar completamente à vontade; e não havia nada em sua conduta que sugerisse que estivesse padecendo de alguma tristeza natural a um cavalheiro cuja proposta houvesse sido rejeitada.

— Oh, não deve culpar o coitado! Eu lhe disse que eu mesmo me anunciaria.

— Não tinha o direito de fazer isso! — repreendeu-o Abby. — Se não tivesse me surpreendido... se eu tivesse sido avisada... eu não teria... isso não teria acontecido!

— Bem, talvez não tivesse me beijado, mas eu tinha toda a intenção de beijá-la, portanto ele fez bem em não me anunciar. Você sempre beija cavalheiros que entram sem serem anunciados? Vou tomar cuidado para que nenhum deles tenha permissão para isso, quando estivermos casados!

Um sorriso se insinuou nos lábios do Sr. Calverleigh e ela corou levemente, mas também balançou a cabeça e disse:

— Não vamos nos casar.

— Estava me esquecendo disso — desculpou-se ele. — Por que não vamos nos casar?

— É o que acho que devo lhe explicar. Não tive a intenção, mas depois de me comportar de maneira tão inadequada, não iria adiantar nada eu lhe dizer que não o amo, iria?

— Não — concordou ele.

— Não. Bem... tente me entender, Miles! Sei que não entende meus sentimentos a esse respeito, por isso é tão difícil lhe explicar. Pensei muito... discuti comigo mesma até minha cabeça doer... mas no fim percebi que não posso me casar com você... que não devo fazer isso!

— O que a fez concluir isso? — perguntou ele em tom casual.

Ela se pôs, cuidadosamente, a dobrar seu lenço molhado.

— Acho que se pode dizer que foi a Sra. Ruscombe. Ela é a amiga íntima de Cornelia. — Ergueu o olhar para ele, sorrindo, por um instante, irônica. — Acho que não fomos muito discretos, Miles, pois ela disse a Cornelia que eu estava encorajando suas investidas e isso fez James aparecer, como pode imaginar. É claro que brigamos... sempre brigamos... mas ainda que eu estivesse realmente furiosa, não consegui conter o riso. Nunca ouviu nada tão pretensioso e pomposo em sua vida! E eu me vi querendo que você estivesse aqui para se divertir também!

— Eu também gostaria de ter estado — admitiu o Sr. Calverleigh. — Ele proibiu os proclamas de casamento?

— Céus, sim! Disse que se me casasse com você eu seria banida da família, e ele teria divulgado a Terrível Verdade sobre você e Celia, se eu não lhe tivesse dito que já sabia, o que o chocou tanto que começou a pensar que nós... você e eu... combinávamos!

— Sabe, afinal ele não é tão mau sujeito assim! — observou Miles.

— Ele é repulsivo. Não foi nada do que ele disse que me fez perceber como era impossível. Nada do que me disse. Mas ele repetiu tudo para Selina e, receio, muito mais. — Calou-se, bastante perturbada. Por fim, soltou um suspiro, e prosseguiu: — Nunca soube o quanto Selina me amava. James lhe disse que teria de escolher entre mim e a família e, oh, Miles, ela respondeu que nunca me abandonaria, independentemente do que eu fizesse! Selina! Mas ela ficou profundamente abalada, adoeceu , e ainda está completamente arrasada, e não suporta se ver longe de mim nem por um instante. Fica repetindo que não sabe o que vai fazer da vida quando eu tiver ido embora, e que... ela me fez ver como seria errado e... como seria insensível se me casasse com você. Se você fosse do tipo de homem sem graça, respeitável, do tipo que a família aprovaria, acho que ela se acostumaria aos poucos... embora, às vezes, eu ache que não devesse deixá-la, independentemente de quem me pedisse em casamento. Sabe, ficamos juntas por toda a minha vida, e durante anos, desde a morte de minha mãe, cuidei de tudo para ela, cuidei dela. Mas se você fosse Peter Dunston, com quem ela tentou me convencer a me casar durante os últimos três anos, ela teria gostado, e isso teria ajudado-a a suportar a solidão de que tem tanto horror. Ela saberia que eu estava por perto e não seria banida da família, ou... Oh, não posso explicar isso a você! Tantos... tantos males resultariam do nosso casamento! Se acha que não se tornaria conhecido o fato de eu ter me casado com você contra a vontade da família, não conhece Bath! Pode parecer sem importância para você, parece para mim, mas não para Selina. E ainda tem Fanny!

— Eu me perguntava quando chegaríamos a Fanny — observou Miles, de maneira casual.

— Temos de falar nela. Não posso abandoná-la, Miles. Está sofrendo muito, a pobrezinha, pois descobriu o verdadeiro caráter de seu odioso sobrinho!

— Exatamente como queria que descobrisse — interpolou ele.

— Sim, é verdade, e dou graças a Deus! Mas isso a transtornou, e... e também ela precisa de mim. Não daria certo deixá-la com Selina... totalmente separada de mim! Pois ficaria, sabe. James não permitiria nem mesmo que eu escrevesse para ela. Quando soube sobre Stacy, ela disse que ficava feliz por me ter. Para sempre. Não vai me querer sempre, é claro, mas talvez por alguns anos, sim.

— Adiantaria alguma coisa eu sugerir que há soluções para todos esses problemas?

Ela sacudiu a cabeça.

— Não. Sabe, pode-se argumentar... pode-se convencer a si mesmo que nenhuma dessas coisas importa, mas sabemos, o tempo todo, que importam. Miles, eu não *poderia*, de maneira deliberada e egoísta, em nome de minha felicidade, causar tantos problemas à minha família, e também causar a infelicidade das duas que mais amo! Imploro que não tente me convencer! Estou exausta de tanto pensar!

Sua voz falhou, levantou a mão e a pôs sobre os olhos, e sentiu a outra ser sustentada com firmeza.

— Não, não vou tentar convencê-la — confirmou o Sr. Calverleigh, calmamente.

Alguém devia ter avisado Selina de que sua irmã estava a sós com o Sr. Calverleigh. Desde a visita de James Wendover, ela não deixava seu quarto antes do meio-dia, mas ali estava ela, entrando na sala com uma tosse nervosa, e parecendo muito menos elegante do que o usual, como se tivesse se vestido apressadamente.

— Oh! — exclamou ela, com uma surpresa afetada. — Sr. Calverleigh! Eu não fazia ideia de que estava em Bath! Foi muito cortês nos visitando! Que dia horrível!

Abby se levantou e foi até a janela. O Sr. Calverleigh se levantou mais lentamente, sem demonstrar o menor sinal de estar desconcertado, apertou a mão de Selina, e perguntou sobre sua saúde com toda calma. Permaneceu por apenas mais alguns minutos, e quando se despediu, foi com uma compostura inabalável.

Nem bem a porta se fechou atrás dele, Selina falou, agitada:

— Ele estava segurando a sua mão! Oh, Abby, por que ele veio? Não me deixe em suspenso! Não posso suportar isso!

— Imagino que deva saber por que ele veio — respondeu Abby sem alterar a voz.

— Eu sabia! — lamentou-se Selina, levando a mão ao coração. — Qual foi a sua resposta? *Diga*-me, Abby!

— Não se aflija! — replicou Abby, cansada. — Recusei sua proposta.

— Oh! — gritou Selina, de repente radiante. — Ah, como estou feliz! Minha querida, querida Abby, agora voltaremos a ser felizes!

Sentindo-se incapaz de responder a isso, Abby saiu da sala sem dizer uma palavra e se isolou em seu quarto. Permaneceu lá por um tempo considerável, e portanto foi poupada do relato da chegada do Sr. Calverleigh a Bath, que a Srta. Butterbank, com uma echarpe ao redor do rosto, levou a Sydney Place. Selina não falou nada a esse respeito quando, mais tarde, contou o resto das novidades que a Srta. Butterbank despejara em seus ouvidos. Eram surpreendentes e intrigantes: a Sra. Clapham, acompanhada de seu séquito, havia deixado Bath na noite anterior; e o Sr. Stacy Calverleigh sem dúvida a seguira, pois havia embarcado em uma das diligências nessa mesma manhã, e, segundo a Srta. Butterbank, sem avisar ninguém.

Abby ficou aliviada em saber que ele partira de Bath, mas apesar de fazer um esforço para participar das especulações de Selina sobre as várias causas possíveis dessas partidas separadas, não sentiu nenhum interesse. A próxima notícia de Bath veio com a Sra. Leavening, e interessou-lhe muito.

A Sra. Leavening, agora instalada em Orange Grove, havia passado no York House para buscar algumas cartas que teriam sido enviadas para lá, e ficara sabendo do retorno do Sr. Calverleigh. Também tinha ficado sabendo que ele permanecera somente por uma noite, até desaparecer de novo, misteriosamente.

— Não se pode saber que coisa excêntrica fará a seguir! — falou a Sra. Leavening com um risinho. — O que o fez vir de tão longe quanto Londres só para passar uma única noite? Parece que providenciou o seu próprio cabriolé, mas para onde foi, só Deus sabe! Ele está na minha lista negra, como vou lhe dizer, pois prometeu passar quando voltasse a Bath, e não recebemos nem um olá da parte dele. Mas dizem que pretende retornar, por isso acho que terei oportunidade de repreendê-lo.

Abby, sabendo que seria melhor para ela não revê-lo, tentou alimentar a esperança de que ele não voltasse a Sydney Place, mas não conseguiu. A separação dos dois havia sido muito abrupta; tanta coisa ficara sem ser dita; e ter sido obrigada a lhe dizer adeus como se fosse um mero conhecido era insuportável.

Nada mais soube dele por três intermináveis dias. Selina, com a saúde e o ânimo miraculosamente restabelecidos, escreveu uma carta furtiva a James informando-o, em termos estritamente confidenciais, que estava tudo acabado entre Abby e o Sr. Miles Calverleigh, e que ela soubera desde o começo que o caso havia sido grosseiramente exagerado pela Sra. Ruscombe. Acrescentou que esperava que a querida Cornelia, no futuro, não desse tanta atenção aos comentários maliciosos Daquela Mulher.

Sua expressão de consternação, quando, no quarto dia, Mitton anunciou a chegada do Sr. Calverleigh, foi quase risível. Chamou a atenção de Fanny e a fez olhar rapidamente para Abby, uma desconfiança repentina penetrando sua mente.

O Sr. Calverleigh, com seu costumeiro desdém pelas convenções que governavam os círculos educados, escolhera uma hora extremamente inconveniente para a visita. As mulheres haviam terminado o café da manhã havia apenas dez minutos. Ele parecia não perceber que estava cometendo um solecismo social, pois entrou na sala seguro de que seria bem recebido e as cumprimentou animadamente. Disse estar contente por tê-las encontrado em casa, congratulou Fanny por ter se restabelecido e, virando-se para Abby, disse sorrindo:

— Vim buscá-la para fazer um passeio de carro.

Selina ardeu de indignação. O que Abby acreditava gostar nessa criatura sem modos, grosseira, estava além da sua compreensão! Apressou-se a falar:

— Muito gentil de sua parte, senhor, mas seria uma insensatez de minha irmã se arriscar a sair em uma carruagem aberta! O tempo está tão incerto... deve chover daqui a uma hora, acho, pois nesta época não se tem como prever! Além do mais, quero que ela vá comigo ao balneário.

Esquecendo-se de seus próprios problemas, e com a curiosidade atiçada, Fanny disse animadamente:

— Vou com você, tia Selina. Uma volta de carruagem vai fazer muito bem a Abby, depois de trancafiada em casa por tanto tempo!

O Sr. Calverleigh sorriu para a jovem:

— Boa garota!

Isso fez com que Fanny desse um risinho e mandasse Abby subir para buscar o chapéu. O Sr. Calverleigh acrescentou a recomendação de que trouxesse também uma estola ou um xale.

— Para que não precise se preocupar! — disse ele, dirigindo-se a Selina. — Não creio que se resfrie, caso se agasalhe bem. E se chover, sempre podemos encontrar um abrigo, como sabe.

Quando Abby retornou à sala, vestida apropriadamente para o passeio, Selina fez uma última tentativa de convencê-la de que estava correndo um grave risco de contrair uma gripe grave, se não uma inflamação dos pulmões, mas Fanny, dando um beijo impulsivo em Abby, interrompeu-a rudemente:

— Bobagem! Faz um dia lindo, como não faz há semanas! Vou enfiá-la embaixo de milhares de xales, Abby!

— Obrigada. — Abby riu. — Acho que basta um! Até logo, Selina, não há motivo para você se inquietar, juro.

O Sr. Calverleigh observou-a sair da sala e se virou para se despedir de Selina

— Não se preocupe! — disse ele. — Cuidarei muito bem dela.

Cinco minutos depois, deixando Fanny acenando à porta da frente, ele conduziu o cabriolé a trote rasgado e disse, sombrio:

— Maneiras *indianas,* querida!

Abby reprimiu o riso.

— Maneiras péssimas! Pobre Selina!

— Receei que cedesse às suas súplicas.

— Não. Esperava revê-lo. Foi tão desagradável... nos despedirmos como fizemos. E não cheguei a lhe contar sobre Fanny, tampouco. Nós... não vamos discutir esse outro assunto, porque não há nada a dizer, e sei que não vai me atormentar tentando me convencer, vai?

— Não, não tentarei convencê-la — prometeu ele.

Essa pronta aquiescência foi inesperada, e nada bem-vinda; mas depois de alguns instantes, Abby disse, com uma alegria determinada:

— Stacy pretendia mesmo fugir com Fanny, sabe. Ela me contou tudo. Se não tivesse adoecido, só Deus sabe o que poderia ter acontecido! Mas adoeceu, e enquanto ela estava acamada, nos aconteceu um golpe de sorte surpreendente!

Ele riu.

— Não! Verdade?

— Sim, pois quem não veio a Bath a não ser uma viúva rica! *Extremamente* rica! Nunca a vi, mas disseram que era bem jovem e muito bonita. E se instalou no White Hart!

— Não!

— Sim! Com uma acompanhante, uma criada e um lacaio... oh, e um emissário também! Você não acreditaria!

— Oh, não acreditaria! — repetiu o Sr. Calverleigh.

— E ainda nem se passara seu primeiro dia em Bath, e Stacy já demonstrava interesse por ela! Você teria pensado que isso seria possível?

— Não só possível, como certo.

— Bem, devo admitir que eu não, quando soube. Nunca supus que ele fosse tão... tão descarado assim!

— Meu odioso sobrinho, lamento dizer, é completamente descarado.

— Deve ser. Não posso deixar de sentir pena da viúva, pois acho que ela vai encontrar-se com ele fora daqui. Deixou Bath de maneira repentina, e embora eu dê graças a Deus por Stacy ter se ligado a ela, deve ter sido muito doloroso para a pobre viúva.

— Fique tranquila, meu amor! Não foi nem um pouquinho doloroso para ela.

— Não pode saber disso — objetou Abby.

— Ah, sim, posso sim! Eu a mandei para cá!

— *Você*? — falou ela, boquiaberta.

— Sim, é claro. Não pensou nisso? Achei que perceberia.

— Deus do céu, não! Mas quem era ela? *Como* conseguiu mandá-la para Bath? E que coisa *terrível* de se fazer! Expô-la a... Miles, foi *monstruoso*! Como *pode* rir?

— Não devia me fazer rir. Minha tolinha preciosa, eu a contratei para atrair Stacy! Pelo que soube, sua atuação foi talentosa... embora pareça que ela tenha saído um pouquinho do papel antes de a cortina final baixar. Quanto a quem é ela, realmente não sei, exceto que foi atriz.

A Srta. Abigail, tendo digerido essa informação, disse, em um tom severo de censura:

— Pelo que entendo, senhor, ela não era uma mulher respeitável...?

— Digamos, senhora, que seria improvável que a conhecesse nos círculos mais educados.

— *Você* parece ter feito isso!

— Não, não, não nos círculos mais educados!

A covinha de Abby estremeceu, mas ela a reprimiu:

— E se dá muito com ela? — perguntou polidamente.

— Oh, não! Só a encontrei uma vez, para fazê-la ensaiar o papel, entende? Dolly encontrou-a para mim. Dolly era a acompanhante da Sra. Clapham. Eu me relacionei bastante com ela, vinte anos atrás — explicou ele de maneira ultrajante. — Era conhecida como a Grã-Fina e era uma rapariga muito vistosa! Agora está envolvida em... em um outro ramo da profissão, e se tornou elegante de uma maneira alarmante. No entanto, consentiu, a um preço exorbitante, em participar da minha trama. De fato, insistiu em participar. Nunca conseguiu resistir a uma farra.

— Você — a voz de Abby soou trêmula — é a pessoa mais infame que já conheci!

— Bem, isso não é dizer muito! Exceto por meu odioso sobrinho, não creio que já tenha conhecido qualquer pessoa infame. —

Virou-se e acrescentou: — Você não me conheceu no meu tempo infame, Abigail. É passado.

Ela baixou os olhos. Depois de um minuto, disse:

— Deve ter-lhe custado uma fortuna, acho. Eu me refiro à encenação. Quando pedi que salvasse Fanny, nunca tive a intenção...

— Ah, eu tinha um interesse pessoal também — assegurou a Abby.

— Oh! — Ela estava em dúvida. — Bem... — Interrompeu-se de repente reconhecendo o marco. — Meu Deus, esta é a estrada para Londres! Aonde estamos indo?

— Reading.

— *Reading*? — repetiu ela. — Não seja absurdo! Deve ficar a 95 quilômetros daqui!

— Cento e dez.

Ela riu.

— Apenas um passeio para exercitar os cavalos! Agora fale sério, aonde vamos?

— Estou falando sério.

— Oh, está mesmo? E estaremos de volta a tempo do jantar, sem dúvida!

— Não, querida, não estaremos — replicou ele. — Não vamos voltar.

Ela olhou para ele, sem acreditar.

— Não... Miles, pare de brincar comigo! É ridículo! Não pode supor que sou tão boba a ponto de acreditar que poderíamos ir até Reading em uma carruagem tão frágil quanto esta!

— Oh, não, é claro que não! Iremos somente até Chippenham nesta carruagem. Minha caleche está aguardando lá, para nos transportar o resto do caminho.

Ela ainda achava que ele estava brincando, mas começava a ficar inquieta.

— E o que vamos fazer quando chegarmos a Reading?

— Vamos nos casar, minha querida.

— Ficou louco?

— Bem, acho que não!

— Miles... Miles, está brincando comigo, não está?

— Juro que nunca fui tão sério. Não posso lhe mostrar agora, mas tenho uma licença especial no bolso.

— Oh, como se atreve? — Ela ofegou. — Pare *imediatamente*! Se pensa que vou fugir com você...

— Não, não! Não é uma fuga! Eu a estou raptando!

Ela tentou falar, mas não confiou na própria voz.

— Achei que seria a melhor coisa a fazer — explicou ele.

Isso foi demais para o autocontrole dela; por mais que se esforçasse para se conter, caiu na risada. Quando conseguiu parar de rir, disse:

— Oh, por favor, me leve para casa! Como *pôde* pensar que eu consentiria com uma coisa dessa?

— Minha garota querida, não há consentimento em um rapto. Você consente em *fugir*, e eu sabia que não faria isso.

— Você me disse certa vez que uma noiva relutante seria um inferno! — lembrou-lhe ela.

— Se eu achasse que você estava relutante, não estaria sentada ao meu lado agora.

— Mas estou relutante! Miles, não vou... não posso! Oh, achei que tinha entendido!

— Entendi. Disse que não podia se casar comigo por vários motivos, quase todos completamente idiotas, mas também disse que não podia procurar sua felicidade sacrificando a de Selina e de Fanny. Bem, você tem o direito de fazer um sacrifício por si mesma, mas eu não deixaria que me sacrificasse também!

Depois de um momento de silêncio perplexo, Abby falou, com remorso:

— Nunca pensei nisso! Seria... seria...?

— Sim! Seria!

— Ah, se pelo menos eu soubesse o que devo fazer! — gritou ela com tristeza.

— Não sabe, mas eu sei. Portanto, pare de brigar consigo mesma! Não tem escolha. Por isso a trouxe à força. Facilita muito para você, não acha?

— Miles, você é a criatura mais insuportável, mais... Pense só no escândalo que vai ser!

— Não imagina que algum membro da sua família vai dizer uma palavra sequer sobre isso, imagina? Não, não! O casamento foi privado, é claro! Espero que James encontre alguma razão excelente para isso.

— James! Ele vai me renegar!

— Não há a menor chance disso. Acho que vai resistir por alguns meses para salvar sua dignidade, mas não por muito mais tempo. Você, minha amada, por menos que isso a interesse, está prestes a se tornar uma mulher muito rica. Também vai se tornar a dona de Danescourt.

— Danescourt? Mas não pertence a Stacy?

— Não, pertence a mim. Comprei dele. Eu a levarei para lá hoje à noite. Encontra-se em um estado deplorável, mas despachei um bando de gente para lá na semana passada, para pôr um pouco de ordem no lugar, e mandei o nosso antigo zelador contratar alguns criados, de modo que espero que não ache a casa desconfortável demais. Não ficaremos lá mais de um ou dois dias, mas quero que a inspecione e decida como quer decorá-la, que cortinas e coisas no gênero. Aonde gostaria de ir depois?

— Não sei — replicou ela, impotente. — É tudo fantástico demais! Pelo amor de Deus, me leve para casa! Pense só na pobre Selina!

— Nada me fará levá-la de volta. Pode escrever um bilhete para a pobre Selina de Chippenham. Eu o enviarei por um garoto do correio. Mas só vai vê-la de novo quando estiver casada, minha garota, e for tarde demais para ela agarrar-se em seu pescoço!

— Mas o que vai ser dela? — indagou Abby, aflita.

— Provavelmente encontrará uma substituta na Srta. Butterbank — replicou ele calmamente. — E tem mais: se darão muito bem juntas. Fanny, acho, vai para a casa da sua irmã em Londres. A propósito, quer uma casa em Londres?

— Não, é claro que não! Miles, percebe que não tenho sequer uma *escova de dentes*?

— Sabe que acho que tem razão? E eu que achei que havia pensado em tudo! Foi bom mencionar isso! Vamos ter de comprar uma em Reading.

— Teve a audácia de... Oh, você é abominável demais! Não quero me casar com você! *Não* vou! Leve-me para casa!

O Sr. Miles Calverleigh parou seus cavalos à margem da estrada, virou-se e sorriu para ela.

— Diga-me que é isso, *do fundo do seu coração,* que quer que eu faça, e farei.

Ela olhou nos olhos dele, e o que viu fez sua pulsação se acelerar.

— Diga-me, Abby!

— Pode ser capaz de me raptar — disse Abby, com dignidade —, mas não pode me forçar a mentir!... *Miles*! Há uma carruagem vindo e um homem nos olhando por cima da sebe! Pelo amor de Deus...!

Este livro foi composto na tipologia Minion, em corpo 11/15, e impresso em papel off-white 80g/m^2 no Sistema Cameron da Divisão Gráfica da Distribuidora Record.